HUYENDO DE UN MAFIOSO

Un juego de amor y venganza

ROSIBEL SEQUERA

amazon.com/author/rosibelabysai

goodreads.com/rosibelabysai

tiktok.com/@rosibelwattpad7

instagram.com/rosibelabysai

Lista de reproducción de
Huyendo de un mafioso

Estimado lector, cuando escribía mi novela hubo algunas escenas en que las canciones de esta lista *playlist* me sirvieron de inspiración. Podrás encontrarlas en Spotify, si pinchas en este enlace:

https://open.spotify.com/playlist/3qkY4HlguS4AEMl OQdEe7g?si=HaRlgPJgSZyEyX7IoFWSYA

~ *Dangerous Woman*, Ariana Grande

~ *Vivaldi 4 Seasons, Winter 1- Allegro Non Molto*, Manuele Cid

~ *Swan lake, Op. 20a: I. Scène,* Pyotr Ilyich Tchaikovsky

~ *HER*, Chase Atlantic

~ *Judas,* Lady Gaga

~ *Needed me,* Rihanna

~ *All of me* - Piano Version, Milo Grande

~ *Lilith* (feat. SUGA of BTS) (Diablo IV Anthem), Halsey

~ *Coming Down*, Halsey

UNO
Alicia Voronin Smirnova

La música fluía por todo mi cuerpo, mis extremidades se movían siguiendo los recuerdos de mi memoria. No tenía que pensar o analizar, solo debía dejarlo fluir y bailar.

Los espejos en las paredes del estudio reflejaban la gracia y belleza de mis movimientos, era la mejor bailarina de toda Rusia y me encantaba serlo. Este año iría por el título de la mejor bailarina del mundo.

Hago una *pirouette*, que consiste en dar giros completos en una pierna sin perder el equilibrio. Mañana tenía un recital en Italia luego de la presentación en sociedad del segundo hijo de mis tíos Roxanne y Lorenzo. Aunque no tengamos un vínculo consanguíneo, aun así somos familia.

El lago de los cisnes era mi *ballet* favorito, la música, los movimientos, la historia que se contaba tras ellos...; era magnífico. Bailar no solo consistía en seguir una serie de pasos y el ritmo de la melodía, era una manera de expresar lo que sentía, de mostrarles a todos que había una historia detrás de cada movimiento.

Interpretaría a Odette, como siempre lo hacía, y me convertiría en la reina de los cisnes una noche más. Por unos minutos dejaría de ser Alicia Voronin, hija de los reyes de la mafia y futura heredera, y junto con mi hermana Elaine, de todo su imperio.

Yo no quería esa vida, y mis padres lo entendían. A mi hermana y a mí siempre nos habían apoyado y enseñado que siempre debíamos seguir nuestros sueños, así como lo hizo nuestra madre. Ahora no solo era la mejor cirujana cardiovascular del mundo, además, una de las defensoras principales de la mujer junto con Mhia Salvatore, y la líder más justa y peligrosa que había tenido la mafia.

Mis padres eran mi inspiración y algún día me gustaría tener tantos logros como ellos.

Termino de practicar la coreografía y apago la música. El *ballet* era un arte tan hermoso como agotador, en el que llevabas la mayor parte del tiempo a tu cuerpo al límite, pero lo valía. El *ballet* era mi vida y, sin duda, esto era lo que quería hacer el resto de ella.

Pero había riesgos. Por más que quisiera alejarme de la mafia, si lo hacía, sería como atar una soga en mi cuello. Elaine y yo lo sabemos: es fácil entrar en la mafia, pero no salir de ella.

A nuestros padres no les importaba que no quisiéramos heredar el imperio, ellos querían que fuéramos felices.

Me quito las zapatillas y masajeo mis pies magullados. Estaba acostumbrada a las ampollas y a que se me rompiera la piel en ocasiones, pero eso no hacía que doliera menos.

Me calzo unas pantuflas y me pongo una sudadera encima de la malla, a papá no le gustaba que los hombres de seguridad vieran a sus mujeres con poca ropa. Era celoso con mamá, pero con nosotras lo era mil veces más.

Habían construido un estudio de baile y uno de música

para nosotras en casa. A veces Elaine tocaba mientras yo bailaba, éramos el mejor dúo, tanto como en la música y el baile como para el arte de asesinar. A mamá no le había agradado la idea cuando decidimos iniciar el entrenamiento con los Darks, una orden de asesinos situada en Londres. Mhia había ofrecido a un grupo que trabajaba para ella encargarse de nuestra protección, pero al final, decidimos aprender de ellos.

No disfrutaba de la muerte, pero como princesas de la mafia, nuestras vidas corrían constante peligro, y aunque sabíamos que nuestros padres darían la vida por nosotras, no queríamos eso, queríamos defendernos nosotras mismas. Queríamos ser independientes, tal y como nos enseñó nuestro padre.

Subo las escaleras hasta el tercer piso. Vivíamos en una de las Siete Colinas, donde se encontraba el lago de mis padres, el mismo a donde se escapaban en ocasiones para sus caminatas «románticas». A lo largo de mi vida me habían contado la historia infinidad de veces, pero nunca me cansaría de escucharla.

Abro la puerta de mi habitación, encontrándome con Canela, una de las perritas que tuvo Luna años atrás. Nació en la semana que mamá supo que estaba embarazada de Elaine y de mí. Ya estaba mayor, al igual que su hermana Pinki, la perrita de Elaine.

Acaricio su cabeza, viendo como su cola comienza a moverse de un lado a otro. La extrañaría cuando muriera, estuvo durante toda mi niñez y me gustaría que siguiera aquí para mi cumpleaños número veinte, pero sabía que las probabilidades eran escasas. Estábamos en junio, aún faltaba un mes.

Unos toques en la puerta me sacan de mis pensamientos. Esta se abre después de que grito «pasen». Elaine se asoma con los ojos anegados en lágrimas. Me apresuro a ponerme de pie y la tomo de las manos, sus ojos marrones claros con motitas doradas me devuelven la mirada, eran iguales a los de papá. Yo, en cambio, había sacado el marrón chocolate de mamá, pero la diferencia era muy poca. Teníamos el pelo rubio de papá, pero la nariz perfilada de mamá, éramos de estatura promedio y teníamos el carácter luchador y tenaz de ella, pero la terquedad de él. Éramos sus copias.

—¿Qué pasó? ¿Está todo bien? —Me abraza con fuerza mientras llora, era mayor que yo por unos minutos y la más madura de ambas. Normalmente, quien hacía esto conmigo era ella.

—Pinki no despierta —dice, hipa con fuerza y la abrazo.

No teníamos muchos amigos, en realidad, yo no tenía ninguno. Entre la mafia y ser una bailarina famosa, las personas solo me veían como una amenaza o una competencia. Al único que podía considerar un «amigo», y no era así, era al novio y mejor amigo de Elaine, Ivan Magomedov.

No me agradaba, tampoco yo a él, y la única razón por la que seguía vivo era porque mamá había convencido a papá de darle una oportunidad. Por mi parte, muy bien pudieron matarlo.

—¿Llamaron al veterinario? —pregunto, no se me daba bien consolar a las personas. En realidad, las emociones no eran mi fuerte, al contrario de Elaine.

—Sí... y dice que... que no va a despertar.

—Lo siento mucho, Elaine, pero ahora está en un lugar donde no sufre, sabes cómo fueron sus últimos días.

—Sí, lo sé. —Se aleja de mis brazos y sonríe—. Gracias.

—Sabes que siempre estoy aquí para ti. —Me encojo de hombros, restándole importancia. Nuestra amistad era la mejor, ella sabía cuán incómoda me hacía sentir el exceso de muestras de afecto al igual que el contacto, toda mi familia lo sabía, y lo respetaban—. ¿Cómo va Mozart? —pregunto para cambiar de tema, sonríe agradecida.

—Estoy lista para la presentación. —Mañana tocaría *Winter* de Vivaldi en la celebración. Enmanuele era el segundo hijo de mis tíos, Angelo era el primogénito. Este solo tenía dos años—. Estoy segura de que les encantará.

—Estarían locos si no es así, eres la mejor pianista de toda Rusia, si es que no lo eres de todo el mundo.

—Ja, ja. —Se sienta en mi cama y abraza a Canela—. Aún me falta un largo camino para ser la mejor del mundo, pero ahora no quiero hablar de eso, sino de cierto chico de ojos azules.

Pongo los ojos en blanco.

—Lukyan es un idiota machista. Él dijo, y cito: «Las mujeres solo tienen que complacer a sus esposos, y si algún día eres mi esposa, solo tendrás que encargarte de cuidar a los hijos que tengamos y mantener la casa ordenada para nuestras visitas». Después de eso, le aventé la champaña a la cara, ni muerta me casaría con ese hombre.

Elaine se ríe a carcajadas, así que me uno a ella. Algunos hombres tenían una idea errada de la mujer, nosotras no teníamos que complacer a nadie que no fuera a nosotras mismas.

—Ojalá papá hubiera estado ahí, le hubiera hecho puré el cráneo.

—Creo que eso es poco para lo que hubiera hecho. —Me acuesto a su lado y miro el techo.

—Tienes razón, pero si alguna vez lo vuelvo a ver, lo castraré, mi colección de cuchillos tiene tiempo sin ser usada —río.

Ella había sacado la perversidad de papá a la hora de matar, solo lo habíamos hecho un par de veces y únicamente en defensa propia, pero sabía que ella lo disfrutaba a pesar de que quería salir corriendo de este mundo.

—Tal vez me una —susurro.

—Sería divertido, nos llaman los ángeles de la muerte por una razón.

Así nos apodaban, todos sabían de lo que éramos capaces cuando nos provocaban. Nos protegíamos a toda costa y aún más cuando se trataba de nuestra familia.—¿A qué te unirás, Alicia? —Escucho la voz de mamá en la puerta. Cuando me fijo en ella, veo que viene acompañada de papá.

—Estoy segura de que quieres evitarte los detalles, mamá —responde Elaine por mí.

—Ella sí, pero yo no. —Papá rodea la cintura de mamá y la besa.

—Pero estoy segura de que no quieres saberlo con ella aquí, así que tendrás que esperar —contrataco.

—O simplemente podrían decirlo sin ser tan explícitas — dice mamá.

—¿Y dónde está lo divertido de eso? —le contestamos los tres al mismo tiempo.

Bueno, tal vez mentía un poco, no me gustaba la muerte. No cuando esta estaba cerca de mi familia, pero sí me gustaba llevar a ella a quienes intentaban lastimarnos.

Mi familia estaba sobre todo y todos, aunque más tarde descubriría que los secretos y la pasión también eran un bocadillo agradable de probar.

—Tenían que salir iguales a ti en ese aspecto —dice mamá mirando a papá con una sonrisa, me encantaba verlos juntos, ver el amor que ellos se tenían me daban la esperanza de algún día ser amada de la misma manera—. Bueno, mis ángeles, terminen de alistar todo, los abuelos están abajo esperando para irnos a la pista privada.

—Otra cosa, princesas, las quiero alertas en Italia, Lorenzo me informó que ha visto movimientos extraños en varios grupos de narcos, saben que viajaremos allá. —Asentimos ante las palabras de papá—. Y algo más, intenten mantenerse alejada de los hombres. Al que vea con segundas intenciones, lo mataré sin dudarlo.

—Papá, tengo novio, lo sabes.

—Y supongo que sigue vivo por eso, pero que no me tiente, Elaine, lo mataré a la más mínima razón que me dé.

—Lo sé.

Nos unimos en un abrazo, estas eran una de las pocas ocasiones en las que se los permitía, porque no sabía cuál sería el último.

—Las amo, mis princesas. —Papá besa la frente de cada una y lo abrazamos con más fuerza.

—Y nosotras a ti, Diablo.

Este era mi lugar seguro, mi refugio, sabía que no siempre estaríamos juntos, ambos ya tenían casi cincuenta años. Y si la mafia no me los arrebata, lo haría la naturaleza.

Pero lo que desconocía en ese entonces eran los acontecimientos que traería viajar a Italia.

DOS

Alicia Voronin Smirnova

Las mansiones en Roma eran sin duda unas obras de arte, los diseños, las pinturas, las estatuas... Italia era uno de los países más hermosos que había visitado. Después de Rusia, este era mi segundo hogar.

Las puertas de madera caoba son abiertas de par en par para nosotros, mis padres entran detrás de nosotras. Ivan llegaría más tarde junto con su familia, al igual que Lukyan, desgraciadamente, debía agregar.

—*Ben arrivato*[1]. —Mi tío Lorenzo nos recibe con un efusivo abrazo a los cuatro—. ¿Qué tal estuvo el vuelo?

Sonrío al verlo tan feliz de tenernos aquí en su casa, no solo sentía un gran amor por mi tío, también estaba agradecida por haber ayudado a mi padre a rescatar a mi madre cuando Lucas Moretti la secuestró años atrás. Sin su ayuda sería imposible que Elaine y yo estuviéramos aquí.

Y también lo admiraba, porque él traicionó a su sangre para ayudar a un hombre portador de un apellido que siempre le habían enseñado que era su enemigo, sin importar cuantas alianzas hubieran de por medio

—Agotador, pero me alegra estar aquí. —Mamá vuelve a abrazarlo y papá se tensa de pies a cabeza.

—Creo que fueron suficientes abrazos, *printsessa*. —Elaine y yo contenemos la risa, se había molestado.

—Deja de ponerte celoso, Alexei, todos sabemos aquí que mi amiga babea por ti. —Nuestra tía Roxanne, quien fue compañera de trabajo de mamá, luego se volvió su mejor amiga y terminó casándose con mi tío Lorenzo, baja las escaleras con un hermoso vestido azul cielo, este se ajustaba a la perfección a su torso y se desplegaba alrededor de su cintura como una cascada. Llega hasta mamá y se funden en un abrazo—. Me alegra que hayan llegado bien, las últimas semanas todo ha sido un caos por aquí.

—De eso quería hablar contigo, Lorenzo. ¿Quién demonios está generando tanto desastre? Para ir y matarlo de una maldita vez. —Papá en muy pocas ocasiones medía sus palabras al amenazar a las personas frente a nosotras y, normalmente, como ahora, mamá le daba un manotazo en el brazo por hacerlo.

—Primero déjenme saludar a mis sobrinas, podrán hablar de asesinar personas en la cena. —Mi tía abraza a Elaine y a mí me besa en ambas mejillas—. Estoy ansiosa por ver sus presentaciones.

—Te van a encantar, llevan practicando semanas, ¿cierto mis niñas? —Mamá nos toma de la mano y sonrío.

—Quedarás con la boca abierta, te lo prometo —responde Elaine por ambas, ella siempre me salvaba en este tipo de situaciones.

—Damas y Alexei, antes que nada, quiero presentarles a dos caballeros, son nuestros principales socios junto con los Salvatore, solo que ellos están del todo en el narcotráfico y nos están ayudando a mantener el orden.

Se abren las puertas que dan al recibidor, dejando ver a dos hombres altos, con piel bronceada, traje y jodidamente apuestos. Los hombres rusos estaban bien, pero los italiano eran otro nivel.

—Ellos son los hermanos Coppola, Camillo y Marcello. —Ambos asienten a modo de saludo.

Al que habían llamado Camillo era unos centímetros más bajo que su hermano, su pelo caía despreocupadamente alrededor de su rostro. Una barba incipiente adornaba su cara, dándole un aspecto maduro y a la vez juvenil. El traje se le adhería como un guante al cuerpo, sus músculos se veían definidos a pesar de la ropa que los cubría, sus piernas largas y torneadas eran una completa distracción. Un tatuaje adornaba su mano izquierda y podía apostar que este se extendía por todo su brazo.

Era demasiado atractivo. Elaine hacía lo mismo, pero con el otro hombre, Marcello. Qué pasó con el cuento de que tenía novio, ¿eh? Pues yo lo sabía, Ivan estaba enamorado de mi hermana, pero ella no, había aceptado ser su novia porque sabía que era un hombre que la valoraría y respetaría. Ella había apostado por un futuro en el que no sería maltratada, aunque eso jamás sucedería mientras nuestro padre estuviera vivo. Él mataría a cualquiera que se atreviera a hacernos daño, incluso hacernos derramar una lágrima.

—Es un placer conocerlos, señor y señora Voronin —dice Marcello, él parecía ser quien mandaba entre los dos—. Señoritas Voronin.

Tenía una voz gruesa, el acento italiano estaba marcado en cada una de sus palabras. Esos hombres parecían el tipo que provocaba que te corrieras con tan solo tocar la piel.

—Es un gusto —decimos mi hermana y yo al mismo tiempo.

—*I da, eto tak.* Y sí que lo es —me susurra Elaine al oído.

—Ahora sí, vayamos a la sala, tenemos que ponernos al día. —La tía Roxanne nos arrastra a la sala, en el camino tomo a mamá de la mano y la arrastro con nosotras. Necesitaría un escudo si quería sobrevivir al interrogatorio de mi tía.

∼

ERA CERCA DE MEDIANOCHE, no podía dormir, así que había salido en busca de una habitación con espejos. Por suerte, el gran salón tenía una pared repleta de ellos y el piso era de madera. Hago el estiramiento y me pongo los auriculares, *Winter* comienza a sonar transportándome a donde solo la música y el baile podían. Había armado una coreografía con esa canción tras haber escuchado repetidas veces practicar a Elaine.

Me pongo en la posición inicial e inicio, dejo que la memoria muscular haga su trabajo. El *ballet* era mi refugio, era mi manera de expresarme. Desconocía la razón por la que se me dificultaba expresar lo que sentía, desde niña mis padres siempre habían demostrado cuánto me querían, y aun así, me cerraba en banda cuando lo hacían.

Dejo fluir esos pensamientos a través de mis pasos, las emociones eran el mejor estimulador para la perfección, no importaba lo que hicieras, podías transformar lo que sentías y usarlo a tu favor.

Desenvaino el puñal escondido entre los pliegues de mi tul cuando veo una sombra a través del espejo. Lo lanzo y este se incrusta en la pared, a escasos centímetros de la cabeza del intruso.

—¿Qué demonios haces? —Me quito los auriculares y encaro a un Camillo escasamente sorprendido—. Pude haberte matado, idiota.

—Pero no lo hiciste. —Acomoda su cabello hacia atrás, tensando los músculos de su antebrazo.

—No iba a tirar a matar sin saber quién era. —Mi fuerte eran las armas, pero no estaba de más ser precavida en ocasiones —. ¿Cuánto llevas ahí espiando?

Se sienta en uno de los sillones y me da lo que parecía ser una sonrisa.

—No estaba espiando, niña, vengo aquí siempre que tengo insomnio.

—Primero, no me digas niña, segundo, pararte entre las sombras, me suena a espiar. —Pone los ojos en blanco ante mi arrebato. Cruza las piernas y extiende los brazos en actitud relajada pero imponente. La camiseta se le eleva un poco, dejando a la vista una línea de su piel bronceada.

Trago saliva y aparto la mirada.

—Eres una niña, qué edad tienes, ¿dieciséis?

—Ja, tengo diecinueve y el mes que viene cumplo veinte. —El sillón más cercano que había, además del que donde él estaba sentado, estaba al otro extremo del salón, lo que agradecía muchísimo, ya que la temperatura en mi cuerpo había comenzado a subir.

Comienzo a desatar mis zapatillas, ignorando su presencia, podía sentir su mirada fija en mí, era como acero caliente.

—Bailas bien.

—Lo sé, soy la mejor bailarina de toda Rusia a pesar de ser solo una «niña».

—*Stupefacente.* Sorprendente —susurra, el salón tenía demasiado eco.

—No debería serlo, todo el mundo lo sabe. —Termino de quitarme las zapatillas y me pongo las pantuflas. Cuando elevo la mirada, lo encuentro sonriendo, pero esta vez de verdad—. La próxima vez buscaré otro lugar para bailar.

—No te preocupes, seguro que podremos compartirlo.

—Seguro que sí —respondo con ironía, me pongo de pie y tomo mis cosas—. Buenas noches.

Comienzo a caminar a las puertas del salón cuando lo escucho decir:

—Buenas noches, *principessa russa*.

Un escalofrío me recorre al escucharlo, no era la primera vez que me decían así, mucho menos «princesa», papá lo hacía todo el tiempo. Pero en esta ocasión se sintió diferente, más... íntimo.

En ese momento desconocía el caos que agitaría mi vida, en especial el que el italiano traería.

TRES

Camillo Coppola

Salí de casa de los Moretti tras mi encuentro con la menor de los Voronin, necesitando un cambio de aire.

Cuando llegué a mi destino, los gemidos llegaban como una melodía a mis oídos. El bullicio se arremolinaba a mi alrededor a medida que me adentraba en el lugar.

El olor a cuero, licor y sexo inundaba mis pulmones con cada respiración que daba.

Asmodeus era un sitio al que podían ir las personas que tenían «ciertas» preferencias sexuales. Como yo.

El BDSM —Bondage, Disciplina, Dominación, Sumisión, Sadismo y Masoquismo— era un sistema que funcionaba como una relación sumisa–amo. Algunas personas disfrutaban ser sometidas y dominadas en el acto sexual, y había otras que disfrutaban dar las órdenes. Ese era yo de nuevo.

Llego hasta la barra y me pido un *whisky* en las rocas, y observo el panorama, analizando, acechando a quien sería mi presa esta noche. En ocasiones, me era difícil encontrar a una mujer que me siguiera el ritmo. Muy pocas lograban hacerlo, y cuando me aburría, era frustrante encontrar a alguien más.

Desvío la mirada hacia la tarima y observo bailar a las mujeres en ella, altas, morenas, castañas, pelirrojas... Yo quería algo más, buscaba a alguien más.

Bebo mi trago sin apuros, ella siempre se hacía notar, en especial cuando venía aquí, era como un destello de luz dentro de toda esta gente cubierta de mierda.

Bajan la intensidad de la luz en la tarima. Como en el resto del lugar, todos, incluyéndome a mí, dejan lo que están haciendo para verla.

Era lo suficientemente interesante como para obtener toda mi atención.

La lencería rojo sangre la hacía ver exquisita, los arneses en específico eran letales. Nadie más se fijaba en ellos, ya que había cosas más interesantes que observar, pero yo sí. Unas hojillas estaban incrustadas en ellas, nunca salía desprotegida.

Sonrío ante eso, nos divertiríamos muchísimo.

Dangerous Woman de Ariana Grande comienza a sonar, su gracia y sensualidad nos tenían hipnotizados. Toma el tubo con ambas manos y comienza a balancear sus caderas al ritmo de la música, desciende dejando a la vista más de lo que me gustaría que hiciera. El corsé en su pecho realzaba sus senos, levantándolos y haciéndolos más grandes de lo que eran. Había estudiado muy bien ese cuerpo, largas piernas, pecho pequeño, curvas pronunciadas y un trasero que ninguna bailarina debía tener.

Recorre su cuerpo con las manos y en un movimiento rápido eleva las piernas con ayuda del tubo para después cerrarlas alrededor de este. Tenía experiencia haciéndolo. Comienza a hacer piruetas, arcos, sus extremidades se estiraban hasta un punto en el que me hizo preguntarme cómo sería tenerla atada en mi cama, expuesta solo y únicamente para mí.

Desciende hasta llegar al suelo, cayendo con las piernas

abiertas y el tubo entre sus piernas, las luces se apagan y con ello termina la canción.

Me voy a los camerinos a buscarla, nadie sabía quién era, los antifaces eran para protección de todos y me hacía preguntarme qué opinaría su papi sobre esto.

Estoy seguro de que mataría a todos los hombres en este lugar, no todos la habían tocado, pero muchos la habían visto.

La encuentro en uno de los camerinos, cambiándose. Ya no usaba la lencería, solo un vestido negro, uno que si fuera por mí, no usaría, al menos no aquí.

—Quién diría que no solo eres una excelente bailarina, sino que también se te da de maravilla el *pole dance*.

Aún llevaba el antifaz, pero yo sabía quién era, lo sabía desde el año pasado.

Lleva la mano a uno de los gabinetes y saca un arma con silenciador. Sonrío, me gustaba lo tenaz que era.

—¿Quién demonios eres? ¿Y qué haces aquí?

—Solo soy un admirador, *principessa russa*.

Si estaba sorprendida, no lo deja ver, había sido bien entrenada, era una lástima que no quisiera vivir en este mundo.

—Camillo Coppola dice, su acento ruso acariciaba las letras de mi nombre. Me relamo los labios al imaginarla diciéndolo de otra manera.

Mi hermano querría matarme, pero quería tenerla, aunque solo fuera una vez.

—¿Qué haces aquí?

Baja el arma y continúa arreglándose, levanta su vestido, dejando a la vista un liguero, en él había pequeños puñales. Por lo que me habían dicho, lo suyo eran las armas, pero al parecer disfrutaba el llevar armas filosas.

—Lo mismo que tú, buscando a alguien que satisfaga mis necesidades.

—Estoy segura de que no la encontrarás en este camerino.
—Se voltea a verme, no me llegaba ni al hombro, pero sabía que si intentaba matarme, no sería fácil quitármela de encima—. ¿Qué es lo que quieres, en realidad, Camillo? Te has aparecido en mi camino dos veces desde que puse un pie en Italia.

Era lista, me gustaba eso, pero yo quería que me diera todo de su ser, aún tenía ese aire inocente y deseaba corromperla por completo, moldearla a mi manera.

—Vine a ofrecerte un trato.

—No tienes nada que pueda interesarme.

Tenía una boquita peligrosa.

—Estoy seguro de que sí lo tengo. —Doy un paso más cerca de ella—. Nadie en este lugar puede complacerte, no como yo lo haría.

Acaricia su melena rubia y sonríe juguetona.

—Creo que te has equivocado de mujer, Camillo. No me gusta que me controlen, me gusta dar las órdenes. —Da un paso hacia mí y roza mi pecho con una de sus uñas—. Tú no eres el tipo que busco, a ti te gusta dominar.

—A eso viene el trato. —Tomo su mentón con delicadeza. Su piel era suave, estaba libre de marcas y eso solo me excitaba, quería marcarla, quería enseñarle el placer que había en ser dominado—. Hagamos una prueba, sin compromisos de por medio. Si te gusta, serás mi sumisa.

—¿Y si no me gusta? ¿Qué gano yo?

—Seré tu sumiso, haré todo lo que desees.

—Eso es muy tentador.

Da un paso más cerca.

—¿Entonces aceptas? —Sonríe, maliciosa, y se aleja dejándome con un dolor de bolas.

—Lo pensaré.

Intenta pasar por mi lado, pero la detengo tomándola del brazo.

—Escucha esto muy bien, mi querida Alicia, si terminas siendo mi sumisa, ten en claro que serás mía, nadie además de mí podrá tocarte, bailarás como lo hiciste esta noche solo para mí. Y a cualquiera que te mire o toque, lo mataré. Créeme, es mi deporte favorito.

—Pero todavía no lo soy, mi querido Camillo, así que trágate tus palabras de macho alfa, porque verás como soy tomada por otro hombre que no eres tú.

Se desprende de mi agarre y se va del camerino, iba a matarla, no me importaba quién fuera, iba a hacerlo.

La quería para mí desde que la seguí hasta aquí el año pasado, tan inocente, frágil y hermosa. Había desaparecido después de esa noche, no importaba donde la buscara o creyera verla, siempre la encontraba en mis sueños, mirándome, provocándome, incitándome a quemar el mundo hasta encontrarla. Ahora estaba aquí, a mi alcance y con una mala jugada podría írseme entre los dedos.

Marcello, mi hermano, tenía planes, pero yo tenía los míos.

Por donde sea que mirara, terminaría siendo mía. Nadie podía resistirse al placer de ser tomado, ya fuera con delicadeza o fiereza.

En esta ocasión, no le serviría huir, la encontraría donde fuera.

Salgo del camerino y la busco con la mirada, estaba en uno de los privados. Estos se encontraban a la vista de todos, aquí nadie se escondía.

No solo estaba acompañada por un hombre, sino que eran dos. Ambos se encontraban arrodillados ante ella, besaba a uno mientras llevaba las manos del otro al interior de sus piernas.

Cuando la tuviera, iba a castigarla por eso, nadie me provocaba y se salía con la suya.

Se quita el vestido, quedando completamente desnuda a los ojos de todos. Sus pechos eran firmes al igual que su redondo trasero, el cual disfrutaría azotando hasta que me rogara parar. Sus piernas largas me llamaban, quería perderme entre ellas y descubrir el paraíso que custodiaban. Su melena rubia cubría su espalda, dándole el aspecto de una diosa.

Como si sintiera el peso de mi mirada, se voltea y me sonríe. Eso la había delatado, la reconocí en el instante en que la vi, nunca podría confundir su cuerpo con el de otra mujer, y esa mirada tan perversa como inocente me llevó a ese salón mientras bailaba al igual que me habían llevado a seguirla después de que se fuera de ahí.

Iba a esperar después de mañana, pero ya era demasiado, la espera me estaba torturando hasta el punto de encontrar defectos en todas las mujeres, nadie era como ella.

Y mi cuerpo solo la deseaba a ella.

Jugaríamos al gato y al ratón, ella no quería ser dominada, pero yo quería que cayera ante mis pies.

Este sería un juego muy peligroso, ya que había mucha sangre e intereses corriendo de por medio. Solo me divertiría hasta que llegara el momento de culminar la partida.

Y en el proceso, ella terminaría siendo mía, me costara la muerte o no.

CUATRO
Alexei Voronin

No me gustaba cómo las miraban, esos dos hombres tenían la mirada fija en mis hijas, mis princesas.

Veo que Alicia toma a su madre de la mano y la arrastra junto con su hermana, siguiendo a su tía. Las sigo con la mirada hasta que se pierden tras esas puertas que daban a la sala.

Lorenzo palmea mi hombro, llamando mi atención, los hermanos Coppola se acercan a donde estamos y estrecho las manos de ambos. Su apellido me resultaba familiar, lo había escuchado años atrás, quizás de mi padre o en una de las muchas reuniones a las que asistía, pero no lograba conectarla con alguna familia o empresa.

—Vayamos a mi oficina, esta conversación tendrá para rato. —Seguimos a Lorenzo escaleras arriba, no quería estar lejos de mis mujeres tanto tiempo. Esta mansión era segura, pero años atrás aprendí que hasta los más cercanos a ti podían traicionarte.

Llevábamos casi veinte años viviendo con tranquilidad, nada de intentos de homicidio, robos o secuestros, al menos hasta ahora. Los robos habían comenzado hace un mes, aquí, en Italia, me tenían intranquilo. Ningún estúpido se atrevería a tocar la mercancía de los cabecillas de la mafia, a menos que tuvieran poder y unas gigantescas ganas de morir. Porque nadie tocaba lo que era mío, y no hablaba únicamente de mi mercancía.

Llegamos a la oficina de Lorenzo y lo primero que hago es buscar su minibar. Si Anastasia me viera, no duraría en gritarme lo irresponsable que estaba siendo con mi salud. Y seguramente le daría la razón, pero estaba muy estresado y necesitaba que algo mantuviera los nervios a raya, o mataría lo primero que se cruzara en mi camino. Y esos hermanos ya me habían dado una muy buena razón para querer desahogarme con ellos.

—Bien, tomen asiento, iniciaré con lo más sencillo. —Lorenzo también se sirve un trago y se deja caer en la silla frente a su escritorio—. Estoy seguro de que no olvidas a mi primo, Alexei, así que solo les resumiré la historia a ustedes —lo último lo dice señalando a los hermanos Coppola. Hago una mueca al recordar a esa rata. ¿Qué tenía que ver él en todo esto?

»Hace veinte años, mi primo, Lucas Moretti, empezó una guerra con el hombre que tienen frente a ustedes cuando intentó matar a su mujer, pero todo eso empeoró cuando la secuestró. Por supuesto que acabó con él en cuanto cayó en sus manos. Seguramente se preguntarán qué fue lo que lo llevó a eso, pues, cuarenta y un años atrás, mi primo asesinó a Alina Smirnova cuando pensó que Lucios Smirnov había entregado a la difunta Sra. Moretti en bandeja de plata cuando fueron emboscados aquí en Italia por un grupo de personas que tenían cuentas pendientes con Lucas. Desde ese entonces, él prometió darle caza al linaje Smirnov, y así lo hizo, hasta que Alexei y la actual reina de la mafia, Anastasia, se reencontraron.

»Así que ahora viene mi punto, y escucha bien lo que diré, Alexei, el que inició estos robos planea algo grande, no es cualquier imbécil que quiso dárselas de valiente y robarnos. La o las personas que hacen esto tienen que ver con Lucas, quieren venganza.

En un movimiento que sorprende a todos en la habitación, lanzo el vaso en mis manos a la pared más cercana, la que se encontraba justo atrás de Lorenzo. Me pongo de pie y tiro de las hebras de mi cabello, frustrado, molesto y con un odio recorriendo cada centímetro de mi cuerpo. Quería revivirlo y arrancarle cada pedazo de su asquerosa piel hasta que lo único que escuchara fueran sus alaridos de dolor.

—¿Quién demonios querría vengar a esa rata? ¿Con quién estaba asociado? —pregunto.

—Eso es algo que aún no sabemos, pero lo que sí sabemos es que esas personas se esconden muy bien, no quieren que los encontremos.

—Por supuesto que no, pero cuando los tenga en mis manos, lo único que harán será rogar por sus miserables vidas.

Regreso a mi asiento y fijo la mirada en esos dos hombres que no dejaban de observarme como si fuera un maldito experimento de laboratorio.

—¿Tienen algo que decir? —pregunto, ahora mismo no quería tener esos dos rostros frente a mí, y recordar cómo habían mirado a mis hijas sin ningún disimulo, no ayudaba.

—En realidad, sí —responde Camillo—, alguien sabe o debe estar cerca de saber, quién es el que les está robando.

Su declaración nos toma por sorpresa tanto a mí como a Lorenzo.

—¿Lo supones o estás seguro de eso?

La pregunta no sale de mis labios, sino de los de Lorenzo.

—Lo aseguro —afirma—, y es una mujer la que está investigando.

—¿Una mujer? —Frunzo el ceño ante eso—. ¿No saben si tiene alguna relación con Lucas? ¿O siquiera cómo se llama?

—No, no lo sabemos. Pero es escurridiza, obtiene información haciéndose llamar «Olor Niger», y todo a través de internet. Es posible que sea una *hacker* responde ahora Marcello.

¿Olor Niger? ¿Qué clase de nombre era ese?

—Hay que rastrearla o intentar contactar con ella —dice Lorenzo, pero niego ante sus palabras.

—Rastrearla no servirá de nada, posiblemente esté usando algo para interferir la señal o hacer que rebote. —Acomodo las mangas de mi traje y miro esos dos rostros que lo único que provocaban en mí era desconfianza—. Pero contactar con ella podría servir, tal vez podamos comprarle información.

Todos asienten ante mis palabras, algo además de lo obvio. No me gustaba esta situación, sentía que había mucho más en todo esto. Tal y como lo había dicho Lorenzo, estaban preparando algo grande contra nosotros.

—¿Cómo sabes que los que están haciendo esto quieren venganza? —pregunto, esta vez dirigiéndome a Lorenzo.

Traga saliva antes de responder.

—Lo escribieron en uno de los almacenes donde robaron. Después de matar a todos los hombres que custodiaban el lugar, dejaron el siguiente mensaje: «Queremos sangre por sangre, ojo por ojo, y las princesas de la mafia serán ese precioso tesoro».

Cada fibra y músculo de mi cuerpo se tensa, ellos no venían por mí ni por mi mujer, venían por mis hijas, lo más valioso e importante en mi vida.

—Y lo escribieron con sangre, con la sangre de los que mataron —agrega.

—Sobre mi cadáver tocarán a mis hijas, mataré a cualquiera que lo intente.

Me pongo de pie, dispuesto a irme de esa oficina para asegurarme de que mis mujeres estuvieran a salvo.

—Hay algo más, Alexei.

Me detengo al escucharlo, unos dedos fríos rozan mi nuca, advirtiéndome que lo siguiente no me gustaría.

—¿Qué? —pregunto.

—Dejaron esto para ti. —Saca un sobre negro de uno de los cajones y me lo extiende—. No ha sido abierto.

Se lo arrebato de las manos y lo abro, lo que hallo ahí dentro me seca la garganta y pone a latir mi corazón de forma desenfrenada.

«La espera en el infierno no es agradable, así que quise traer un poco de él nuevamente a su vida Sr. Voronin.
Nos veremos en el infierno».

Aprieto los puños, el que escribió esto sabía las últimas palabras que le había dicho a la rata de Lucas Moretti antes de matarlo. Alguien, de nuevo, me había traicionado y rodarían cabezas hasta que descubriera quién había sido.

—Quiero el doble de seguridad mañana por la noche, al igual que el resto del viaje. Mantén en movimiento la mercancía, no volverán a robarme. —Más que un pedido, era una orden. Me volteo hacia los hermanos Coppola—. Y quiero que contacten a esa mujer esta misma semana, no me importa lo que tengan que hacer, pero háganlo o los siguientes que dejarán de respirar serán ustedes.

Salgo de ahí antes de perder la poca paciencia que me quedaba, bajo las escaleras y me dirijo a la sala. Me detengo frente a la fotografía y las observo, sintiendo como la preocupación aumentaba. Ellas eran lo más importante en mi vida, y si no las tenía, mi mundo se haría pedazos.

Era bien sabido que los demonios siempre intentarían matar a los ángeles, pero yo no permitiría que eso sucediera. Mi esposa y mis hijas estarían a salvo, yo me aseguraría de ello sin importar el costo.

Aun si ese costo fuera mi propia vida.

CINCO

Alicia Voronin Smirnova

L as personas pululaban a mi alrededor, no podía asegurar con certeza cuántas eran en total, pero sentía que me asfixiaría entre todas ellas.

Había logrado conciliar el sueño tras llegar de mi aventurilla la noche anterior, había comenzado a visitar el club Asmodeus el año pasado. Ahí descubrí que había cierto placer en dar órdenes, por esa razón la propuesta de Camillo no dejaba de dar vueltas por mi cabeza.

Me sorprendió su propuesta, me conocía hace, qué, ¿un par de horas y me quería como su sumisa? Aunque lo que más me había sorprendido fue encontrármelo ahí cuando hacía tan solo media hora lo había dejado en la sala de estar de la casa. Durante mis estadías aquí en Italia siempre me escabullía para ir al club y todas las veces que fui jamás me lo encontré.

A excepción de una vez.

¿Pero por qué aparecía ahora? ¿Y era consciente de lo que le pasaría si mi padre lo descubría? Sabía que era consciente de que en algún momento tenía que dejarnos ir, pero era difícil cuando medio mundo quería ver muerta a tus hijas, y por si eso fuera poco, a un padre siempre le era difícil confiar.

Recorro la estancia evadiendo a las personas, no quería entablar conversación con nadie. Odiaba las fiestas, en especial las reuniones como estas, era algo que había heredado de mi madre.

Llego a la mesa de los bocadillos y tomo un par de chocolates. Fijo la mirada en las mesas principales, encontrando a mis tíos junto a sus dos hijos. Cerca de ellos estaban mis padres, charlando ambos de forma airada. Frunzo el ceño por ello, los había escuchado discutir en muy pocas ocasiones, y esas pocas veces ocurrieron en la noche, cuando pensaban que dormíamos. Aunque, por supuesto, después tenía que ponerme los auriculares y subir todo el volumen para no escucharlos mientras se reconciliaban. Era algo que ningún hijo quería escuchar, era asqueroso.

Así que me sorprendía que estuvieran discutiendo ahora mismo, y lo hacían de una manera en la que cualquiera creería que hablaban del clima. Pero no, yo los conocía muy bien, sabía cuándo algo iba mal, y algo me decía que tenía que ver con los robos de su mercancía.

Desplazo la mirada hasta dejarla sobre el hermano gemelo de Camillo, este se encontraba junto a Ivan y Lukyan. Los tres miraban un punto en específico, así que lo sigo hasta llegar a mi hermana, quien se estaba preparando para comenzar a tocar *Winter*.

Esa sería la ofrenda que le obsequiaría a Enmanuele, demostrando que lo aceptaba como uno de los herederos de la mafia italiana. Él y su hermano se harían cargo cuando sus padres no estuvieran, así como tal vez nos tocaría a mí y a Elaine: era un destino del cual sería difícil escapar.

Una suave melodía acaba con el bullicio del lugar, en solo

segundos todos guardan silencio y centran su atención en Elaine. Me gustaba oírla tocar, era relajante.

Me acerco un poco más para verla con mayor claridad, ella cierra los ojos y deja que la melodía fluya, no necesitaba partitura ni ver las teclas. Mi hermana conocía un piano igual de bien que yo los pasos de *ballet*, era parte de ella.

Deslizo la mirada por todo el lugar, estudiando las posturas, los rostros, no había ni una sola persona que no estuviera pendiente de ella. Observo a mis padres, la habían escuchado tocar un millón de veces, pero eso no evitaba que mamá llorara mientras papá la abrazaba por la cintura y la veía con admiración y devoción. Sonrío ante la imagen, mi familia era mi mundo y yo haría lo que fuera por ellos.

Sigo observando a los demás, hasta llegar a esos tres hombres de nuevo, pero uno de ellos es quien llama mi atención. Ivan miraba a mi hermana como siempre lo hacía, tan enamorado que te provocaba diabetes con tan solo verlo. Lukyan, en cambio, lo hacía con un desinterés que me provocaba borrarle el rostro de un puñetazo. Pero Marcello Coppola la miraba de una forma peculiar.

Una media sonrisa adornaba su rostro, su mirada seguía cada movimiento y expresión que ella hacía; no veía sus manos, solo su rostro. Observo como inclina el suyo, siguiendo los movimientos de Elaine. En su mirada había algo que no podía explicar, pero era claro el interés que tenía en ella, no sabía de qué tipo, pero mi hermana había llamado su atención.

Ivan era un hombre celoso. Si se volteaba y lo atrapaba mirándola así, no dudaría en lanzarse sobre él. Hago una mueca al pensar en el desastre en el que se convertiría esta celebración si eso sucedía...

Un escalofrío me recorre el cuerpo al sentir una mirada sobre mí, la misma que había sentido la noche anterior.

Comienzo a buscar al dueño de esa mirada hasta dar con él, entonces sonríe al saber que lo había atrapado.

A pensar que debía mantenerme lejos de los hombres en este lugar, él había despertado mi curiosidad, además de que me estaba planteando la idea de aceptar su propuesta. Me gustaba descubrir cosas nuevas y quería saber qué se sentiría ser tomada por él. No dudaba de que fuera bueno en el sexo, pero a mí me gustaba controlar cómo y cuándo me tocaban. Si le daba ese poder a él, no sabría lo que podría suceder.

Me acerco con pasos lentos hacia él, su mirada abandona mi rostro para dejarla caer por todo mi cuerpo, el mismo que había visto desnudo la noche anterior. Un vestido negro lo cubría ahora mismo, el escote en mi pecho era profundo y dejaba a la vista más de lo que a mi padre le habría gustado. Tenía una abertura en mi muslo derecho que llegaba hasta mi cadera, en este era visible un pequeño liguero que mantenía firme sobre él un arma.

—Mi padre te arrancará los ojos si te atrapa mirándome así —le digo cuando me detengo a su lado. Su sonrisa se ensancha.

—No es necesario que te preocupes por mí —me responde, pongo los ojos en blanco y tomo la copa que me ofrece, mas no bebo de ella.

—No lo hago, solo no quiero que se arruine la fiesta de mis tíos.

—Entonces, procuraré mantener los ojos lejos de ti, no queremos hacer enojar al Diablo —lo último lo dice con sarcasmo. Enarco una ceja ante ello, a este hombre no le importaba lo que mi padre pudiera hacerle.

Me gustaba eso, el que no se dejara intimidar por él ni su poder.

—Pensé en tu propuesta —añado, ahora estaba segura de mi decisión.

—¿Y?

—La única condición que pondré para esa pequeña muestra es que, si te pido que pares, lo harás.

—No había necesidad de que lo pidieras, nunca me propasaría con una mujer. —Lo observo por el rabillo del ojo, había aprendido a no fiarme de las personas después de la historia que me contó mi madre, pero él me generaba una pizca de seguridad, aunque no bajaría la guardia. No con todo lo que sabía.

—Bien, entonces seré completamente tuya esta noche y, si me gusta, seré tu sumisa.

Aunque por solo una semana, agrego para mis adentros, no nos quedaríamos más tiempo y no sabía cuándo volvería.

Una encantadora sonrisa adorna su rostro. No era ni coqueta, sínica o sarcástica, esta parecía ser genuina, pero difícilmente podía asegurarlo.

—Aunque tengo una pregunta. —Observo las burbujas de la champaña en mi copa, asegurándome de que no había sido alterada—. ¿Por qué de tantas mujeres me lo pediste a mí? Ser sumisa no es lo mío, con alguien más podrías tener las cosas más fáciles.

En un movimiento que me toma por sorpresa, su mano acaricia de manera sutil la piel desnuda de mi muslo. Esa simple caricia acelera los latidos de mi corazón y tensa los músculos de mi vientre, ahora no tenía dudas de que tener sexo con él sería fascinante.

—Esa es la mejor parte, mi querida Alicia, no quiero a alguien que me lo haga fácil, sino a alguien con la que pueda explorar cosas nuevas, y esa eres tú.

Otra caricia en mi muslo es suficiente para hacerme jadear, mi cuerpo era muy receptivo a su toque. Dejo caer la mirada en mi padre, asegurándome de que seguía tan de inmerso en la melodía del piano como los demás.

—¿Y qué te gustaría explorar conmigo?

—Además de cada centímetro de tu piel, me gustaría ser amarrado, amordazado y acariciado por tus manos. Si te vuelves mi sumisa, no solo yo tendré el poder de jugar y ordenar, tú también lo tendrás.

Sus ojos grisáceos escrutaban cada centímetro de mi rostro, podía ver en ellos el deseo, el mismo que había comenzado a crecer en mi interior. Esas palabras dichas por esos carnosos labios me habían engatusado. Si ambos tuviéramos el mismo poder, entonces no había tiempo que perder.

—Cada minuto cuenta, mi querido Camillo.

Me doy la vuelta dándole la espalda, dirigiéndome a la salida del salón. Sentía su mirada sobre mí, la misma que me hacía arder de deseo.

Iba a disfrutar de las siguientes horas.

SEIS

Alicia Voronin Smirnova

C ontoneo las caderas mientras subo las escaleras al tercer piso, cada centímetro de mi cuerpo se encontraba inquieto.

Sigo el corredor y cruzo a la izquierda, llegando a su habitación. Mi tío les había dado a los hermanos Coppola las habitaciones más escondidas y alejadas de su mansión.

—Tengo curiosidad por saber cómo sabías cuál era mi habitación —susurra. Estábamos frente a la puerta, por lo que me empuja contra ella y lleva mis manos a la espalda, inmovilizándome por completo. Una de sus manos toma mi cadera y la atrae hacia su pelvis, haciéndome sentir lo duro que estaba—, pero ahora mismo lo que me provoca más curiosidad es saber qué ruidos harás cuando esté entrando y saliendo de tu interior... ¿Gemirás o gritarás, mi querida Alicia?

—Todo depende de qué tan bien hagas tu trabajo. —Suelta mi cadera y toma mi cabello, dándole la forma de una coleta. Tira de ella, arqueo la espalda, presionando mi trasero contra su pelvis.

—En ese caso, espero que tu papi no te escuche, porque

amanecerás ronca mañana de tanto gritar —susurra en mi oído y se presiona del todo contra mí, podía sentir el calor de su miembro aun a través de la tela—. Estas son las reglas, preciosa, siempre te voy a desvestir yo y solo te marcaré donde tú me lo permitas.

—Solo hazlo donde no sea visible —contesto y jadeo, la humedad entre mis piernas ya era incómoda y ansiaba ser acariciada en una parte específica de mi cuerpo.

—Excelente, ahora entra a esa habitación, quiero volver mierda ese precioso cuerpo.

Tomo la perilla de la puerta y la abro, él la cierra tras de sí una vez que estamos adentro y escucho como esta es asegurada. Las luces se encienden solas al detectar movimiento.

Era espaciosa, estaba decorada con pequeños detalles de oro y madera caoba, había una cama matrimonial en el centro con cuatro postes que rozaban casi el techo. También había un diván color negro. Me relamo los labios al imaginar las posiciones que podríamos hacer ahí.

Escucho como cierran un cajón, y cuando me doy la vuelta, encuentro a Camillo con un vibrador, pinza para pezones y una cuerda en las manos. Lo deja todo en la cama y se voltea al verme, de nuevo mi cuerpo con la mirada y una sonrisa perversa se forma en su rostro.

Camina hacia mí y se arrodilla, eleva el rostro y lo miro desde toda mi altura.

—Estoy seguro de que estás acostumbrada a esta vista, ¿o me equivoco, preciosa?

Acaricio su rostro con una de mis manos, la barba incipiente me hacía cosquillas en la mano, tomo su cabello y me inclino hasta rozar mis labios con los suyos.

—Me gusta verte arrodillado a mis pies.

—Y te gustará cuando esté comiéndote el coño.

33

Me alejo de su rostro y sonrío, levanta mi vestido hasta dejar a la vista mis tacones negros. Los quita, dejándome descalza, y con su mano derecha recorre la piel desnuda de toda mi pierna hasta llegar al liguero que sujetaba el arma en mi muslo.

—Para la próxima, te follaré con ella puesta —dice antes de desatarlo y dejarlo en la banca frente a la cama.

Retoma su minucioso recorrido, pero esta vez desviándose al interior de mis muslos. Se pone de pie con su mano cubriendo mi sexo. Me toma del cuello y estampa sus labios contra los míos, me aferro a sus brazos para no perder el equilibrio y le devuelvo el beso con la misma necesidad y ferocidad con la que él me tomaba. Lamo su labio inferior e invado su cavidad bucal, acariciando su lengua con la mía.

Mueve su mano entre mis piernas, llevándola a mi raja, esa que se encontraba totalmente húmeda. Me acaricia con toques suaves que me hacen mover las caderas contra su mano, su dedo medio presiona mi entrada, arrancándome un jadeo que se pierde en la sonrisa de sus labios.

—Tu cuerpo está ansioso porque lo posea. —Saca su mano de mi sexo y lleva el dedo con el que me estaba acariciando a sus labios para lamerlo y saborearme. Su mirada brilla por el deseo y la lujuria—. Date la vuelta —ordena.

Lo hago y, segundos después, sus manos comienzan a bajar el cierre de mi vestido. Aparta los tirantes de este y cae en el suelo, arremolinándose alrededor de mis pies.

No llevaba sujetador, por lo que la única prenda que quedaba en mi cuerpo era una braga negra de encaje. Acaricia mi espalda desnuda, cada uno de los vellos de mi cuerpo se erizan, sus manos se sentían ásperas contra la suavidad de mi piel, lo que creaba una sensación excitante. Cubre mis pechos con sus manos, endureciéndome los pezones.

—Son perfectos para mis manos. —Deja una línea de besos desde mi hombro hasta mi cuello—. Ve al diván e inclínate sobre él, quiero que separes un poco las piernas.

Nunca había sido sumisa, jamás había acatado órdenes, ni siquiera de mis padres. Pero, por alguna razón, seguir las que Camillo me daba me gustaba. No sabía si tenía sentido, pero me sentía poderosa.

El cuero frío contra mi piel caliente me hace tragarme un gemido, llevo mis manos al frente y separo levemente mis piernas. Estaba a su merced y quería que cumpliera sus palabras, deseaba que me hiciera mierda y que mañana me doliera el cuerpo de solo moverme.

—¿Tienes una palabra de seguridad?

—Negro.

—Bien, si es demasiado, solo dila y me detendré. —Se acerca por atrás, podía sentir el calor de su cuerpo contra el mío —. Manos atrás.

Las sujeta con la cuerda, inmovilizando mis brazos. Doy un pequeño salto cuando una vibración desciende por mi espalda, la arqueo cuando la siento en mi trasero hasta perderse entre mis piernas.

—Son cinco velocidades, si llegas a la última sin correrte, te daré un premio ¿Crees poder hacerlo, preciosa? —me pregunta y reprimo un gemido cuando siento las vibraciones sobre mi adolorido clítoris.

—Sí —digo jadeando.

—Sabes las reglas, mi querida Alicia, no me hagas castigarte antes de tiempo. —Azota uno de los cachetes de mi trasero haciéndome respingar—. ¿Sí qué?

—Sí, señor.

—Así me gusta.

Gimo al sentir un cambio en la velocidad, acaricia mi

espalda con su mano, siguiendo el mismo recorrido que hizo el vibrador minutos antes. Esta llega a mi centro y hace las bragas a un lado, tocándome por completo. Vuelvo a gemir cuando me penetra con el dedo medio.

—Estás apretada, muy apretada. —Lleva otro dedo a mi interior, mis caderas por voluntad propia comienzan a mecerse contra su mano y el vibrador—. Te costará recibirme, pero lo haremos encajar.

Aumenta la velocidad del vibrador y, junto con este, los movimientos de su mano. Sus dedos eran largos y gruesos, por lo que tocaban en mí un punto que ningún hombre había podido. Los gemidos y jadeos salían sin ningún control de mi boca, los músculos del vientre se tensaban cada vez más...

—Preciosa, puedo sentirte —afirma. Empuja la pelvis contra mí, haciéndome gemir con más fuerza. Una cosa era fingir un orgasmo cuando te acostabas con alguien que no sabía bien lo que hacía, pero era una muy diferente cuando tenías a alguien que sabía cómo hacerte temblar las piernas de placer. Sus dedos me tenían al borde del delirio, ansiaba correrme con todas mis fuerzas.

—Camillo —gimo al sentir las dos velocidades que suben de golpe: mis piernas querían cerrarse para aliviar la presión, pero la mano entre ellas lo impedía. Mi respiración era un desastre, el sonido de sus dedos entrando y saliendo de mi vagina, la constante vibración, era... era...

Todas las sensaciones desaparecen cuando se detiene, un sollozo se escapa de mis labios. Ese orgasmo iba a hacer exquisito, necesitaba liberarme.

El sonido de una cremallera al ser bajada me saca de mis pensamientos.

—¿Tomas la píldora?

—Sí, señor.

—Buena chica...

—¡Ah...!, Camillo —gimo, la punta de su miembro juega con mi entrada, empapándose con mis fluidos. Estaba tentándome, provocándome... Me embiste con un solo movimiento de su pelvis. Era duro, firme y ancho, mis paredes lo abrazan haciéndolo gruñir. Sentía como si fuera a romperme, tocaba todo mi interior, lo sentía hasta el tuétano de los huesos.

—*Merda, preziosa* —suelta en italiano, su voz era ronca y pecaminosa cuando hablaba su lengua natal.

Meneo las caderas, incitándolo a moverse en mi interior. Toma mi pelo en una coleta y comienza a hacérmelo lento y duro, tal y como me gustaba. Recibo cada uno de sus embates con gusto, meneándome y siguiendo mi propio ritmo, pero me detiene tomando mi cadera con su mano libre.

—Quieta, preciosa, y no tires de la cuerda, sino te quedarán marcas, y no quiero marcar tu piel de esa manera.

Tira con más fuerza de la coleta, arqueando mi espalda hasta llevarla contra su pecho. Esconde el rostro en mi cuello, mordiéndolo, lamiéndolo y succionándolo, luego toma uno de mis pechos y tira del pezón, haciéndome gritar.

—Así quería oírte, quiero que te escuchen abajo, preciosa, porque a partir de ahora eres mía, y solo cuando me canse dejarás de serlo, ¿y te digo algo? —Muerde mi lóbulo, haciéndome gemir con fuerza—. Eso no sucederá ni hoy, ni mañana, ni la semana que viene.

—Y tú a partir de ahora también eres mío, así me vuelva tu sumisa, no me gusta compartir. Lo que es mío es solo mío y mataré a cualquiera que intente cambiar eso. —Da un embate que me deja en las nubes, solo un poco más...

—Quien diría que eras posesiva. —Una lamida a mi cuello es más que suficiente para hacerme estallar, lo sentía en todos lados, no solo en mi cuerpo, sino en mi alma—. Ya estás advertida, todo el que te intente tocar o te mire de una forma que no me guste recibirá una bala en la cabeza.

Me retuerzo entre sus brazos durante los minutos que dura el orgasmo, mis piernas temblaban, cada terminación nerviosa en mi interior lo hacía. Da unos cuantos embates más hasta soltar su semilla en mi interior, marcándome así como suya...

Trago saliva al percatarme de algo. Era el primer hombre que lo hacía.

Mierda.

Mierda.

Mierda.

—No hemos terminado. Ponte bocarriba y abre esas piernas que voy a comerme ese coño.

Aún no lo sabía, pero probar a ese italiano me traería una serie de problemas.

No solo a mi familia, sino también a mi duro y oscuro corazón.

SIETE

Camillo Coppola

Sus caderas se elevan para obtener más placer de mi boca sobre su coño, la tomo de ellas y le doy la vuelta, dejándola en cuatro.

—Estate quieta o no te dejaré correrte —gruñe como respuesta, así que la azoto, haciéndola gemir—. Ese sonido me gusta más.

Llevo mi rostro hasta el medio de sus piernas y la lamo entera, empapándome y saboreando sus jugos. Con dos de mis dedos, acaricio su entrada hasta penetrarla. Sus paredes me aprietan, haciéndome saber lo estrecha que era y que no importaba qué tan duro le diera, siempre sería así. Mi miembro se hincha de alegría al imaginarme de nuevo dentro de su calor.

—Camillo..., más.

Dándole lo que desea, llevo un tercer dedo a su interior, estirándola, preparándola para recibirme de nuevo.

—Nunca me había gustado tanto que alguien gimiera mi nombre, pero tú, *principessa russa*, eres un maldito espectáculo.

Muerdo su clítoris y aumento las embestidas de mis dedos,

sus piernas tiemblan hasta llenarme toda la boca y la barbilla con su orgasmo.

Deja caer el pecho sobre el diván, así que le quito la cuerda para que pueda estirar los brazos, la cargo y la llevo a la cama. Me acuesto, dejándola sobre mí. Su melena rubia cubría sus pechos, sus mejillas estaban sonrojadas y el marrón de sus ojos se había oscurecido. Era la viva imagen del deseo y la satisfacción.

Llevo un mechón de cabello atrás de su oreja, dejando su rostro a la vista. Sus facciones eran dulces y delicadas, casi infantiles, pero bajo ese aspecto de ángel se encontraba una luchadora y una asesina. Alicia era peligrosa, y eso me gustaba, tanto que me había involucrado en este juego más de lo que debería.

—Quiero que me montes hasta que te retuerzas de placer sobre mi polla, y cuando sea así, te voy a follar tan duro que no podrás caminar mañana.

—Tengo que bailar mañana —contesta y besa mi cuello y lo lame. Llevo las manos a su cadera y la acomodo sobre mi miembro, ella hace el resto, llevándolo a su interior.

—Entonces, empieza a rezar, preciosa.

La embisto, incitándola a moverse. Sus movimientos eran lentos pero firmes, formaba un ocho cada vez que se movía, excitándome y torturándome. Me calmo y la dejo tener el control, como le había prometido.

La admiro, observo sus gestos de placer, la forma en la que cerraba los ojos antes de gemir, con sus uñas enterrándose en mi pecho y sintiendo el rebotar de su trasero. Se inclina sobre mí y busca mis labios... Esto se sentía de cierta forma diferente, no era el mismo salvajismo con el que me había permitido follarla antes, era delicado y algo más.

Le doy la vuelta, dejándola debajo de mí, arremeto contra ella, queriendo borrar esa sensación que me habían dejado sus suaves besos. Llevo sus manos por encima de su cabeza, inmovilizándola. Como respuesta, levanta la cadera y cierra las piernas alrededor de mi cintura, apretándome y dejándome sentir cada centímetro de su interior.

Siento como sus músculos se tensan al llegar nuevamente al clímax, y junto a ella, ambos nos liberamos aferrándonos el uno al otro. Me dejo caer sobre su pecho, teniendo cuidado de no aplastarla del todo. Cuando ambos hemos recuperado la respiración, salgo de su interior y me acomodo a su lado, se acuesta sobre su torso y me mira con ojos soñolientos.

—Cuatro orgasmos en una noche... nada mal, Coppola —afirma junto con un suspiro y se acomoda mejor sobre la almohada. Tira del edredón que cubre el colchón y se arropa con él—. Y acepto lo de ser tu sumisa, saldré muy bien beneficiada.

—*Nessuno può resistere a una Coppola, preziosa.* Nadie puede resistirse...

—Egocéntrico. —Me quita mi almohada y la abraza contra su pecho, cerrando los ojos—. Me iré mañana temprano, no suelo compartir cama con los hombres con los que me acuesto, así que esta será la única vez que suceda.

Asiento, aunque no podía verme, llevo los brazos bajo mi cabeza y me acomodo para dormir. Me había quitado mi almohada y aquí estaba yo, dejándola dormir tranquilamente.

Jodida mierda.

—Buenas noches, Camillo —susurra medio dormida.

Trago saliva, a partir de ahora tendría que cuidar mis pasos si no quería perder en mi propio juego.

⌇

Los rayos del sol iluminando la habitación me despiertan, estiro el brazo, buscándola, pero encuentro el lado de la cama vacío. Había dicho que se iría temprano, pero creí que podía despertarme antes que ella.

Me levanto y me dirijo al baño a darme una ducha, me sentía relajado, había dormido más que en los últimos dos años.

Después de salir de la ducha, me pongo un traje, una camisa blanca y un pantalón negro. Tomo mi arma, los gemelos, el móvil y el reloj, reviso que todo esté en su lugar antes de salir de la habitación y bajar al comedor.

Eran alrededor de las diez de la mañana, habíamos pasado toda la noche juntos. Muy bien todos habrían terminado de desayunar o apenas se estaban sentando en la mesa.

Pero en cuanto entro al comedor, los encuentro a todos comiendo sopa, todos menos Alicia, la Sra. Voronin y la Sra. Moretti, quienes estaban tranquilamente disfrutando de su desayuno.

—Buenos días —digo y un coro de «buenos días» se escucha en la habitación. Tomo asiento junto a mi hermano, quien se encontraba frente a Elaine. Al lado estaba Alicia.

Todos tenían un aspecto demacrado, al parecer, se habían pasado con las copas la noche anterior.

—*Dov'era ieri sera?*

«¿Dónde estuviste anoche?», pregunta Marcello en un susurro. Nadie nos prestaba atención, así que no teníamos que preocuparnos de murmurar entre nosotros.

—*Sono andata a prendere un po' d'aria fresca e poi sono andata a letto.*

«Solo fui a tomar un poco de aire fresco, después me fui a la cama». Estaba molesto, él sabía lo que había estado haciendo la noche anterior.

—*Stai molto attento, Camillo, non vorrai far arrabbiare il Diavolo.*

«Ten mucho cuidado, Camillo, no quieres molestar al Diablo».

—*Ho tutto sotto controllo, fratello.*

«Lo tengo todo bajo control, hermano».

Espero a que me traigan el desayuno, y mientras lo hago, fijo la mirada en Alicia, pero esta ya se encontraba mirándome desde antes. Le sonrío, ignorando la sensación de peligro que me recorrió al ver su mirada. Nos miraba con el ceño fruncido, pero después me sonríe como si nada y regresa la vista a su comida.

No la creía posible de que le dijera a su padre de nosotros, sería una condena para ambos, aunque de los dos, yo era el más perjudicado. Para ser exactos, mi vida sería el precio.

—Sr. Voronin, hemos podido contactarnos con la *hacker* —informa Marcello, lo miro un momento con la pregunta enmarcada en mi rostro, ya después hablaría con él.

El Sr. Voronin aparta la mirada de su esposa, pero sin soltarle la mano que mantenía entrelazada sobre la mesa. Por lo que tenía entendido, Alexei se encargaba de este tipo de asuntos. En cambio, Anastasia daba la cara por la mafia, protegía y mandaba a matar a los que debía, ella nunca se ensuciaba las manos, eso lo hacía su esposo.

—Bien, buscaremos el punto de encuentro después de la presentación de mi hija. —Alexei mira a Alicia, quien tenía el ceño fruncido de nuevo, mas no aparta la mirada de su ensalada de frutas—. Ustedes —dice y nos señala a mi hermano y a mí— se encargarán de escoltar a mis hijas el día de hoy, y si les sucede algo, aunque sea un rasguño, me responderán con su vida, ¿entendido?

Veo como Marcello aprieta la mandíbula, odiaba recibir órdenes, aun así, asiente.

Como él mismo lo había dicho, no nos convenía molestar al Diablo.

~

EL TEATRO DE LA SCALA DE MILÁN era el auditorio más importante de toda Italia, donde el día de hoy Alicia haría su presentación de *ballet*. Era una clase de diosa en ello, era la mejor en Rusia y muy pronto sería la mejor en todo el mundo.

La habíamos escoltado a ella y a su hermana a su camerino. Ambas se habían encerrado y ninguna había dado señales de querer salir. Mi hermano se veía tenso, él no estaba acostumbrado a esas cosas, lo suyo era pasársela en una oficina, atendiendo negocios, matando a alguien o jugando póker. Odiaba trabajar en el campo, pero ¿quiénes éramos nosotros para cuestionar las órdenes del rey de la mafia?

Miramos alarmados la puerta del camerino cuando escuchamos algo romperse. Segundos después, Elaine sale por la puerta cerrando de un portazo, pasa frente a nosotros sin molestarse en mirarnos.

—Ve con ella —le digo a Marcello antes de entrar al camerino.

Alicia se encontraba frente al espejo, ya estaba peinada y vestida con un traje blanco, en el cual parecía haber pequeños diamantes incrustados junto a un detallado bordado por todo el traje. A su lado, en el suelo, se encontraba un frasco de perfume roto.

—¿Estás bien?

Su hermana debió haberla peinado, porque nadie más había entrado al camerino. Cuando me acerco un poco más, puedo ver a través del espejo las brillantinas junto a varias plumas que inician en su sien hasta llegar a su cabello, formando una pequeña corona, y de esta, una pequeña cadena salía adhiriéndose al inicio de su frente.

—Sí, solo fue un accidente —contesta y se pone de pie, dejándome ver sus piernas cubiertas por unas mallas blancas. Sus zapatillas eran blancas y en ellas también había pequeños diamantes. El tul llegaba un poco debajo de su cintura, estira los brazos para después voltearse y mirarme, en sus ojos no vi el mismo calor con el que me había mirado la noche anterior.

—¿Segura que estás bien, Alicia?

—Lo estoy, puedes irte si quieres, en cinco minutos salgo al escenario.

Su forma de hablarme era distante, pero lo dejo pasar, no debía preocuparme por ella, solo por su estado físico.

—Bien. Suerte.

—Gracias.

Me voy del camerino, sintiendo una extraña sensación en el estómago, llego a la zona vip y busco a mi hermano entre los asientos. Cuando lo ubico, me acerco a donde está y me siento a su lado.

—*Nero.* Negro.

Asiente casi imperceptiblemente y fijo la vista en la tarima, bajan la intensidad de las luces, dándole inicio al *show*.

OCHO

Camillo Coppola

Nunca me había gustado el *ballet,* me parecía un desperdicio del tiempo quedarse sentado por una o dos horas viendo a un grupo de personas bailar, pero verla bailar a ella... No se comparaba a nada que hubiera visto antes, era muy diferente a la primera vez que la había visto bailar, la forma en que dejaba fluir las notas musicales a través de su cuerpo, la gracia y belleza que destilaba era hipnotizante, enriquecedora. Su compañero, el que participaba en muy pocas ocasiones, ya que ella era la protagonista, apenas si la tocaba. Y cuando lo hacía, era con delicadeza, la misma con la que se tocaría una obra de arte invaluable. Sospechaba que Alexei, su padre, tenía que ver en ello.

Todos en el teatro estaban igual que yo, nada importaba más que verla bailar, era como estar hechizado. En este momento, no había nada más que quisiera mirar.

Me inclino hacia adelante cuando da un salto por los aires, cayendo con la misma ligereza con la que lo haría una pluma. Rodea su cuerpo con los brazos hasta subirlos por encima de su cabeza, sosteniéndose sobre sus zapatillas. La velocidad de los violines desciende hasta tener el mismo ritmo que una canción de cuna, inclina su cuerpo hacia el frente, dejando la cabeza entre sus brazos. Era una reverencia, la misma que haría un cisne.

Un coro de aplausos inunda todo el lugar, las personas se ponen de pie y comienzan a lanzarle rosas. El telón se cierra para después ser abierto, dejando a la vista a todos los participantes del elenco. El hombre que era su compañero le hace una reverencia y le entrega un gran ramo de rosas, todos le hacen una reverencia al público y después... Un disparo acaba con los aplausos y los vítores, sustituyéndolos por personas gritando y corriendo por todo el lugar.

Saco mi arma en el momento en que miro la tarima, pero esta ya se encontraba vacía. El ramo de rosas yacía sobre un charco de sangre y, al lado de este, el cuerpo del compañero de danza de Alicia también, muerto.

El lugar queda en penumbras, enloqueciendo a todos. Me agacho cuando otra ola de disparos inunda la estancia, las luces de emergencia se encienden y ahí es cuando puedo ver con mis propios ojos a Anastasia sobre el cuerpo de su esposo. Me apresuro a ir a donde están, sus manos se encontraban llenas de sangre, la camisa en el hombro derecho de Alexei estaba empapada también con una gran cantidad de sangre.

—Lorenzo, pide refuerzos y que salgan de aquí. ¡Ahora! —grito, haciéndome escuchar por encima de los gritos, este asiente y presiona un botón en su reloj, era un nuevo sistema de seguridad que había desarrollado su gente.

—Mi hermana, hay que buscarla. —Elaine me toma del brazo y me hace mirarla, había una mezcla de miedo y preocupación surcando sus rasgos—. Y tú vendrás conmigo —me dice, no era una solicitud, era una orden—. Mamá, saca a papá de aquí y llévalo al hospital —añade y besa su frente, entonces comienza a alejarse a gachas hasta llegar a la puerta.

—¡No! ¡Elaine, es peligroso! —exclama; Anastasia no lloraba, pero el miedo en ella cada vez era más evidente.

—Estaré bien, mamá, sabes que ni me verán venir —le responde y saca un cuchillo de su muslo, rasga su vestido, dejándolo por encima de sus rodillas. En ambos muslos, una fila de cuchillos aguardaba por ser utilizados.

Me pongo atrás de ella y miro un momento a mis espaldas, Lorenzo con arma en mano, al igual que la Sra. Moretti, Anastasia intentando detener la hemorragia de su esposo y Marcello dando órdenes a gritos por el móvil.

—Andando —ordeno y abro la puerta, dejando a la vista un pasillo casi en penumbras. Me pongo frente a Elaine, protegiéndola con mi cuerpo, pero ella se coloca a mi lado con un cuchillo en cada mano.

Todo estaba en silencio, no se escuchaba ni un paso o una respiración. Puede que el objetivo hubiera sido herir al Sr. Voronin, pero recordaba muy bien la amenaza hacia las princesas de la mafia y algo me hacía creer que esto solo era el inicio de ella.

Bajamos las escaleras, dejando la zona vip a nuestras espaldas, y llegamos a los pasillos que daban a los asientos principales y a la puerta que conducía a los camerinos. Las personas habían salido con sorprendente velocidad, todos estaban preparados para este tipo de atentados, pero eso no significaba que nunca hubiera heridos o muertos.

En cuanto abro la puerta que da a los camerinos, soy arrojado hacia atrás por un hombre corpulento. Recibo un puñetazo en la barbilla que me descoloca por unos segundos. Elaine, sin dudarlo, se va contra el hombre, yo aprovecho su distracción y le disparo en uno de los muslos. Elaine cierra las piernas alrededor de su cuello para después retorcerlo hasta dejarlo en un ángulo antinatural. Deja caer el cuerpo y queda sobre él.

—¿Por quién fuiste entrenada? —le pregunto, su velocidad y agilidad eran sorprendentes, la maniobra que había hecho la lograban hacer muy pocas personas.

—Por los Darks. Ahora sigamos.

Las luces en este pasillo parpadeaban y había cuerpos de bailarinas, maquilladores y guardias por todos lados. Apresuro el paso, reviso en los camerinos sin encontrarla...

Un disparo resuena en el fondo, seguido de un grito femenino, corremos hasta a la puerta que nos separaba. Le disparo a la manilla cuando esta no cede, el lugar era una clase de sala de descanso. Levanto mi arma y apunto a la figura más grande, pero me contengo de disparar cuando esta se encontraba luchando con Alicia, quien era mucho más pequeña, aunque más rápida y letal.

Si disparaba podía herirla, así que me mantengo alerta buscando la oportunidad de matar al hombre, pero ella se adelanta al deslizarse por debajo de este, quedando a su espalda. Desde su posición, le dispara en la cabeza, bañando las paredes más cercanas y a ella de sangre. El hombre se desploma, cayendo sin vida. Elaine se acerca a su hermana y la abraza.

—¿Estás bien? —le pregunta, ella asiente y se pone de pie. Su vestido ya no era blanco, este se encontraba casi rojo por la sangre en él y su rostro y cabello estaban iguales.

Un ángel de la muerte.

—Larguémonos de aquí, ya agoté mi cuota para matar personas. —Recarga el arma y fija la mirada en mí—. Espero que tú y tu hermano averigüen quién carajos se atrevió a atacarnos, y cuando lo tengan, lo pondrás de rodillas frente a nosotras.

—Papá está herido —dice Elaine, casi podía sentir sus ganas de asesinar a alguien. Nadie tocaba a su familia.

—Vámonos. ¡Ya!

Pasa por mi lado, seguida de Elaine, ambas se encaminan por el pasillo caminando como las princesas de la mafia que eran. Nos ponemos alertas cuando otra ola de disparos se escucha cerca de nosotros. Alicia atraviesa la puerta y comienza a disparar a diestra y siniestra. Me uno a ella, cuidando todos sus puntos ciegos. Cuando intentan atacarme por atrás, Elaine lanza un cuchillo que me roza la oreja, me volteo a tiempo para ver cómo este se entierra en el ojo del hombre.

Por el rabillo del ojo veo cuando alguien levanta su arma, apuntándome. Me volteo con el dedo en el gatillo, listo para matarlo. Cuando su garganta se abre, dejando correr la sangre a borbotones, el cuerpo cae dejando a la vista a una sonriente Alicia, quien apuntaba ahora con su arma a algún punto a mis espaldas.

—Si te mueves, te mato —dice, el sonido de otra arma al ser cargada me hace voltearme. A mi derecha, Elaine le apunta al hombre que a su vez me apuntaba a mí.

—*Se muoio per mano di queste due puttane, sarà per una folla libera della stirpe di Smirnov Voronin.*

«Si moriré a manos de estas dos zorras, será por una mafia libre del linaje Smirnov Voronin».

Alicia aparece a mi lado y le sonríe.

—*Allora ti accontenterò, anche se sarà più tardi, perché ora tu, amico mio, sarai invitato a trascorrere le ultime ore della tua vita all'inferno.*

«Entonces voy a complacerte, aunque será más tarde, porque ahora tú, mi amigo, serás invitado a pasar las últimas horas de tu vida en el infierno».

—*Mi divertirò a torturarti per quello che hai fatto a nostro padre e quello che ti cava gli occhi ti farà dubitare del tuo tradimento.*

«Voy a disfrutar torturarte por lo que le hiciste a nuestro padre, y el que te saque los ojos te hará cuestionarte tu traición», agrega Elaine.

—Hora de jugar, hermana.

En ese momento lo supe, los rumores eran ciertos: ni Dimitri, ni Lucios, ni Alexei eran tan peligrosos como ellas dos juntas.

No querían estar en la mafia, pero disfrutaban imponiendo poder y miedo a sus enemigos.

NUEVE

Anastasia Voronin Smirnova

DIECISIETE AÑOS ATRÁS

A licia y Elaine dormían plácidamente tras dos horas de llorar y comer, mis niñas ya tenían un año y sentía que el tiempo pasaba demasiado rápido. Alexei había mandado a instalar un toldo para nosotras, para que pudiéramos estar al aire libre. Habíamos comprado otra casa en las montañas y decidimos pasar aquí unas pequeñas vacaciones.

El hospital me había dado vacaciones, por lo que ahora pasaba mucho tiempo con mis hijas y mi esposo. Cuando trabajaba, Alexei las cuidaba y dirigía todo desde aquí, y ahora que yo estaba en casa, él podía manejar ciertos negocios personalmente.

Bebo de mi limonada viendo a mis hijas dormir, una sonrisa recorre mi rostro al rememorar este último año. Al principio no fue fácil, nada te prepara para ser padres, ibas aprendiendo sobre la marcha. Los primeros meses fueron los más complicados. En esos días las niñas tenían el horario invertido, dormían durante todo el día y pasaban toda la noche comiendo, llorando o con ganas de jugar.

No me quejaba, amaba ser madre, pero ni la escuela de medicina me había quitado tanto el sueño.

Me volteo cuando escucho el sonido de un motor al ser apagado, seguido de este se escucha otro más. Por unos segundos me alarmo y tomo el arma que se encuentra debajo de mi silla, pero me relajo al escuchar esas tres voces familiares.

Me pongo de pie cuando los tres hombres cruzan las puertas corredizas que daban al patio. Los latidos de mi corazón enloquecen al verlo, las mangas de la camisa negra remangadas hasta los codos, los rulos mirando en todas direcciones, sus largas piernas cubiertas por un pantalón negro que se le ceñía a la perfección, y esa mirada que me volvía las piernas gelatina.

Me toma de la cintura cuando llega a donde estoy y une nuestros labios, importándole muy poco que mi padre y mi suegro estuviesen a escasos centímetros de nosotros. Llevo los brazos a su cuello, aferrándome a su cuerpo, estaba en casa, había vuelto a nosotras.

—Hola, *printsessa* —me dice y yo lo beso. Su sonrisa, elimina los restos de la inquietud que me había acompañado durante el día. Nunca sabía cuál sería nuestro último momento, solo deseaba con el corazón que faltaran años para eso. Muchísimos años.

—Hola, mis amores —dice, y como si sus hijas lo hubieran escuchado, ambas se despiertan llorando, reclamando la atención de su padre.

—Aquí está papá. También las extrañé, mis princesas. —Las carga a ambas y sonrío. Dejan de llorar en ese instante: Elaine tira de uno de los rizos de su padre, mientras que Alicia le babea la camisa al llevársela a la boca—. ¿Se portaron bien con mami?

Me acerco y beso sus cabecitas, me impregno del olor a

bebé de ambas, estábamos juntos de nuevo tras casi un día con Alexei afuera.

—Sí, se portaron muy bien.

Camino a donde está mi padre y lo abrazo, hago lo mismo con Dimitri, hace una semana que no los veía.

—¿Qué tal el viaje? ¿Cómo siguen las cosas en Italia?

Mi padre y Dimitri ya tenían casi sesenta años, pero ambos parecían de cuarenta y tenían los ánimos de un hombre de veinte. Los prefería así, fuertes y sanos, en vez de que estuvieran postrados en una cama sin poder moverse o defenderse por sí mismos.

—Lorenzo y Roxanne estarán bien. No será fácil detener las revueltas, pero cuentan con su apoyo, y muy pocos o quizás ninguno cuestionará las decisiones de los reyes de la mafia.

Asiento, aun así, me preocupaba que las cosas se salieran de control.

—Quizás debería viajar y visitarlos, que me vieran con ellos, podía calmar a los buitres.

—Quizás —dice Dimitri—, pero te expondrías y mis nietas ni Alexei necesitan que se repita la historia de hace veintitrés años

—Lo sé, iría con protección, pero ellos me necesitan.

—Tu familia también te necesita —dice, mi padre, secundando su afirmación.

—Ellos también son mi familia, ¿para qué sirve todo el poder que tengo en mis manos si no puedo ayudar a los que quiero?

—Hija, entiendo que te preocupes por ellos. Yo también lo hago, pero eres una reina, el peso de toda una sociedad está sobre tus hombros, no puedes pensar solo en ti, sino en todos los demás. ¿Cómo crees que se pondría el bajo mundo si a su reina le sucediera algo? Sería una guerra, tanto por los que te son leales como por los que ambicionan tu corona.

Suspiro, miro a Alexei jugar con nuestras hijas, no había rastro de tensión o preocupación en su cuerpo, solo felicidad. Si algo me sucediera, todo su mundo se haría pedazos y, por ende, el de mis hijas también. Ellos tenían razón, debía pensar en mi familia y en mis «súbditos».

—¿Al menos hay algo que pueda hacer desde aquí para aligerar las cosas?

—Por ahora, creo que nada, hay que esperar a que las aguas se calmen un poco y después veremos —responde mi padre.

—Está bien. —Fijo la mirada en Dimitri, quien tenía una pequeña sonrisa mientras veía a su hijo jugar con sus nietas—. Es un gran padre —digo, papá se había alejado para tomar a una de sus nietas en brazos. Alexei lo mira por unos segundos con el ceño fruncido, era muy celoso con sus princesas.

—Sí, lo es.

—Y lo es gracias a ti. Sé que hiciste lo mejor como padre soltero. También eres un abuelo maravilloso —le digo y él me contesta con una ligera sonrisa. Vuelve la mirada su hijo.

—Gracias, Ana.

Pasamos varios minutos en silencio, viendo a mi padre y Alexei sentados sobre el pasto jugando con las niñas. Ambas reían mientras ambos hacían muecas raras. Una sensación cálida me recorre ante la imagen, los tres eran los mejores padres.

—¿Puedo saber algo?

—Claro —me responde. Era una duda que me había azotado la mente desde que dijeron «revueltas».

—¿Quién está haciendo todo este escándalo? —le pregunto me mira por unos segundos antes de responder.

—Se llama Fiorella Vitale. También conocida como «la

viuda», su esposo murió el año pasado de un infarto, pero se sospecha que fue asesinado, de que ella lo asesinó.

—¿Por qué se sospecha de ella?

—El hombre sufría del corazón desde que era un niño, pero nunca tuvo un ataque cardiaco, solo leves molestias. Seis meses después de que se casó con Fiorella, murió. Tú eres la doctora aquí, Ana, así que dime, ¿eso no te parece sospechoso?

Tenía un punto.

—Tendría que ver el expediente del difunto Sr. Vitale, pero si nunca tuvo un infarto... es posible que ella lo asesinara, aunque, ¿tenía motivos para hacerlo?

—Estoy seguro de que no fue un crimen pasional, esos son los más escandalosos. Así que fue por poder, Vitale tenía mucho poder, todo el mundo lo conocía en la industria de los vinos, personas de todo el mundo iban a comprarle. En especial lo buscaban cuando se trataba de drogas, tenía una clientela muy específica y adinerada.

—Así que solo fue como un escalón para ella —digo.

—Pero la pregunta aquí es, ¿un escalón para «qué» o «quién»?

—Supongo que eso lo veremos más adelante.

Un suave murmullo me hace salir de la habitación. Habíamos tenido una pequeña cena familiar, después de eso dormí a las niñas, pasé por el despacho de Alexei y le di un beso de buenas noches —que terminó conmigo gimiendo sobre su escritorio—, y me fui a dormir.

No sabía qué horas eran, pero el murmullo provenía del cuarto de las niñas. Cuando me detengo frente a la habitación, una sonrisa tira de mis labios, Alexei se encontraba en la mecedora sin camisa, usando solo un pantalón de chándal, con nuestras hijas en sus brazos y un biberón en la boca de cada una. El suave murmullo era producido por él, quien cantaba una canción de cuna, la misma que me cantaba mi madre.

Llevo la mano a mi relicario, ahí ya no solo había una foto de mis padres y mía, sino también de Alexei y yo junto con nuestras hijas.

Lo observo en silencio, una pequeña sonrisa adornaba sus labios. Miraba a sus hijas con amor y adoración. Me encantaba verlo así, parecía más tranquilo y relajado, me gustaba verlo feliz. Sus momentos «modo papá» eran mis favoritos, se metía de lleno en la tarea, le encantaba bañarlas, alimentarlas y no le daba asco cambiar los pañales. Sonará tonto, pero en ocasiones nos habíamos peleado por quién lo haría. Al final, habíamos acordado que nos turnaríamos.

—Cariño, puedo hacerte un espacio si quieres. —Su voz me saca de mis pensamientos, tomándome por sorpresa, una sonrisa coqueta recorre sus labios mientras se palmeaba el muslo—. Ven aquí.

Llego a donde está y tomo a Alicia en mis brazos sin apartarle el biberón. Con cuidado me siento en su muslo, me rodea la cintura con el brazo libre y besa mi hombro.

—Ahora estoy completo —susurra.

—Ahora estamos completos.

Escondo el rostro en su cuello, comienzo a mecer suavemente a Alicia y retoma la canción de cuna.

Esta casa, ni las otras propiedades que teníamos eran nuestro hogar. Nosotros, esta familia era nuestro hogar, y ni el pasar de los años cambiaría eso.

Podrían venir mil y un tormentas, pero mientras Alexei estuviera a mi lado, podría con todas ellas.

DIEZ

Anastasia Voronin Smirnova

Su mano se sentía cálida contra la mía, el bajar y subir pausado de su pecho me mantenía en calma. Lograron sacarle la bala tras dos horas en el quirófano. Dijeron que había sido un milagro que no perdiera la movilidad del brazo, pero yo sabía que no era eso. Habían tomado muy en cuenta en donde disparar para que no perdiera el brazo. Mi pregunta era, ¿por qué? Pudieron matarlo en un abrir y cerrar de ojos, pero no lo habían hecho.

Así que era claro lo que querían: era una advertencia de que, si no nos hacíamos a un lado ahora, esto se volvería un baño de sangre, una guerra. Miro a Alexei, meditando esa palabra, «guerra». No solo lo sería en este mundo, sino que la Policía, todas sus extensiones y el Gobierno querrían ser partícipes en ella. Aquí todos querían un pedazo de poder y harían lo que fuera para conseguirlo.

Un apretón a mi mano me regresa a la superficie, Alexei mira por unos segundos el techo hasta posar la mirada en mí. Tenía unas grandes ojeras bajo sus ojos, se veía un poco pálido, pero aun así se las arregló para sonreírme.

—Hola, cariño —dice, tenía la voz rasposa tras pasar horas inconsciente. Beso su mano y me limpio un par de lágrimas que había logrado cruzar mis barreras.

—Hola, bello durmiente. —Sonrío y vuelvo a besar su mano—. ¿Cómo te sientes? ¿Te duele algo? —le pregunto y él niega.

—Solo estoy cansado, siento como si hubiera corrido una maratón.

—Son los medicamentos —aclaro.

—¿Cómo estás tú? —pregunta él, escrutándome con minuciosidad, nadie me conocía como él lo hacía, podía leer fácilmente mis emociones sin importar cuánto me esforzara en ocultarlas.

—Estoy bien, solo... —contesto, pero un sollozo se me escapa, impidiendo terminar la oración. Con su brazo bueno, el derecho, me atrae a su pecho con cuidado.

—Estoy bien, *printsessa*, siempre regresaré a ti y a nuestras hijas —me dice y lo abrazo con cuidado, dejo el oído sobre su pecho y cierro los ojos. El latir de su corazón era pausado, tranquilo, estaba aquí conmigo y estaba bien.

—Nunca me había asustado tanto, ni siquiera cuando te operé años atrás. Verte en el suelo, inconsciente, con la sangre saliendo a borbotones de tu hombro, me aterró, Alexei. Tú y las niñas son mi mundo, mi vida entera, si algo les pasara... no sé qué pasaría conmigo —termino en un susurro.

Me acaricia la mejilla como puede, así que lo ayudo un poco, elevando el rostro, dejándolo a escasos centímetros del suyo. Acaricio su mejilla, memorizando cada centímetro de su rostro. Las motitas doradas en sus ojos, las leves arrugas en su frente por fruncir tanto el ceño a lo largo de los años, y esas leves arrugas en las esquinas de sus labios a causa de sus sonrisas.

—Estaremos juntos todo el tiempo que la vida nos lo permita, cariño, no somos eternos, pero quiero que sepas algo. —Me toma del mentón, obligándome a sostenerle la mirada—. No importa lo que pase de ahora en adelante, siempre, ¿entiendes? Siempre estaré contigo y nuestras hijas, ya sea a su lado, desde el cielo o desde el infierno, las cuidaré y amaré con cada fibra de mi alma.

Dejo salir las lágrimas, lo sentía como una despedida, pero no quería que fuera así. Todos estaríamos bien y ambos moriríamos por la edad.

—No digas tonterías, no te morirás por una herida de bala en el brazo, ni por nada más, estarás bien, ¿sí? Todos lo estaremos, cariño —le digo y él asiente, reticente, así que le doy un suave beso en los labios, intentando eliminar esos pensamientos de su mente—. Descansa, estaré aquí cuando despiertes.

—¿Las niñas están bien?

—Lo están, ahora mismo deben estar haciendo pedazos a uno de los hombres que nos traicionó.

—Esas son mis chicas.

ALICIA VORONIN SMIRNOVA

El sótano era frío, mugriento y perfecto para lo que haríamos mi hermana y yo. Los gritos del hombre llevaban alrededor de media hora inundando la estancia mientras mi hermana jugaba a «prueba y error» con su cuerpo. Este consistía en hacer pequeños e insignificantes cortes en él, solo que en ciertas partes la concentración de la sangre era más abundante que en otras. Y eso provocaba un sangrado tanto lento como abundante, podría morir con el siguiente corte de mi hermana o en las siguientes veinticuatro horas.

No me había tomado la molestia de cambiarme, al igual que los demás. Marcello miraba embelesado a Elaine, no le quitaba la mirada de encima y mi curiosidad de saber lo que sucedía o llegaría a suceder entre ambos aumentaba cada vez más. Me acerco a pasos lentos a nuestro «invitado».

—¿Para quién trabajas?

—*Non ti dirò niente, puttana.*

«No te diré nada, zorra».

Le doy una bofetada.

—A mí me hablarás con respeto, ¿entiendes? O me encargaré de que tu muerte sea mucho más dolorosa. Y habla en inglés. —Duda por unos segundos, pero asiente—. Eso es, ahora te pregunto de nuevo, ¿para quién trabajas?

—No dijo su nombre, solo su apodo —responde.

—¿Cuál es? —pregunto, con la anticipación de su respuesta haciendo estremecer cada una de mis terminaciones nerviosas.

—La viuda. —Sonrío, eso era todo lo que necesitaba—. *Sestra, vse moye.*

«Hermana, todo tuyo».

—*Golovu ostav' netronutoy, ona budet dlya papy.*

«Deja la cabeza intacta, será para papá».

Sonrío como respuesta. Elaine sale de la habitación, seguida por Marcello.

—¿Qué te prometieron a cambio de traicionar a tus líderes?

Tomo un par de pinzas, pasando por el lado de Camillo, lo había estado evitando en el transcurso del día. Algo de su persona no me encajaba desde que lo vi hablar con su hermano en el desayuno, ese pequeño momento me había provocado una gran ola de desconfianza.

—Tierras y poder —contesta y pongo los ojos en blanco.

—Por supuesto que sí, eso prometería una persona que no tiene que ofrecer más que mentiras. Espero que para ti y todos aquellos que murieron traicionando, valiera la pena.

Llevo las pinzas a una de sus manos y, con una tranquilidad que perturbaría hasta al ser más sereno de este mundo, tomo la uña de su dedo meñique y se la arranco mirándolo a los ojos. Lo repito con los demás dedos hasta pasar a su otra mano y hacer lo mismo. Para este punto, el hombre era un manojo de nervios alterados y ensangrentados. El suelo bajo sus pies no era más que una mancha carmesí.

—¿Alguna vez has escuchado de los hombres que fueron condenados a muerte en la cárcel y les quitaron la vida con electricidad? —Asiente—. Bien, hoy haré un pequeño experimento, espero que no te moleste.

Tomo los cables auxiliares del suelo, el tío Lorenzo siempre los dejaba cerca de los interruptores por si era necesario usarlos como método de tortura. Pongo uno de los extremos en una de las patas de metal de la silla y el otro lo coloco en el dedo índice de su mano derecha. Me acerco a los interruptores y los activo todos. El medidor de electricidad que traía incorporado se pone en rojo, señal de que estaba enviando más electricidad de lo recomendado.

—Con este voltaje, seguro morirás en diez minutos. Una muerte rápida, lo sé, pero... —En una de las mesas se encontraba una jaula, y en ella había unas cinco ratas negras—. Ellas son mis nuevas amigas. Según los científicos, si expones a las ratas a una cierta cantidad de calor, estas buscarán la manera de obtener una salida. No importa qué haya entre ellas y su libertad, lo destruirán.

Con una soga, sujeto la jaula a su estómago. En cuanto las ratas sientan la electricidad, querrán huir, por lo que se lo comerán vivo hasta encontrar una salida.

—En serio, espero que valiera la pena.

Salgo de la habitación seguida de Camillo, cierro la puerta y enciendo la luz de la habitación. Un segundo fue suficiente para que sus gritos comenzaran a escucharse.

Tenía la información que necesitaba, ahora solo tenía que investigar quién era «la viuda» y porque esta quería acabar con mi familia. Miro embelesada la escena frente a mí, siempre obtenía cierto placer al acabar con un enemigo, y esta no era la excepción.

—Esto es lo que pasa cuando me traicionan a mí o a mi familia.

—¿Es una amenaza?

—No, solo es una advertencia. —Me volteo y lo miro—. Tú me ayudarás a atraparla, y si das aunque sea un paso en falso, te mataré.

—Confío en que eso sea una promesa, preciosa.

—Lo es.

—Entonces, yo te haré una promesa. —Da un paso hacia mí—. Haré lo que sea por tener tu confianza, pero mientras tanto, no hay nada más excitante que acostarte con quien crees que es tu enemigo.

—No te tenías que tomar tan en serio la película *Durmiendo con el enemigo*, Camillo.

—Me gusta pensar que algunas cosas son literales —dice antes de eliminar la distancia que nos separa y besarme, reclamando mis labios, mi cuerpo y mi alma como suyos.

Pierdo la noción de todo, los gritos al fondo, la alarma que ahora resonaba con más fuerza en mi cabeza y esa sensación de ser observada a la distancia.

Este juego de «quién sorprende a quién» cada vez era más peligroso.

ONCE

La reina de la mafia tuvo que alejarse de su rey a pesar de su reticencia a hacerlo, pero cuando el deber te llamaba, debías hacer tus necesidades a un lado.

El rey se encontraba en buenas manos, estaba siendo cuidado por sus princesas. Había querido acompañar a su esposa, pero esta le ordenó que descansara, que debía recuperarse. Y todos sabemos que, en esta historia, el rey no puede negarle nada a su reina, no cuando sabía que la haría sentir mejor.

El club Asmodeus sería el punto de encuentro con la fuente de información, la *hacker*, también conocida como Olor Niger, una mujer a la cual jamás se le había visto el rostro y a la que todo el mundo le temía. Ella lo sabía todo, no importaba lo desapercibido o cuidadoso que seas, ella lo sabía o lo sabría tarde o temprano.

Anastasia Voronin se dirigía a su palco privado, seguida de los hermanos Coppola, quienes tenían órdenes de protegerla a toda costa. El club estaba custodiado de tal forma que nadie que ellos no autorizaran podría entrar, o al menos, esa era la idea.

Las puertas se abren, dejando ver una gran habitación con vistas a la pista de baile. El palco estaba equipado con un minibar y sillones de cuero negro. Frente a este, cruzando la pista de baile, había dos palcos más, que normalmente eran usados por invitados importantes de la familia Moretti. En el centro de la habitación se encontraba una mujer que vestía de negro, con botas de cuero con tacón alto, pantalón y chaqueta de cuero. Tenía el cabello oscuro como una noche sin luna y una máscara, en la cual lo único que era visible eran sus ojos marrones oscuros, casi negros.

—Su alteza. —Se pone de pie y hace una reverencia, más que de burla, era una reverencia de respeto—. Señores Coppola.

—Le agradezco que hubiera aceptado que nos reuniéramos aquí.

Anastasia se sienta frente a ella, demostrándole confianza.

—No me malentienda, Sra. Voronin, pero desde un principio quería que me encontraran.

Todos, incluyendo a aquella persona que los observaba desde la distancia, se sorprendieron. ¿Qué era más peligroso que alguien jugara contigo o que supieran exactamente los movimientos que harías?

Ante la interrogativa de todos, decide ponerse de pie y mirarlos, buscando y leyendo sus expresiones, tanto corporales como faciales.

—Tengo más información de la que creen y todos ustedes no son más que peones en el juego de alguien más.

—¿De quién? —pregunta Marcello.

—¿Y de dónde eres en realidad? Tu acento italiano es falso —interviene Camillo, su desconfianza era evidente: imágenes de su pasado llegaban a su mente al verla, en específico, al ver esos ojos.

—Respondiendo ambas preguntas; sea quien sea que dirige este juego, conoce muy bien las reglas y dónde esconderse. Y muy bien, Camillo, mi acento es falso, pero saber de dónde provengo no te será sencillo. Aunque las mujeres difíciles son lo tuyo, ¿o me equivoco?

Una risa resuena en el lugar al ver lo que había provocado en el hombre: hombros tensos, mandíbula apretada y la mano derecha en la espalda, lugar donde se encontraba su arma.

—Oh, Camillo, no te conviene matarme, ni a ninguno de ustedes. —Señala a las otras dos personas en la habitación, y sin que se dieran cuenta, miró a aquella cámara escondida que se suponía que debía estar desactivada—. Conozco cada uno de sus secretos, unos más sucios que otros; sin embargo, cada uno tendrá derecho a una pregunta y yo les responderé con la verdad.

—¿Cómo sabremos que no mientes?

—Sra. Voronin, su esposo es un hombre inteligente, no la hubiera dejado reunirse conmigo si hubiera sabido que le mentiría. Además, usted sabe que esos dos hombres están a nada de estar en su lista negra, así que los puso a prueba —dijo y señaló a los hermanos Coppola, quienes ya estaban al tanto de eso, pero como era bien sabido, todos aquí jugaban a algo, y ellos tenían una partida de ajedrez contra la muerte. Y sin saberlo, cada vez se dirigían más a su derrota.

En un movimiento, los hermanos Coppola desenfundan sus armas y le apuntan a la mujer. La tensión cae como un balde de agua sobre todos, un movimiento en falso y no solo ella terminaría muerta.

—Si jalan ese gatillo, voy a destruirlos —amenaza.

—Ya estarás muerta —asegura Marcello.

—¿En serio? —pregunta y ríe con sorna—. ¿Y por qué sigo respirando? —Al ver que ninguno articula palabra, mira a la Sra. Voronin—. Haz tu pregunta.

Anastasia tenía un dilema dentro de sí, quería atrapar a esa mujer y torturarla hasta sacarle la última gota de información que sabía, pero también era consciente de que era como apretar el nudo de la soga que yacía alrededor de su cuello.

—¿Los robos son más que eso?

—Creí que eso ya lo sabías.

—Solo quería confirmarlo, ¿sabes por qué lo hacen? ¿Cuál es el objetivo final de todo esto?

—La persona tras todo esto lleva años armando su jugada, es mucho más listo que el difunto Lucas Moretti, tiene solo un objetivo en mente y es la corona sobre tu cabeza y la de tu esposo. —Da un paso al frente, con todas las miradas en ella—. Está frente a sus narices, puedo asegurárselo, pero aún no he confirmado cuál de todos es el culpable. Así que no confíe en nadie.

—¿Eso te incluye?

—Marcello, Marcello, Marcello. —Niega con la cabeza—. Haz tu pregunta, que el tiempo corre.

—Sé todo lo que necesito saber, tengo gente que investiga todo para mí.

—Pero hay algo que tiene todo tu interés últimamente, ¿o me equivoco?

—No es tu problema —dice y aprieta el arma, con la tentación de matarla, aumentando a medida que pasaban los minutos.

—Seguro que no, pero al Sr. Voronin no le agradará saber lo que haces en tu habitación después de ver a su hija mayor. —Anastasia deja caer la mirada en el susodicho, preguntándose si esa mujer estaba confirmando sus sospechas en verdad, después de todo, Elaine y el mayor de los Coppola no habían sido muy discretos con las miradas—. Solo puedo decirte que ella es más de lo que aparenta, así que ve con cuidado o terminarás cayendo, al igual que tú, Camillo.

En la mente de Camillo solo se repetía un nombre, él no creía posible que fuera ella, pero aun así se sentía intrigado y atraído como una polilla hacia la luz, como la primera vez que la vio.

—¿Quién eres? —volvió a preguntar.

Sonrió y, cuando estaba a punto de responder, un disparo resonó por todo el lugar: las horas se volvieron minutos, y estos, segundos.

No emitió sonido, pero el miedo tiñó su mirada hasta su último respiro. Se desplomó en el suelo, sin vida y con la sangre borboteando de su frente. La máscara se había roto en dos, revelando su rostro.

Ojos grises, cabello marrón oscuro y labios carnosos, pero para los Coppola, verla fue como si les hubieran sacado el mismo corazón.

—Beatrice... —Ambos se dejaron caer de rodillas, frente al cuerpo—. No. No. No.

—¿Qué hiciste, pequeña? ¿Por qué? —susurró Camillo.

Anastasia miraba a su alrededor con arma en mano, sus guardias se apresuraron a entrar a la habitación, pero no hubo más disparos ni más muertos. Quien sea que hubiera jalado ese gatillo, había logrado su objetivo.

—¿Está bien, señora? —le preguntaron.

—Sí. Registren todo el lugar, y quiero las grabaciones de las últimas tres horas.

—De inmediato, señora —los hombres salieron de la habitación, dándole paso a su guardaespaldas personal, Sasha—. Le enviaron esto, Sra. Voronin.

Le tiende una caja pequeña, esta era de cartón, similar a las que usaban para hacer envíos.

—¿Quién la envió?

—La dejaron frente al club con una nota que decía que era para usted.

—¿Revisaron que no hubiera nadie en un perímetro de cinco cuadras?

—Sí, Sra. Voronin, no hay nadie más que nuestra gente.

Asiente y se dispone a abrir la caja, en esta solo había un sobre negro, similar al que había recibido Alexei días atrás.

«Los enemigos en ocasiones están más cerca de lo que creemos. Busque en su pasado y hallará una pieza más del rompecabezas. Y para futuras reuniones, evite que maten a mis enviados, por favor».

—Olor Niger —leyó.

Las reglas del juego comenzaban a desdibujarse, muy pronto, los acertijos acabarían, al igual que los escondites, y esta batalla se libraría frente a frente.

Porque, por más que se quisiera evitar, la guerra llegaría. Esta era inevitable y estaba a punto de tocar las puertas de cada uno de ellos.

Tictac, el tiempo se acaba.

DOCE

Camillo Coppola

VEINTE AÑOS ATRÁS

El llanto de un bebé se escuchaba a lo lejos, me despierto moviendo el cuerpo a mi lado. Marcello tenía el sueño ligero, ambos lo teníamos gracias a las pesadillas que nos encontraban mientras dormíamos.

—¿Es Beatrice? —preguntó, pero no era necesario hacerlo, ambos sabíamos la respuesta.

Nuestra madre la había descuidado las últimas semanas, por lo tanto, nosotros la cuidábamos lo mejor que podíamos. Miro la hora en el reloj que había en la mesita de noche, eran las tres de la mañana.

Nos ponemos de pie y salimos de nuestro cuarto en silencio. Si madre nos veía, nos castigaría por salir de la habitación sin su permiso. Pero no podíamos dejar a Beatrice llorando, padre decía que nos cuidábamos entre la familia y que, como hermanos mayores, debíamos protegerla.

Entramos a su habitación y cerramos la puerta con seguro. Marcello se acerca a la cuna, con ayuda de un banquillo la saca de ella y la acomoda entre sus brazos, casi de inmediato deja de llorar.

—¿Tendrá hambre? —pregunto; Marcello era el mayor entre los dos, solo por unos minutos, pero él siempre sabía qué hacer y yo nunca dudaba en seguirlo.

—No. Creo que es su pañal, madre olvidó cambiarla.

Una quemazón pica detrás de mis ojos, antes todo estaba bien, éramos una familia feliz.

—Seguro también olvidó darle de comer. Iré por su biberón y tú la cambias —digo y el miedo inunda sus facciones por unos segundos.

—Si madre te ve... tus heridas en la espalda aún están muy frescas.

Con solo mencionarlas, estas comienzan a arder.

—Estaré bien, necesita comer —digo y con eso me voy de la habitación.

Los pasillos se encontraban en silencio, era posible que no hubiera nadie en la casa además de nosotros, pero en anteriores ocasiones había aprendido a no confiarme. Madre estaba molesta y triste, por lo que se desquitaba con nosotros, pero antes de ella, quien lo hacía era padre.

Bajo las escaleras con cuidado, al asegurarme de que no había rastros de ella. La cocina se encontraba en penumbras, pero si estaba en casa y veía las luces encendidas, estaríamos en problemas Marcello y yo. Así que busco a tientas en el gabinete en el que se suponía que estaba la leche, el biberón y el calentador de biberones.

Lleno la botella con un poco de agua y regreso a la habitación, pero en el proceso el sonido de una puerta al ser abierta me hace detenerme. Este provenía del despacho de mi padre, así que, con pasos cautelosos, me acerco a ella.

El murmullo de unas voces me pone alerta, parecía mamá y otro hombre, pero no podía verlos.

—... no regresará —dijo el hombre.

—Él dijo que lo haría —responde ella, la voz de madre se escuchaba entrecortada, como si estuviera llorando.

—Lo siento, pero se lo llevaron y un intento de rescate sería suicidio.

Retrocedo lentamente, asimilando lo que había escuchado. No sabía si hablaban de padre, pero la opresión en mi pecho me decía que era así.

Sigo mi camino a la habitación, entro en ella y cierro la puerta con cuidado pasándole el seguro. Marcello tenía a Beatrice sobre el cambiador, ella lo miraba entre risas por las caras que le hacía para que no llorara.

—Papá no va a volver —susurro. No me miró, pero pude ver como sus facciones se contrajeron en una mueca.

Me senté en el suelo y comencé a preparar el biberón, había visto a madre hacerlo en varias ocasiones, así que solo seguí sus pasos. Cuando estuvo listo, lo agité hasta que la leche se mezcló con el agua, luego enchufé el calentador del biberón y lo puse a hervir.

—Estaremos bien —dijo Marcello tras un rato en silencio.

Se sentó frente a mí y dejó a Beatrice entre sus piernas. Jugaba con una oruga de colores y se la llevaba a la boca de vez en cuando. Tenía seis meses, era una bebé muy bonita, había sacado nuestros ojos, los mismos de nuestra madre. Tomé el biberón y revisé que no estuviera muy caliente antes de ponérselo en la boca.

—Dicen que se lo llevaron. —Beatrice perdió la atención en el juguete y la puso en mí mientras le daba de comer—. Tenías hambre, ¿no, pequeña?

Me dio una sonrisita y yo le sonreí de vuelta. Cuando nos dijeron que tendríamos una hermana, me puse feliz, quería dejar de ser el hermano menor y cuidar de ella de la misma forma en que lo hacía Marcello conmigo.

—¿Quién se lo llevó? —preguntó Marcello, tenía la atención en ambos, al igual que yo en Beatrice: nos gustaba hacer de hermanos mayores.

—No lo sé, no lo dijeron. Pero madre estaba hablando con alguien en la oficina de padre, fue donde los escuché.

Asiente, pero no dice nada más.

Nos quedamos en la habitación hasta que Beatrice se duerme, la dejamos en su cuna y regresamos a nuestra habitación. Con suerte, madre nunca se daría cuenta.

—Si no regresa, lo encontraremos —prometió Marcello tras un rato en silencio, no podía dormir.

—¿Y si no lo encontramos vivo? —preguntó, padre nos había explicado lo peligroso que era su trabajo y que, si no volvía, era porque lo habían matado, no porque no quisiera estar con nosotros.

Aunque muy dentro de mí, sabía que eso era mentira. Él nunca nos ha querido lo suficiente.

—Entonces lo vengaremos, nadie se mete con la familia, ¿recuerdas? Y si lo hacen, se paga sangre por sangre, tal como lo dijo padre. —Asentí ante sus palabras—. Ahora somos tú, yo y Beatrice, madre no volverá a ser como antes, y si ella no nos protege, lo haré yo —añadió y lo miré, pero no comprendía cómo nos protegería si éramos tan solo unos niños.

—Yo también te protegeré, hermano, a ti y a Beatrice.

Mi hermano no era de las personas que sonreían, pero una pequeña sonrisa apareció en su rostro.

—A partir de ahora, todos sabrán quiénes son los hermanos Coppola, y el que toque a nuestra familia pagará por ello.

~

El recuerdo azotó mi mente mientras regresamos a la mansión Moretti. Marcello era tan solo un niño cuando dijo esas palabras, ambos lo éramos, pero habíamos cumplido la promesa de protegernos entre nosotros hasta el día de hoy.

Habían asesinado a nuestra hermanita frente a nosotros. Me dolía el pecho y los ojos, quería matar a todos lo que se encontraban frente a mí. Necesitaba hacer algo o no respondería ante mis actos.

Marcello miraba por la ventanilla de la camioneta, llevarían el cuerpo de nuestra pequeña Beatrice a una funeraria y después sería el funeral.

—¿Quién creíste que era? —preguntó.

—Sabes bien la respuesta, la sentí como ella, pero su mirada... eso era lo diferente.

—La máscara tenía lentillas, así no la reconoceríamos, o al menos, intentaron que no lo hiciéramos.

Algo de toda esta situación no tenía sentido. ¿Por qué nuestra hermana sería la *hacker*? ¿Y por qué se escondería?

—No supimos nada de ella durante un año, la buscamos y no obtuvimos nada. Entonces, resulta que aparece aquí ocultando su rostro, haciéndose llamar «Olor Niger» y soltando acertijos sobre quién o quiénes son los que están detrás de esto. ¿Te resuena al igual que a mí? —pregunto.

—Si algo de lo que dijo era cierto, es que todos nosotros somos peones en un juego mayor, y si no descubrimos quién es el que nos maneja a su antojo, terminaremos igual que nuestra hermana. Y todo lo que hemos hecho durante estos años habrá sido en vano.

Asentí en respuesta, esto ya no se trataba de nosotros, ni de las princesas de la mafia, ahora todo giraba alrededor de una persona que buscaba sangre y guerra.

En el proceso, podíamos perderlo todo y lo aceptaba, pero a lo único que no estaba dispuesto a renunciar todavía era a esa bailarina con ojos marrones.

TRECE

Alicia Voronin Smirnova

T ictac.

Tictac.

Tictac.

Las agujas del reloj pasaban con lentitud, el salón se sentía extrañamente pequeño. Papá nos había pedido que lo dejáramos solo tras estar con él media hora. Estaba ansioso por saber si mamá se encontraba bien, al igual que Elaine y yo.

El sonido del piano era amortiguado por las paredes, pero cuando Elaine estaba tensa, tocaba, y yo bailaba, a excepción de hoy. Sentía el cuerpo agarrotado, por lo que, si movía aunque sea un músculo, todo mi ser se haría pedazos.

Lo único que nos habían dicho era que la «*hacker*» estaba muerta, no sabían cómo ni cuándo habían entrado al club, pero sabía que papá se estaría volviendo loco por saber quién había estado tan cerca de matar a nuestra madre. Después de esto, seguro volveríamos a Rusia, no había lugar más seguro para nosotros que las Siete Colinas.

El sonido de unas pisadas me hace tensarme de pies a cabeza, eran fuertes, firmes y de un hombre que medía un metro ochenta. Camillo Coppola atraviesa las puertas del salón, tenía el arma en la mano y se le veía igual de tenso que yo, o quizás más.

Su camisa, antes blanca, se encontraba cubierta de sangre, al igual que sus manos. Pero nada de eso le quitaban lo apuesto y sexi que era. En realidad, le daba un aspecto intimidante y dominante, y desde que supe que me gustaba que él me dominara en ciertos ámbitos del sexo, que se viera así ahora, me excitaba.

Algo sin duda estaba mal en mi cabeza.

—¿Dónde está mi madre? —pregunto, sacándolo de lo que parecían ser pensamientos homicidas. Conocía muy bien esa mirada.

Detiene su andar y fija sus ojos en mí. Por un par de segundos hacemos eso, mirarnos, intentando ver más allá de nuestras máscaras y así descubrir todo lo que ocultábamos el uno del otro.

—Está con tu padre. Pidió que no los interrumpieran.

Asiento, eso era algo que ya suponía. De seguro no los veríamos hasta mañana temprano. Después discutirían, en este caso, mi padre, ya que mamá no lo dejó acompañarla, y más tarde se reconciliarían. Agradecía que nuestras habitaciones estuvieran muy pero muy alejadas.

Miro a Camillo de nuevo, aunque esta vez centrándome solo en su rostro.

—¿Estás bien? —le pregunto y ríe con sorna, se pasa el cañón del arma por la frente tras negar con la cabeza.

—No preguntes algo que no te importa, Alicia. Ambos sabemos que es solo curiosidad por lo que pasó allá.

—Claro que lo es, ¿quién era la chica que mataron?

Sus facciones se contraen en una mueca.

—Para ser muy lista, en ocasiones pienso que eres idiota.

Un tic que tengo cuando me enojo es que mi ojo derecho comienza a temblar levemente, y este ya comenzaba a hacerlo.

—Creo que en ningún momento te pregunté si te parecía o no idiota, así que preguntaré de nuevo por si no escuchaste bien. —Me pongo de pie y camino hacia él—. ¿Quién era la chica que mataron?

—No. Te. Importa —dice entre dientes, pero me tenía sin cuidado si estaba enojado, necesitaba saber quién había sido la pobre víctima.

—Si no me lo dices tú, alguien lo hará, quizás tu hermano tenga más ánimos de hablar.

Intento pasar por su lado, pero me toma del brazo con fuerza.

—¿Acaso no entiendes que no quiero decírtelo?

—¿Por qué tendría que importarme lo que tú quieres?

Me mira por un par de segundos en silencio.

—No eres más que una niña mimada.

—Al menos, yo tuve a quien me convirtiera en una.

Era consciente de que era un golpe bajo hasta para mí, pero estaba molesta. No solo porque me llamara idiota, sino por los últimos días: alguien quería acabar conmigo y mi familia, y aún no se sabía quién se encontraba tras ello.

—Alguien se tomó el tiempo de investigarme —dice y me encojo de hombros.

—Me gusta saber quiénes están a mi alrededor —contesto y doy un paso más cerca de él a pesar de su agarre y el arma que tenía en su otra mano—. ¿Quién era?

Eso es suficiente para llevarlo al límite, me empuja contra la pared, encarcelándome, y presiona el cañón del arma contra mi sien. Sonrío por su mano en mi cuello.

—¿Qué se supone que haces, Camillo?

En su mirada había una mezcla de ira y deseo, es como si quisiera matarme y a la vez follarme.

—Pensando qué hacer contigo.

—¿Por qué no haces simplemente lo que más deseas?

Como respuesta, presiona aún más el arma contra mi sien y a la vez empuja su pelvis contra la mía, dejándome sentir su erección.

—Ese es el problema, no sé qué demonios deseo más, si tu sangre en mis manos o tu coño estrujándome la polla.

Vuelvo a sonreír, acerco como puedo mi rostro al suyo y rozo nuestros labios.

—Entonces, déjame mostrarte lo que más deseo yo.

Además de una respuesta, lo que más deseo después de eso es a él.

Ansiaba sus manos en mi cuerpo, sus labios sobre los míos y su miembro haciendo estragos en mi interior, incitándome a tomar todo lo que él me diera.

—Descarga esa ira con mi cuerpo, úsame, tómame, márcame, hazme tuya una vez más y olvídate por unos minutos de todo.

Su agarre en el arma flaquea, así que, con un rápido movimiento, lo desarmo.

—¿Estás segura de que eso es lo que quieres? Porque no seré delicado y me importará una mierda si mañana no puedes sentarte o caminar.

—Solo hazlo.

TENÍA los ojos vendados y mi cuerpo estaba totalmente expuesto. Me encontraba atada al cabecero de la cama y estaba en cuatro, no sabía dónde me hallaba, por momentos creía sentirlo detrás de mí o a mi lado.

Cada uno de los vellos de mi cuerpo se eriza al sentir la punta de un látigo, este era de cuero. Lo hace recorrer mi cuerpo en una especie de caricia. Mi columna, mi trasero y entre mis piernas, en el proceso, llevándose una muestra de mi excitación hasta pasarla por mi otro orificio. Me tenso al sentir una leve presión ahí.

—¿Has probado el sexo anal?

—Sí, señor.

Solo habían sido un par de veces, y en ambas me habían dejado insatisfecha. Cabe resaltar que nunca más volví a estar con esos hombres.

—Bien. ¿Recuerdas tu palabra de seguridad?

—Sí, señor.

Recibo otra caricia en mi trasero antes de ser azotada con fuerza, no era un azote para sentir placer, pero aun así, mi vientre se contrajo. Tiro de la cuerda en mis muñecas al sentir otro azote, luego uno tras otro hasta que pierdo la cuenta, hasta que lo único de lo que soy consciente es el ardor en mi trasero y entre mis piernas.

Sollozo al recibir otro azote. Estaba cerca de mi punto de quiebre, pero no diría mi palabra de seguridad. Ambos necesitábamos esto, yo para liberar lo que había estado sintiendo los últimos días, y él lo que sea que hubiera pasado hoy.

Cuando recibo cinco azotes más, mi pecho se deja caer sobre las almohadas, dejando mi trasero en pompa. Pero no llegan más azotes, en vez de eso, unas fuertes manos me toman de las caderas. Un líquido cae sobre mi orificio, me acaricia y presiona, preparándome para recibirlo. Lleva sus dedos a mi clítoris ya adolorido e hinchado.

Jadeo al sentirlo en mi raja, jugando con mis fluidos, y

uniéndolos al lubricante, me penetra con dos dedos. Estos resbalan en mi interior. Mis paredes lo reciben y lo aprietan.

—Eres una pequeña masoquista —dice y lleva los dedos adentro y afuera sin dejar de acariciar mi clítoris—. Mira cómo goteas sobre mi mano después de haberte azotado hasta hacerte llorar, ¿qué pensaría papi de su princesa si la viera montando mi mano deseosa de un orgasmo?

Acelera sus movimientos y a su vez su miembro presiona mi otro orificio. Entre la neblina del placer, logro sentir el condón, así que me relajo, preparándome para su invasión.

Empuja la punta, expandiéndome, estirándome hasta que puede deslizarse en mi interior sin lastimarme.

—Ca... Camillo —gimoteo, se sentía exquisito. Sus dedos en ningún momento habían dejado de trabajarme, por lo que me sentía al borde de un orgasmo.

—Eso es, preciosa, deberías verte ahora mismo, sudada, con mi polla en tu culo y gimiendo mi nombre. Ahora vamos a darte ese orgasmo que tanto quieres.

Se mueve lento y duro, ya no había nada de la poca delicadeza que mostró la primera vez.

Su miembro tocaba todo en mi interior, cada fibra de mi cuerpo temblaba al sentirse tan lleno. El sonido de nuestros cuerpos al chocar era sucio y excitante, ambos estábamos disfrutando de algo que no debíamos.

No retengo los gemidos ni los gritos, me sentía extasiada y solo quería más, más y más. Una vez que probabas a un hombre como él no había forma de parar.

Me tenso y aprieto los músculos de mi vientre al sentir ese escalofrío. Grito su nombre mientras me corro. Mis brazos, piernas y todo mi cuerpo quedan como gelatina, pero como al parecer no le basta, presiona mi clítoris, logrando que me retuerza contra él hasta que un segundo orgasmo me toma, nublándome la vista. Apenas soy consciente cuando grita mi nombre a la vez que se corre.

Me sostengo como puedo cuando desata las cuerdas, se deja caer a mi lado con la respiración acelerada y el cuerpo sudoroso. Intenta tomarme entre sus brazos, pero me alejo, poniéndome de pie con las piernas temblorosas y el culo adolorido. Hago una mueca al sentir el escozor en mi trasero, mas no digo nada al respecto.

Busco mi vestido entre la ropa desperdigada en el suelo, dejo las bragas en su lugar cuando las veo, ni muerta me las pondría.

—¿A dónde vas? —pregunta al notar mis intenciones.

—A mi habitación. —Tomo mis zapatillas y me acerco al espejo—. Mierda —digo por lo bajo.

Mi maquillaje se había corrido por las lágrimas y mis mejillas se encontraban sonrojadas. Era un completo desastre.

—¿Por qué? —me pregunta y volteo a verlo. Ya se encontraba de pie y un bóxer cubría su entrepierna. Bendito sea el cielo por ello.

—No duermo con los hombres que me follan, creí que lo había dejado claro.

—Pero no soy un simple hombre, soy tu amo y tú eres mi sumisa.

Ahora estaba molesto, mas no podía hacer nada, él tenía sus reglas y yo las mías.

—Es cierto, pero no dormiré contigo, ambos solo queremos sexo, y comenzar a dormir en cucharita solo desdibujaría las líneas ya trazadas.

Un rastro de diversión se mezcla con la ira que muestra.

—¿Acaso piensas que terminaremos enamorados y tendremos la bella historia de tus padres?

Ahora soy yo quien ríe con sorna.

—Nunca podría enamorarme de alguien en quien no confío. Así que lo repito, esto es solo sexo.

—Bien, como usted lo desee, su «alteza».

Aprieto la mandíbula ante su manera de llamarme, mas no digo nada y salgo de la habitación. Con suerte, nadie me vería, pero al entrar en mi habitación me doy cuenta de que una vez más el destino decidió darme la espalda.

Lukyan se encontraba sentado en mi cama.

—¿Qué haces aquí?

CATORCE

Alicia Voronin Smirnova

La familia de Lukyan se había vuelto un tanto cercana a la mía, al parecer, Lukyan había pedido mi mano en matrimonio, por supuesto, mi padre se negó. En primer lugar, porque él sabía el tipo de hombre que era, y en segundo lugar, conocía mi disgusto hacia el «caballero».

—¿Qué haces aquí? —repito la pregunta, pero al parecer estaba muy concentrado en observar el desastre que eran mi rostro y mi cabello.

Sin apartar la mirada de él, me dirijo a mi tocador y busco unas toallitas húmedas para limpiar el maquillaje corrido. Cuando me aseguro de que ya no queda ni un rastro de él, tomo mi arma de la cajonera principal, dejando en claro mi amenaza.

—Lukyan, será mejor que me vayas dando una respuesta.

Tomo asiento en la silla frente al tocador y lo observo de la misma forma en que él lo hacía conmigo.

—Supe lo que pasó en la reunión con la *hacker* y quería ver cómo estabas. —Lo miro, enarcando una ceja, no habíamos interactuado mucho después de la cena que tuvimos. Creí que había regresado a Rusia luego del incidente en mi presentación.

—¿Por qué estás aquí?

—Ya te dije que...

—No, me refiero a por qué sigues en Italia, Lukyan.

—Quería intentar arreglar las cosas contigo tras lo que sucedió la última vez que hablamos —dijo.

No me malentiendan, Lukyan era un hombre apuesto, alto, corpulento y en ocasiones era agradable hablar con él, pero no era el hombre para mí.

—No puedes arreglar algo que nunca existió.

Un músculo en su mandíbula se contrae. Él era el tipo de hombre al que le gustaba que su palabra se tomara como si fuera sacada de la Biblia, así que si no hacías lo que él decía, se molestaba.

—Alicia, tú y yo tendríamos un buen futuro juntos, puedo darte todo lo que quieras en esta vida.

—En eso te equivocas, Lukyan, no necesito a nadie para conseguir lo que quiero, ni siquiera dependo de mis padres económicamente, ¿y voy a casarme contigo?, ¿por qué?, ¿por un buen futuro? —Niego—. Solo pierdes tu tiempo, así que deja de tentar tu suerte y regresa a Rusia.

Se pone de pie con la intención de acercarse a donde estoy, pero le quito el seguro al arma, aunque no le apunto. Si lo mataba, tendría problemas con su familia, y lo menos que necesitaban mis padres ahora era eso.

—¿Te atreves a rechazarme? —dice incrédulo.

—Creí que era obvio. —Estaba agotada, quería meterme a la bañera para después dormir un poco—. ¿Sabes por qué sigues respirando, Lukyan? —Me pongo de pie—. Por mi madre, porque si fuera por mi padre, él ya te hubiera matado tras enterarse de lo que me dijiste en esa cena. Así que, por tu bien y el de tu familia, sal ahora mismo de mi habitación y regresa a la ratonera de donde saliste. A menos que quieras que mi madre sepa lo que estuviste haciendo la noche de la presentación de mi hermana cuando todos dormían.

El color abandona su rostro, sonrío al ver su reacción, doy un paso más cerca de él sin bajar la guardia.

—¿Creíste que nadie lo sabría? —Acaricio el arma con la mano sin dejar de mirarlo—. El único lugar donde no hay cámaras es en las habitaciones y en los baños, pero en la sala de descanso de los trabajadores de la casa, ahí sí que las hay.

—No te atrevas a decir algo o juro que acabaré contigo.

—Estarás muerto antes de siquiera ponerme un dedo encima. Es la última vez que lo digo amablemente, lárgate de mi habitación o el siguiente lugar en el que estarás es en tu funeral.

Retrocede hasta alcanzar la manilla de la puerta.

—Esto no se quedará así.

Se va, cerrando con un portazo.

Me dejo caer en la cama. Ese idiota tenía suerte de estar vivo, mi padre se volvió loco cuando uno de sus guardias le contó lo que habían visto los ayudantes en aquella cena. Mamá apenas pudo calmarlo, pero si no hubiera estado ella, lo hubiera matado con sus propias manos.

Aunque, por otro lado, su suerte se había acabado al forzar a una de las ayudantes a dormir con él. Odiaba y me repugnaban ese tipo de hombres, seguramente, su avión nunca llegaría a Rusia, no después del mensaje que le había hecho llegar a Mhia Salvatore la noche anterior.

La melodía de mi teléfono me hace levantarme de la cama. La mayor parte del tiempo lo tenía cerca, pero los últimos días habían sido una locura y lo había dejado en algún lugar de la habitación.

Lo busco por debajo de la cama, las almohadas e incluso en el armario, al final lo encuentro entre mis pantalones, en la ropa sucia. Había estado tan distraída que no me había dado cuenta de que casi lo mandaba a la lavandería.

Me sorprendo al ver de quién tenía una llamada perdida, aunque no me da tiempo de asimilarlo, volvía a entrar otra llamada. Suspiro, si me llamaba, tenía que ser algo importante.

—¿Qué puedo hacer por ti, Ivan?

—¿Sabes dónde está Elaine?

La curiosidad se apodera de mí al escucharlo, ¿no sabía dónde está? Eso era extraño, él siempre sabía su ubicación, por más perturbador que sonara eso.

—Está practicando, tú mejor que nadie sabe cómo es cuando está con el piano —respondo, aunque omito el hecho de que la música se había detenido minutos después de que Camillo entró al salón.

—Sí, posiblemente tiene el teléfono en silencio de nuevo. —Asiento aunque no pudiera verme—. ¿Puedes decirle que llamé?

—Claro que sí, «cuñadito».

No le doy tiempo a responder y cuelgo la llamada.

Si mis sospechas eran ciertas, mi hermana de seguro estaría con Marcello, y no precisamente para enseñarle las notas musicales. Comienzo a preparar mi baño mientras respondo los mensajes que tenía pendiente.

Sonrío cuando recibo un mensaje de «él».

H: Tengo información que quizás te interese.

Alicia: ¿Qué quieres a cambio de ella?

H: Considéralo un obsequio de cumpleaños adelantado, princesa.

No puedo evitar poner los ojos en blanco ante su forma de

llamarme, él no lo hacía de una forma cariñosa, solo me llamaba así por mi puesto en la monarquía de la mafia.

Alicia: Bien, envíamela, pero de igual forma te recompensaré por ella.

H: Sabía que dirías eso. Te estaré avisando de lo que necesito que hagas por mí.

Deja zanjada la conversación cuando me envía un documento, me sirvo una copa de vino y me meto a la bañera, disfrutando del agua tibia en mi piel. Abro el archivo, dejando a la vista un expediente policiaco de la Commissariato Polizia Porta Ticinese.

Expediente confidencial

Nombres: Fiorella Bianca.
Apellidos: Bianchi de Vitale.
Edad: 36
Domicilio: Viale Luigi Majno, Milán, Lombardía
Italia
Última vez que se le vio: En el desfile de moda de Armani.
Cargos: Asesinato en primer grado.

Nota:

Princesa, en este informe no se menciona a quien se le acusa de matar, pero la víctima fue Paolo Vitale, su esposo, por eso es conocida como la «viuda». Nunca fue encarcelada, ya que no había suficientes pruebas, el hombre murió de un infarto. Actualmente, no se sabe nada de ella, ni de su hija, Beatrice Vitale. No se sabe si están vivas o muertas.
Cuando tenga nueva información te la enviaré.
Beatrice Vitale es la «hacker» que habían asesinado esta misma noche.

Así que eso era lo que no me quería decir Camillo, mi pregunta ahora era, ¿tenía alguna relación con los hermanos Coppola? Y si era así, ¿de qué tipo?

Debía agradecerle a mi tío Lorenzo por la información de quién había matado a la supuesta *hacker*, me había contactado minutos después de que mi padre recibiera una llamada del guardaespaldas personal de mamá.

Ahora necesitaba saber si la Sra. Vitale seguía con vida y si se encontraba detrás de todo esto.

La cosa cada vez se complicaba más.

Una *hacker*.

Un asesino fantasma.

Dos hermanos en los que no confiaba.

Una mujer desaparecida.

Una mujer muerta.

Y un pasado lleno de acertijos y secretos.

¿Qué más faltaba?

QUINCE

Alexei Voronin

Se suponía que debía mantenerme acostado, descansando para recuperar la movilidad de mi brazo mucho más rápido, pero no podía, no después de la llamada que recibí del guardaespaldas de mi esposa.

Podía intentar salir de la habitación, pero los guardias que Klara —Anastasia—había dejado fuera de nuestra habitación me detendrían. Había sido muy precisa al dar la orden, y si ellos no cumplían, buscaría a alguien que los matara.

Camino una vez más por la habitación, con el miedo y la ira haciendo estragos por todo mi cuerpo. Lorenzo me había enviado un mensaje informándome que la «hacker» era Beatrice Vitale, hija de la «viuda», Fiorella Vitale. Esa mujer no había sido más que un señuelo, alguien la había enviado ahí sabiendo que moriría, pero la pregunta era quién.

A este rompecabezas le faltaban muchas piezas, y por más que le daba vueltas a toda la situación, no podía encontrarlas. ¿Quién se había aliado con Lucas como para querer vengarlo? Era seguro que una mujer, ningún socio o aliado hubiera arriesgado su pescuezo por un hombre muerto, ¿pero una mujer dolida con sed de venganza? Muy probable que sí.

Ahora la variable que me faltaba en esa parte de la ecuación era saber quién era esa mujer. El hombre no se había vuelto a casar, y por cómo terminó todo hace cuarenta y un años, la única mujer que había amado era a la difunta Marizza.

La mujer detrás de todo esto iba tras lo más valioso en mi vida y la de mi esposa, nuestras hijas. Esa mujer sabía que, sin dudarlo, daríamos nuestras vidas por ellas.

La puerta se abre de golpe, regreso sobre mis pasos para encontrar a Klara, estaba pálida y unas gotas de sangre manchaban su rostro.

—¡*Printsessa!* —la atraigo con mi brazo bueno a mi pecho, sus manos se aferran a mi camiseta—. Dios, estás aquí, ¿estás bien? ¿Tienes alguna herida?

—Estoy bien, pero, Dios, cuando la vi caer al suelo, por unos segundos, sentí como si hubiera sido yo misma, Alexei —dice, toma mi rostro entre sus manos y me besa.

Era un beso lento, lleno de miedo y amor, no importaba cuánto tiempo lleváramos casados, mi reacción al verla, tocarla o besarla siempre era la misma. Los latidos de mi corazón se aceleraban y me sentía como el hombre más afortunado en el mundo al despertar todos los días con ella a mi lado. Siempre sería esa brisa de verano y ese ángel que me acompañaba en la oscuridad.

—Ya estás aquí. Cariño, tienes que tranquilizarte.

Llevo las manos a su vientre, haciéndole entender el significado de mis palabras. Era gracioso que le dijera que se calmara cuando tan solo yo hace unos segundos estaba a punto de tener una crisis nerviosa.

—Lo sé, lo sé —dice y pone sus manos sobre las mías, mientras, da respiraciones pausadas—. Este embrollo cada vez es más grande, había comenzado como un robo y ahora vamos tras un grupo de personas que solo quieren vernos muertos. Pude sobrellevarlo años atrás, pero ahora tengo más cosas que perder.

Su mirada brillosa se encuentra con la mía.

—Cariño, recuerda lo que te dije, haré lo que sea por mantenerlas a salvo, y ese pequeño en tu vientre verá la luz del día dentro de nueve meses. Eso puedo prometértelo —afirmó y ella ríe entre lágrimas.

—Aún me es difícil creer que estoy embarazada, se supone que a esta edad las probabilidades son muy bajas.

—Sabes que amo ser padre de esas dos princesas y amaré ser padre de nuevo, cariño.

—Y yo también amaré ser madre de nuevo. —El brillo de su rostro es opacado de nuevo por el dolor—. Quiero decirles a las niñas, Alexei. Tienen que saber que tienen un hermanito o hermanita en camino.

—Primero, será niño, puedo apostar todo lo que tengo a que lo será. Y segundo, es peligroso, ahora mismo en los únicos que confío son en Lorenzo y Roxanne. Pero si se corre la voz de que estás embarazada, todos vendrán por ti, y no voy a permitir eso.

—¿Y si se repite la historia de cuando tenía cinco años? ¿Y si no saben que tienen un hermano antes de que sea tarde?

Le tomo con desesperación el rostro, negándome a ver aunque sea el más mínimo grado de verdad en sus palabras.

—Detente, Anastasia. Nada va a pasarte a ti ni a nuestras hijas, ni al bebé, ¿entendido? —Asiente con los ojos anegados en lágrimas de nuevo—. Ven —le digo y la llevo a la cama. Nos sentamos en ella. Fija la mirada en mi hombro cuando me ve hacer una mueca.

—¿Te has tomado los medicamentos, Alexei? —Evito

mirarla cuando asiento, pero rápidamente se da cuenta de mi mentira—. ¿Tendré que dártelas yo misma? —añade y sonrío ante la idea.

—Todo depende de lo que me darás para quitar el horrible sabor de la pastilla, pero antes —digo y la miro por unos segundos antes de seguir, memorizando su hermoso rostro—, creo que sé por dónde podemos comenzar a buscar.

Su mirada brilla con la resolución al comprender mis palabras.

—También supuse que no era una simple coincidencia, pero lo que aún no logro entender es cómo su hija terminó siendo la «*hacker*» y ahora tiene una bala en la cabeza. Y aún más importante, ¿qué relación tiene con los Coppola? Ambos la reconocieron en cuanto vieron su rostro.

—Creo que la verdadera *hacker* la envió como señuelo, debió prever que si iba, terminaría con una bala en la cabeza.

—¿Pero por qué la hija de la mujer que años atrás armó una revuelta contra Lorenzo tras la muerte de Tomasso?

—Quizás porque ella sabe que Fiorella también está detrás de esto y quería debilitarla. Así que la llevó a matar a su propia hija sin saberlo.

—Pero ¿dónde está? Después de que Lorenzo dejó en claro que no entregaría su puesto ni por las buenas ni por las malas, ella desapareció.

—Eso aún no lo sé, cariño, pero llegaremos al fondo de todo eso y te prometo que los mataré a todos por atreverse a meterse con mi familia. Nadie toca lo que es mío, y mucho menos lo daña.

La abrazo, impregnándome de su aroma, me encantaba sentir su cuerpo contra el mío, cálido y delicado. No era mentira cuando dije que haría lo que sea por mi familia.

Descuelgo la llamada sin apartar la mirada de Klara, me gustaba verla mientras dormía, tranquilizaba a mis demonios porque sabían que ella estaba a salvo.

—¿Lo tienes? —pregunto.

—Alexei, ¿estás seguro de esto? Anastasia te matará cuando lo sepa.

—Necesito que ella y mis hijas tengan un lugar seguro por si esto se sale de control.

—Lucios y yo estaremos ahí contigo para dar guerra si es necesario.

—Lo sé, pero tienes que prometerme que antes de venir aquí te asegurarás de que ellas estarán bien. Prométemelo, padre.

—Sabes bien que siempre cumplo mi palabra.

—Bien, ¿conseguiste la información?

—Sí, lo hice, pero alguien más se me adelantó.

Tenso la mandíbula, ¿no podían dejar de joderme por un segundo?

—Nombre.

—No lo dijeron, pero al parecer tiene relación con un amigo del pasado.

—Padre, el nombre.

—La Comadreja. El que sacó ese expediente tiene relación con él —contesta y me tallo el puente de la nariz, intentando no arrojar el teléfono por el balcón.

Creí que nunca más escucharía ese nombre, no después de que me ayudó a rastrear a Klara años atrás para salvarla. Pero al parecer, ese *hacker* estaba metido en cualquier asunto que involucrara a la mafia.

—¿No te dijeron a quién fue entregado ese expediente?

—No lo saben, pero sea quien sea, está buscando lo mismo que nosotros, con la diferencia de que encontramos algo más. Algo que ni siquiera la Comadreja podría hallar.

—Solo suéltalo, ya he leído y escuchado suficientes acertijos —digo al recordar lo que me contó Klara sobre lo que le dijo la *«hacker»*.

—Encontramos un certificado de defunción a nombre de Fiorella Vitale.

DIECISÉIS

Alicia Voronin Smirnova

Había dormido como una bebé tras mi baño, tenía la información que quería y me había desecho por fin de Lukyan. No era en sentido figurado, él nunca más volvería.

Bajo a desayunar con un mejor humor que el de ayer, entro al comedor usando nada más que una bata de seda y unas pantuflas. Hoy quería relajarme, aunque mis planes se ven abruptamente interrumpidos cuando veo las expresiones de mis padres, mis tíos y Elaine. Los Coppola se mantenían tan inexpresivos como siempre, Marcello con la vista fija en Elaine, pero a su vez este le daba miradas mortíferas a Ivan, quien se encontraba de pie al lado de su novia.

—¿Qué sucede? ¿Alguien murió? —pregunto.

Las reacciones son casi instantáneas al escuchar mi voz. Papá me mira con el ceño fruncido al ver mi atuendo y mamá tenía la sorpresa plasmada en su rostro. Elaine y Camillo intentaban contener la risa, Marcello ni pestañeó, Ivan había puesto los ojos en blanco como cada vez que yo decía algo, mi tío

Lorenzo me guiñó un ojo y mi tía Roxanne se encontraba arrullando a Enmanuele mientras negaba con la cabeza.

—Sí y no —responde papá tras otro par de segundos en silencio—. Regresaremos mañana temprano a Rusia —dice. Bien, eso era algo que ya había supuesto la noche anterior, así que no me sorprendo—. Y hemos recibido una llamada esta mañana del padre de Lukyan, su *jet* no llegó a Rusia.

Me sirvo una taza de café negro con un poco de azúcar.

—¿En serio? Dios, qué desgracia, ¿llamaron a su aerolínea?

Bebo mi café, mirando a todos esos rostros que no parecían sorprendidos ante mi reacción.

—¿Quién fue, Alicia? —me pregunta mamá.

—¿Por qué crees que yo tengo algo que ver con esto? Sabes que no sería capaz de lastimarlo, es alguien muy importante en mi vida.

Tomo una tostada y le doy un mordisco, todos aquí sabían que mentía, y eran conscientes de mi «agrado» hacia Lukyan. Me dejo caer en mi asiento y comienzo a desayunar.

—¿Acaso le pediste a esa *hacker* que lo matara? —pregunta papá, los demás toman asiento y comienzan a comer.

—Papá, me conoces muy bien, sabes que no contactaría con esa mujer para algo tan fácil. Aunque con esto no quiero decir que tuve que ver en su desaparición.

—Sobrina, sabes que no solo está desaparecido, sino que está muerto.

—Muerto, vivo, desaparecido, es lo mismo, tío, ¿su *jet* se perdió mientras volaba?

—Los radares lo perdieron después de dos horas de vuelo, el piloto y el copiloto dejaron de comunicarse con la estación de radio quince minutos antes.

—Ya veo, su familia debe estar devastada. —Elaine me guiña el ojo sin que los demás se den cuenta, sonrío de tal manera que solo ella es capaz de notarlo. Era la única que conocía todo mi plan para la «desaparición» de Lukyan—. Espero que pronto encuentren al responsable de este horrible accidente.

—Accidente es una interesante palabra para lo que hiciste —dijo Ivan. Cierro los dedos con fuerza alrededor de mi cuchillo cuando estoy por picar una de mis tortitas.

—¿Qué insinúas, «cuñado»?

Mi tono es ligero, pero todos en esta mesa sabían lo que podría pasar si Ivan decía algo que no me agradaba.

—No insinúo nada, solo digo lo que tú te niegas a admitir. Lo mandaste a matar porque no te agradaba, y como eres una mimada, nadie en esta mesa dirá una palabra y dejarán que te salgas con la tuya. Pero yo no lo permitiré, Lukyan era mi amigo.

Sus palabras me causan gracia.

—Ayy, el niño de papi se puso sentimental. —Me inclino un poco sobre la mesa y le sonrío—. Te diré lo mismo que le dije a Lukyan cuando me amenazó. Antes de ponerme un dedo encima estarás muerto, créeme, nadie en esta mesa moverá un solo dedo para protegerte. —Miro a Elaine y después regreso la vista a él—. Ni siquiera mi hermana.

Él la mira, esperando a que niegue mis palabras, pero no lo haría. Al final, ella se había equivocado al aceptar a Ivan como novio, no era más que un controlador y un abusivo.

—Bien, si así quieres que sean las cosas —dice Ivan y se pone de pie. Le tiende la mano a mi hermana, esperando que la tome, ella duda por unos segundos hasta que lo hace.

—Aleja tu mano de ella o te mato, Ivan.

Esas palabras no vienen de mi padre, como hubiera esperado, las dijo Marcello.

—¿Disculpa?

El asombro les recorre a casi todos, menos a mamá, a tía Roxanne y a mí.

—Aleja. Tus. Sucias. Manos. De. Ella —responde Marcello. La tensión en el ambiente era palpable, pero yo llevaba esperando esto desde que noté las miradas entre ellos. Era claro que en algún momento la situación se desbordaría.

Marcello era un macho alfa, le gustaba que lo suyo fuera suyo, al igual que su hermano, y ver cómo otro hombre la tomaba de la cintura como si fuera de su propiedad debía molestarlo muchísimo.

—Es mi novia, creí que eso había quedado claro.

Miro a donde está papá cuando escucho que cae una silla.

Demonios.

—¿Qué carajo está pasando aquí? ¿Elaine?

Mamá se pone de pie y lo toma de la mano, su otro brazo seguía aún con el cabestrillo.

—Alexei, creo que es mejor que hablemos de esto en otro momento.

—No, quiero saber lo que pasa entre mi hija y esos dos hombres. —Evito mirarlo cuando fija la vista en mí, lo único que me daba miedo, además de perderlos, era ver a mis padres enojados—. Carajo, ¿tú también, Alicia?

—Seré sincera, esos dos hombres están para morirse, hasta mamá lo sabe, no es como si pudiéramos resistirnos.

Lorenzo y Roxanne estallan en carcajadas.

—Sin duda, es tu hija. Lucios debería estar aquí, seguro sufrió lo mismo cuando tú andabas atrás de Anastasia —se burla mi tío.

—Son tu karma, Alexei —concuerda mi tía.

—Ahora no es el momento para tus chistes, mis hijas se han estado acostando con tus socios, Lorenzo. ¡Y en mis narices! —Frunce el ceño y mira a mamá—. ¿Tú lo sabías?

—Bueno, cariño, en ocasiones eres un poco ciego. Creí que lo sabías.

—Dios santo, mujer, por supuesto que no lo sabía. Hablaremos en nuestra habitación más tarde de esto —afirma y la mira con intensidad, provocándome arcadas.

—No se miren así, da asco —decimos Elaine y yo al mismo tiempo.

—Y ustedes, señoritas, más les vale que se despidan de sus romeos porque nos vamos ahora mismo.

Ahora sí que me sentía como una niña pequeña, no como la asesina y poderosa mujer que era todo el tiempo.

—Pero, papá... —intento refutar.

—Alicia, ahora no.

Hago un pequeño puchero y me voy del comedor con mi hermana pisándome los talones. En cuanto llegamos al segundo piso, entramos en mi habitación. Me volteo a verla, diciéndole sin palabras lo que haríamos a continuación.

—¿Lo obtuviste? —pregunto refiriéndome a la información que le había pedido que extrajera del teléfono de Marcello.

—Fue fácil.

—Bien, regresaremos a Rusia como si nada hubiera pasado, el viaje llegó en el mejor momento.

A pesar de que habíamos obtenido la información que necesitábamos, no se veía muy feliz con la idea de regresar a nuestra casa.

—¿Elaine, pasó algo más entre ustedes? Sabes a lo que me refiero.

Me siento culpable cuando el dolor contrae sus facciones.

—¿Cómo hiciste para no caer? —pregunta y sonrío con tristeza también.

—La única parte de mí que cayó fue por culpa de su pene —intento bromear, pero al ver que no le hace gracia mi comentario, la tomo de la mano y nos sentamos en la cama—. No importa que tan jodida estés ahora, ¿sí? Tenemos que salir vivas con nuestra familia de lo que se viene. Durante el vuelo le advertiremos a papá y a mamá, y en cuanto lleguemos a Rusia, decidirán qué hacer.

—Pero, Alicia, hay un problema casi igual de grande que ese. —El miedo me recorre cuando sus ojos brillosos conectan con los míos, no disfrutaba ver a mi gemela llorando—. Debió haberme bajado hace dos días, así que les pedí hoy temprano a mis guardaespaldas que me consiguieran una prueba de embarazo.

¡Oh, mierda!

La sorpresa, miedo y felicidad me abruman en partes iguales, posiblemente creerían que exagerábamos, pero papá se volvería loco cuando lo supiera. Dios santo, lo creía capaz de matarlo por embarazar a su hija.

—Creí que no era posible, recé porque diera negativo. Solo había estado con él un par de veces por el calor del momento y...

—... no usaron protección.

—No lo hicimos, estaba tan preocupada porque nos atraparan que también se me olvidó tomar la pastilla. Es que, ¡mierda!, el viaje solo se atrasó media semana. Debimos irnos después de que le dispararon a papá.

—Pero ya te habías acostado con él, ¿no? —Asiente—. No podemos pensar en lo que hubiera pasado si nos hubiéramos ido antes. Ahora lo que importa es lo que quieres, así que te pregunto, ¿qué quieres hacer?

—No lo voy a abortar, eso es seguro, pero no quiero que Marcello lo sepa, no antes de lo que tenemos que hacer. Y se lo diremos a mamá y papá cuando todo se calme, ahora tienen suficientes preocupaciones. No es como si quisieran agregar a la lista a una hija embarazada.

Asiento de acuerdo con sus palabras.

—Ya tengo listo todo, no podrán encontrarnos a donde iremos.

—¿Estás segura? Porque cuando lo sepa, irá detrás de mí, eso lo sé.

Miro la puerta, pensando en otra salida de toda esta situación. Pero ambas estábamos hasta el cuello, aún no resolvíamos todo el acertijo. Sin embargo, teníamos parte de él y todo pintaba muy mal. Si no nos movíamos rápido, todos estaríamos muertos al cabo de quizás una semana.

—No solo vendrán por ti, también por mí. Ellos nos quieren hace mucho tiempo, y si no consiguen lo que quieren por las buenas, lo harán por las malas.

El *JET* ES SACUDIDO por la turbulencia una vez más. Habíamos logrado salir de la mansión de mis tíos antes de que los Coppola regresaran del mandado al que se les había enviado. Muy dentro de mí esperaba encontrar el comedor cubierto de sangre cuando regresé a él con las maletas en las manos, pero, para mi sorpresa, los hermanos Coppola no estaban e Ivan se encontraba acorralado en la pared por el cuerpo de mi padre. No hacía falta ser adivino para saber que lo estaba amenazando de muerte.

Me sentía como la peor hija del siglo al ver lo agotados que lucían mis padres, pero ahora es que vendrían noches sin dormir. Miro a Elaine, esperando a que me diga si está lista o no. Asiente casi imperceptiblemente.

—Papá, mamá.

—¿Sí, Alicia?

Él podía estar enojado con el mundo entero, pero jamás nos trataría mal.

—Sé que estás molesto por lo que hicimos, pero había una razón para hacerlo.

—No estoy molesto porque se acostaran con ellos. Por Dios, sé que ya no son unas niñas, y en ocasiones me es difícil aceptarlo. Pero les había pedido que fueran honestas conmigo cuando se tratara de hombres, no puedo cuidarlas si no sé con quién andan.

—Lo sabemos y lo sentimos. —Se une Elaine, sentándose a mi lado—. Pero no podías saberlo, queríamos que fuera así.

—¿Qué quieres decir? —pregunta mamá.

—Estuvimos investigando esta semana, en realidad, lo llevamos haciendo desde que iniciaron los robos.

—Te dije que ellas lo sabían, no puedes ocultarles todo.

Mamá mira a papá y este solo le devuelve una pequeña sonrisa.

—Seguiré intentándolo, mi deber es protegerlas sin importar cuán grandes estén. ¿Qué consiguieron?

—Como ya sabrán, Beatrice Vitale tiene relación con los Coppola, mas no sabemos de qué tipo, y que su madre es Fiorella Vitale, la misma mujer que provocó una revuelta hace años cuando tío Lorenzo se puso oficialmente a la cabeza de la mafia italiana.

—¿Cómo saben eso? Eran tan solo unas bebés en ese momento.

—Tía Roxanne nos lo contó —responde Elaine ante la pregunta de mamá.

—Por supuesto que sí —dice papá con ironía.

—El punto es que no se sabe nada de esa mujer, pero...

—Está muerta —suelta papá.

Tardo en procesar unos segundos la información al igual que Elaine.

—Es imposible.

—Dimitri encontró un certificado de defunción a su nombre.

—Así que eras tú la otra persona que estaba interrumpiendo mi investigación —acuso a papá.

—Y al parecer eras tú quien andaba de curiosa revisando expedientes confidenciales de la Policía.

Me encojo de hombros.

—Dijeron que se le había acusado de homicidio en primer grado y vi la oportunidad de investigar por ahí.

—Parece que nuestras hijas son más listas que nosotros mismos —dice mamá, sonriente.

—La cosa es que ella está viva. No sabemos dónde estuvo todo este tiempo, ni qué nombre usa, ni su aspecto. Pero me confirmaron esta mañana que una mujer con sus mismas huellas dactilares pasó por el aeropuerto de Italia.

—¿Cómo te lo confirmaron? —pregunta papá.

—Compró un café y pagó pulsando su dedo pulgar.

—Esto no está bien, si se estaba escondiendo, acababa de salir por una razón. ¿Iba de salida o entrada?

—Salida, pero aún no saben a dónde.

—Queridos pasajeros, haremos un aterrizaje de emergencia en Ucrania, abróchense los cinturones, tendremos algo de turbulencia —interrumpe la voz del piloto, y como si él acabara de saberlo, mi teléfono suena con un único mensaje.

H: Ucrania.

DIECISIETE

Alicia Voronin Smirnova

Reviso por segunda vez que mis armas estén cargadas. Mis padres hacen lo mismo. Mamá había recibido un entrenamiento más profundo con las armas de fuego dos años después de que naciéramos, ahora era casi igual de buena que papá. Elaine comprueba todos sus cuchillos y me fijo a último minuto que una Colt M4 Airsoft cuelga de su hombro. En mi caso, yo tenía dos, además de un par de Glock 19, granadas y granadas aturdidoras.

En cuanto este *jet* terminara de aterrizar, se desataría una balacera. La prioridad era proteger a mamá y a papá, este último sería su blanco seguro. Solo podía usar un brazo, lo que lo dejaba en desventaja. Elaine y yo teníamos un plan de respaldo por si esto se nos salía de las manos, teníamos refuerzos esperando una orden de nosotras. Si les dábamos el visto bueno, ellos se los llevarían y los pondrían en un lugar seguro. Nosotras y nuestra gente les daríamos tiempo para que se fueran.

Todo tenía que salir tal y como lo habíamos planeado o lo que llevábamos tiempo trabajando habría sido en vano.

—Nuestra gente está lista para emboscar a quien sea que nos esté esperando al salir de este avión —anuncia papá—. No importa lo que suceda, manténganse cerca de su madre y de mí, ¿entendido?

Ambas asentimos.

—Es Fiorella Vitale quien nos está esperando —digo.

—¿Cómo lo sabes? —pregunta mamá.

—Porque su vuelo era de Italia a Ucrania, así que, o muy bien quien vuela este avión nos traicionó, o está siendo amenazado.

—Espero por su bien que sea lo segundo o yo misma lo mataré.

Elaine se levanta de su asiento y se dirige a la cabina. La sigo, sacando mi Glock, cuando una de las azafatas se pone de pie, le apunto.

—Quédate donde estás —le ordeno y ella levanta las manos y vuelve a tomar asiento.

Nos detenemos frente a la puerta de la cabina, contamos hasta tres y la abrimos. Ambos pilotos se voltean, abriendo los ojos de par en par.

—Por su bien, mantengan sus manos donde están —exclama Elaine—. Lo preguntaré una vez. —Apunta al piloto — ¿Traición o amenaza?

Se miran, indecisos. En caso de que quisieran activar el piloto automático para poder defenderse, no podrían, ya que estábamos a nada de aterrizar.

—Amenaza —dice el piloto.

—Traición —añade el copiloto.

—Bien, al menos eres honesto. Ahora déjale el mando a tu compañero y ponte de pie.

El piloto hace lo que le digo.

El copiloto toma todo el control del *jet*, preparándose para aterrizar. Teníamos que sentarnos pronto, pero debíamos encargarnos de esto antes de que este *jet* pusiera una rueda en Ucrania.

Cuando una leve turbulencia sacude el avión, el piloto aprovecha la oportunidad y se lanza por mi arma, pero lo esquivo al último minuto, perdiendo mi pistola tras el impacto de su cuerpo contra el mío. Recibo un puñetazo en la barbilla que me desorienta por unos segundos, le devuelvo el golpe con más fuerza, quitándomelo de encima. Esquivo una patada directa a mi nariz, pero no me muevo lo suficientemente rápido y me da en el estómago, sacándome el aire, ya que otra turbulencia sacude el avión.

Me pongo de pie a tiempo para ver cómo mi hermana patea su rodilla interior derecha, haciendo que caiga sobre ambas rodillas. Le doy un golpe en el rostro, seguido por otro, hasta que oigo el crujir de su nariz. Elaine pone sus manos a ambos lados de su cabeza, lista para romperle el cuello.

—Espero que valiera la pena. —Crac es lo siguiente que se escucha. Miro al copiloto, que había comenzado a sollozar y a sudar—. Aterriza este *jet,* y cuando bajemos de él, no salgas hasta que creas que es seguro. —Tomo una de las Glock de mi muslo derecho y la dejo en el puesto vacío a su lado—. Úsala si es necesario.

Regresamos al pasillo, la azafata se aferraba al asiento, supongo que ella también tenía una idea de lo que sucedía. Nuestros padres ya se encontraban en sus asientos con el cinturón puesto, los imitamos, y cuando veo por la ventanilla, puedo ver la pista de aterrizaje.

—Uno fue traición y el otro amenaza —informa Elaine.

Mamá mira a papá unos segundos en silencio, siempre habían tenido la capacidad de comunicarse sin palabras. Con una mirada podían saber si el otro estaba bien o no.

—Tenemos que decirles algo.

Papá rompe el silencio.

—Estoy embarazada —suelta mamá.

Mi corazón deja de latir por unos segundos, asimilando la noticia. La miro a los ojos y luego a su vientre, al que mantenía cubierto con sus manos, haciendo relucir su anillo de compromiso y su sortija. Eso explicaba por qué había estado comiendo más y por qué no había ingerido ni una gota de alcohol en la fiesta de bienvenida de Enmanuele.

—Vamos a tener un hermano —susurro, las lágrimas me empañan la vista, pero aun así soy capaz de ver cuando asiente. La abrazo como puedo, ya que el cinturón me limitaba la movilidad, mis brazos la rodean con fuerza, lloro de felicidad al saber que un miembro más llegaría a la familia.

—Vamos a hacer hermanas mayores. —Elaine se encontraba igual que yo, con una sonrisa y lágrimas corriendo por su rostro—. Estoy tan feliz por ustedes, ya quiero conocerlo.

—¿También creen que será niño? —pregunta mamá.

—Tiene que serlo —aseguro.

—Papá ya tiene suficiente con tres mujeres —agrega Elaine. Él tenía la mirada brillosa.

Esta noticia solo me hacía reafirmarme en mi decisión: haría hasta lo imposible porque mis padres y mi futuro hermano estuvieran a salvo. Mi familia era mi pilar, y si los perdía, me perdería a mí misma. Cuando Elaine me mira, sé que ella también ha pensado lo mismo que yo, lo daríamos todo sin dudarlo.

Una fuerte sacudida me indica que hemos tocado tierra, doy una respiración profunda preparándome para lo que se viene. En cuanto el *jet* se detiene, una ola de disparos inunda el lugar.

Nos desabrochamos los cinturones y nos dejamos caer en el

suelo, papá saca su teléfono, dando la orden de que ataquen. Hago lo mismo, avisando a mi gente que estén alertas y en cuanto tuvieran la oportunidad se los llevaran de aquí.

Cuando la balacera disminuye, comenzamos a actuar. Tomo una de mis granadas y me arrastro por el suelo del avión hasta llegar a la puerta principal. Con un poco de esfuerzo la abro, no pierdo tiempo estudiando cuántos hombres son, solo le quito el seguro y la lanzo a un grupo que se encontraba frente a la escalerilla.

La explosión no tarda en llegar, aprovechamos esa distracción y salimos del *jet*. Nos recibe un enfrentamiento, en el que solo los más fuertes sobrevivirían. Tomo dos Glock y comienzo a disparar a diestra y siniestra.

Elaine se pone a mi lado, protegiendo mis puntos ciegos, disparo y golpeo a todo aquel que se me acerca o lo intenta. No dejo que ni una bala se les acerque a mis padres, en varias ocasiones intentan ponerse frente a nosotras, pero como podemos lo evitamos.

Nuestra gente intentaba protegernos, pero como seres humanos, su instinto de supervivencia los hacía pensar en ellos primero. Y los entendía, también luchaban para poder volver a sus familias, yo lo hacía para que la mía pudiera ver un amanecer más.

—¡Son demasiados! —grita Elaine.

—¡Lo sé! —Le doy con la culata del arma a un hombre que intenta darme un puñetazo, cuando intento dispararle, esta no responde. Se había quedado sin balas—. ¡Tiene que ser ahora!

Tomo la Colt M4 Airsoft de mi hombro izquierdo y le disparo al hombre en el suelo, íbamos perdiendo. Eran demasiados, tal y como habíamos predicho, pero una parte de mí quiso aferrarse a la mínima esperanza en mi interior, de que podíamos ganar sin perder a tantos de nuestra gente.

—¡¿Estás lista?! —le grito, cuando la miro, recibo un asentimiento. Tomo dos granadas aturdidoras y las lanzo.

Todos, excepto nosotras y nuestros padres, nos tapamos los oídos, nos habíamos anticipado a esta situación. Aprovecho los pocos minutos que nos da la granada y envío el mensaje.

—Ahora —grito.

Tiran de una de mis piernas, haciéndome perder el equilibrio, pierdo también el teléfono en el proceso, pero ya no importaba, había dado la orden. Golpeo al hombre sobre mí, nos enzarzamos en una lucha cuerpo a cuerpo. Cierro las piernas alrededor de su cintura y golpeo mi cabeza contra la suya, intenta alejarse, pero tomo el puñal en mi muslo y lo clavo en su cuello.

Me lo quito de encima y me lanzo sobre otros dos hombres que estaban acorralando a Elaine, tomo una Glock del suelo y les disparo. Tenía una herida en el hombro, de ella salía un hilillo de sangre.

—Estoy bien —asegura.

Nos volteamos cuando llega un grupo de camionetas blindadas negras, de ellas salen las personas que trabajaban para los ángeles de la muerte. Toman a mis padres por la espalda, pero en respuesta comienzan a defenderse.

Cuando ven que no hacemos nada para ayudarlos, se congelan.

—Estarán bien —es lo único que les digo antes de regresar al baño de sangre.

Me enfoco solo en mi hermana, que luchaba a mi lado, las camionetas se van del lugar. Confiaba en mi gente, no porque me fueran leales, todos eran capaces de traicionar, pero le pagaba mucho dinero a alguien para que vigilara sus movimientos. Si alguien se atrevía a traicionarnos, mataríamos a su familia, así de simple.

Cuando la lealtad y el respeto no eran suficientes, se tenía que recurrir al miedo, y nosotras habíamos hecho exactamente eso.

Un siseo se escucha en el aire, miro a Elaine a mi lado y sin dudarlo me lanzo sobre ella. El avión vuela en pedazos, mandándonos por el aire, me aferro a mi hermana y recibo la mayor parte del impacto por ella.

Un dolor me recorre el cuerpo, la cabeza y los oídos comienzan a palpitarme. Todo comienza a teñirse de negro, y como puedo, muevo mi brazo alrededor de mi hermana, asegurándome de que seguía pegada a mi cuerpo.

Antes de perder la conciencia, pido por ella y mi sobrino, al igual que por mis padres y mi hermano.

Sabía que habíamos hecho lo correcto desde hace un año y estaba lista para lidiar con el mundo que vería cuando abriera los ojos.

Si es que lo hacía.

DIECIOCHO
Alicia Voronin Smirnova

Mi cuerpo y mi mente me pedían reposo, pero necesitábamos encontrar una salida de donde sea que nos habían metido mientras estábamos inconscientes.

Habíamos despertado hace quince minutos, teníamos las manos sujetas a una silla al igual que las piernas. La habitación en la que nos encontrábamos era húmeda y no entraba ni un rayo de sol, era únicamente alumbrada por una bombilla.

—Elaine, ¿cómo sigue tu espalda? Mi voz no era más que una especie de ruido, apenas si podía oír bien, la sien me palpitaba y sentía que de ella salía sangre. Mi espalda y cuello eran otra historia, el dolor era tan abrumador que tenía que recordarme a mí misma que este no era un lugar para desmoronarme.

—Aún me duele, pero es soportable —me contesta, no podía verle el rostro, ya que estábamos espalda con espalda, pero la tenía de la mano intentando reconfortarla.

Esta situación era más difícil para ella, el padre de su bebé en cualquier momento cruzaría esa puerta, demostrándonos lo que ya sabíamos. Ignoraba si ella lo amaba, tan solo habíamos interactuado con ellos una semana y media, ¿era posible enamorarse en un lapso de tiempo tan corto? No lo sabía, pero ahora no nos encontrábamos en la posición que teníamos hace un año. Antes los hubiéramos matado sin dudar, pero ahora podíamos flaquear a pesar de todos los planes que tenían para nosotras y nuestra familia.

Pero algo sí teníamos claro, la familia iba primero. Y así tuviéramos que dejar el corazón en esta pocilga para salir con vida y mantenernos a salvo, lo haríamos.

En cuanto escuchamos un par de pisadas acercarse, nos tensamos. Tomo sus manos con más fuerza y le paso ese brazalete que siempre llevaba puesto y que me regaló cuando cumplimos dieciséis.

Teníamos que liberarnos antes de que Fiorella decidiera matarnos.

—No importa lo que pase, así tengas que dejarme aquí para sobrevivir, hazlo.

Cuando intenta replicar, esos dos hombres que no eran más que una condena para nosotras, entran por la puerta.

La mirada se me va de inmediato a Camillo, lucía igual de bien que la primera vez que lo vi. El aura dominante aún no lo dejaba, aunque podía estar segura de que hasta muerto podrías sentir su superioridad. Estaba vestido completamente de negro, lo que resaltaba el color de sus ojos. Genial, ¿no pudo ponerse un saco de papas?

En este punto, tenía emociones encontradas, quería matarlo y a la vez follármelo. De seguro estaba mal de la cabeza.

—Después de todo, henos aquí —digo con la esperanza de romper el silencio incómodo, la tensión casi hacía crepitar el aire—. ¿Tienen algo que decir en su defensa?

—Tu padre asesinó a nuestro padre.

La voz de Marcello era como pequeñas hojillas cortándome la piel. Frunzo el ceño sin entender de qué habla.

—Mis padres no mataron a Sergei —dice Elaine. Eso era cierto, el hombre había muerto en un atentado, o al menos eso era lo que habían dicho.

—No Sergei, hablamos de Lucas Moretti.

Silencio. Es lo único que se escucha tras oírlo decir esas palabras.

Mi mente buscaba entre todos esos expedientes y toda la información que había obtenido sobre los hermanos Coppola. Nada de lo que había leído los conectaba con esa rata, ¿cómo demonios podía ser su padre?

—No, eso no tiene sentido. Tu padre es Sergei Coppola, ambos tienen su apellido y nunca se les ha relacionado con ese «hombre».

—Vamos, querida Alicia, eres lista, puedes atar los cabos sueltos.

Odié con cada fibra de mi ser su manera de llamarme, él no podía ser hijo del hombre que torturó y que casi mata a mi madre en dos ocasiones.

—Si él es su padre, Fiorella Vitale es su madre, ¿no?

Elaine había sido más rápida que yo atando los hilos, eso tenía sentido, la manera en que reaccionaron cuando mataron a Beatrice, la revuelta que hubo años atrás en contra de nuestro tío...

—Lo es —asegura Camillo.

Todo era una jodida mierda, estaba preparada para todo menos para eso. Eran hijos del maldito Lucas Moretti, quien era medio tío de mi madre, y por lo tanto, sus hijos eran como mis medios primos.

Me había acostado con uno de mis medios primos. Ambas lo habíamos hecho.

Demonios.

Comienzo a reírme como una desquiciada, ignorando a todos en esa pequeña habitación. Las lágrimas comienzan a salir y me doblo sobre mi estómago, intentando controlarme.

—Un maldito año y no pudimos descubrir eso, Elaine, a la vida le encanta jodernos —sentencio.

Lo que menos me preocupaba ahora era que fueran mis medios primos, había primo hermanos y hasta hermanos que se acostaban. Lo que me preocupaba era cómo lo estaba tomando Elaine. Le doy un apretón en las manos, diciéndole sin palabras que estaríamos bien.

—¿Cómo que un año, Alicia?

Miro a Marcello y las ganas de reírme regresan, pero como puedo, las mantengo a raya.

—Creo que esta es la primera vez que me diriges la palabra. —Chasqueo la lengua, sintiendo que en cualquier momento perdería los nervios—. Lo que digo, «querido primo», es que hemos estado atrás de ustedes desde hace un año. —Miro a Camillo y le sonrío—. No creíste que la primera vez que me viste en ese club fue una coincidencia, ¿o sí?

—Supimos de los movimientos que se estaban llevando a cabo en Italia el año pasado, los robos eran insignificantes, tanto así que nuestro tío demoró en darse cuenta. Pero nosotras fuimos informadas e iniciamos nuestra investigación —continúa Elaine—. Llegamos a ustedes en cuestión de semanas y en menos de cuarenta y ocho horas sabíamos todo sobre ustedes, bueno, eso creíamos —lo último lo suelta con ira.

—Un segundo, bonita, ¿me estás diciendo que todo este tiempo supieron lo que estábamos haciendo en contra de tu familia?

Marcello se acuclilla frente a Elaine, esperando una respuesta.

—Siempre pensaron que tenían el juego a su favor, pero cada paso y decisión que tomaron fue porque nosotras quisimos que fuera así.

—¿Por qué no hicieron nada?

Camillo me miraba de arriba abajo, como si la persona que tuviera frente a él no fuera lo que él imaginó cuando comenzó su jueguito.

—Si vas a matar a una serpiente, tienes que cortarle la cabeza —le digo y él ríe.

—Parece que te salió mal la jugada, porque quienes están secuestradas son ustedes.

—¿Estás seguro? —Ladeo la cabeza y le sonrío—. Marcello, por favor, recuérdame el nombre de esa *hacker*, quieres.

Se pone de pie y se detiene frente a mí.

—Olor Niger. —Sonrío.

—¿Y si lo pasamos del latín al inglés? ¿Qué dice? —Ambos ponen los ojos como platos al darse cuenta, porque significa «cisne negro»—. Días atrás fui la reina de los cisnes blancos, pero siempre fui la líder de los Cisnes Negros. La *hacker* siempre estuvo frente a ustedes, y si no hubieran estado tan concentrados en follarnos, quizás se hubieran dado cuenta.

La organización la había formado cuando cumplí dieciocho y Elaine era mi mano derecha en todo esto. Las personas que habían estado investigando eran mis aliados, incluyendo el hijo de la Comadreja, trabajábamos juntos. Aunque cuando la información era muy valiosa, me pedía favores a cambio.

Yo había sido quien le envió esa carta a mi madre, yo era la mujer con la que intentaron conectarse para obtener información. Traté de mantener un perfil bajo y seguir investigando. Si les decía a mis padres, la voz se correría y perdería el factor sorpresa que necesitaba.

Elaine y yo habíamos trazado este plan cuidadosamente

para que todo saliera bien, pero como siempre, las cosas no siempre ocurren como quieres.

—Investigamos todo sobre ustedes, sus gustos, los lugares a los que iban con frecuencia, todo. No se acercaron a nosotras porque pudieron, sino porque quisimos —dice Elaine.

Lo único que le había hecho falta agregar era que las cosas se nos habían ido de las manos desde el momento en que los vimos. Nunca estuvo dentro del plan interesarnos en ambos más de lo debido, y mucho menos dormir con ellos.

—¿Tú enviaste a Beatrice ahí para hacer que la mataran? —preguntó Camillo, a quien se le veía muy molesto.

—No. Por si no te has dado cuenta, ustedes tienen diferentes apellidos, por lo que no hay nada que los relacione, solo con la loca de su madre, quien, por cierto, ¿cuándo hará su entrada? Sé que está aquí en Ucrania.

—Genial, porque por más que esta conversación sea muy interesante, se les acaba el tiempo —señala Elaine, empuja el brazalete de nuevo a mi mano y lo sujeto con fuerza.

—Alguno de mis hombres la envió para hacerse pasar por mí —explico—, pero no sabía que ella trabajaba en la organización hasta que la mataron. De hecho, podría apostar todo lo que tengo a que tu madre fue la que arregló todo.

—Ella nunca nos haría eso.

Miro a Marcello como si hubiera dicho que la Tierra era plana y no redonda.

—¿Qué les dijo de la muerte de su querido padre?

Si sacábamos cuentas, ellos solo tenían siete años cuando mataron a Lucas, nosotras nacimos un año después, así que tenían suficiente edad como para resentir la ausencia de su padre.

—Que estaba intentando arreglar las cosas con tus padres,

pero que lo emboscaron cuando les pidió que se reunieran y lo mataron como unos cobardes.

Elaine y yo nos reírnos, era la peor mentira que había escuchado en mi vida. Ni nuestro abuelo Lucios se atrevió a tanto.

—Un ciego pudo haber visto esa mentira a menos de un kilómetro. Les mintieron en la cara, formaron una venganza a base de mentiras, pero por desgracia es tarde. —Miro a Camillo y una pizca de tristeza me inunda el alma—. En otra vida quizás hubiéramos funcionado.

—Y hubiéramos sido felices —le susurra Elaine a Marcello.

Nos apuñalaríamos el corazón con lo siguiente que haríamos, pero después de todo, no todos obtienen su final feliz en la mafia.

Saltamos sobre ellos en cuestión de segundos, le doy una patada en las costillas a Camillo, sacándole el aire. Pero él no se queda atrás y me golpea el estómago, desequilibrándome. Tomo mi brazalete y le quito el protector, transformándolo en un puñal. Mientras más rápido lo hiciera, más rápido podría ignorar esa punzada en mi pecho.

Intento apuñalarlo en las costillas, pero me esquiva, pone uno de sus pies entre los míos y me voy de bruces. Se sube sobre mi espalda, su cuerpo contra el mío creaba una fricción que no deseaba sentir en ese momento o perdería mi fuerza de voluntad.

—Tú no vas a matarme, preciosa, tenemos muchas cosas de las que hablar, tienes mucho que explicar.

—Ya dije todo lo que debías saber —le digo, dándole enseguida un cabezazo, y me suelta.

Me subo sobre él y lo miro a los ojos, estos parecían contener una tormenta a punto de desatarse.

—No hay nada de qué hablar, tomaste tus decisiones y yo las mías —asevero.

Con un movimiento se sube sobre mí.

—No voy a matarte, desde que te conocí eso dejó de estar en mis planes.

—No me importa. —Lo golpeo en la barbilla, luego en el ojo y continúo, mas él no se defiende—. Querías matar a mi familia, y la familia es primero —digo.

Sin darme cuenta, estaba sollozando, captura mis manos y me detiene.

—Preciosa... —corto sus palabras y lo beso, era uno lento y dulce. Uno con sabor a tristeza y despedida. Libera mis manos y toma mi rostro con las suyas.

—La familia tiene que ser primero —susurro cuando rompemos el beso. Lo apuñalo en las costillas, sus ojos se abren como platos y se deja caer a mi lado, presionando su herida.

Busco con la mirada y encuentro a Elaine llorando sobre el cuerpo de Marcello, al igual que yo, lo había apuñalado en las costillas. Tal vez estaba vivo, quizás no.

Teníamos que irnos de aquí, nuestra gente atacaría en cualquier momento y se desataría otra balacera en cuestión de segundos.

—Elaine, tenemos que irnos.

Ella me mira con los ojos inyectados en sangre.

—Lo sé, hermana, lo sé —contesta.

Saco el puñal de las costillas de Camillo y dejo un último beso sobre sus labios. Ese idiota italiano no me había atrapado, pero en el intento logró atrapar mi corazón.

Ambas salimos de esa habitación, listas para enfrentar a quien sea que nos estuviera esperando, dejando a los hombres que habíamos logrado querer en un lapso de tiempo que cualquiera diría que era ridículo. Pero cuando era esa persona, no importaba nada más.

Un dolor me recorre de pies a cabeza, haciéndome caer de

rodillas. Tomo mi cabeza entre mis manos, intentando hacer desaparecer el dolor. Elaine cae, al igual que yo.

—Después de todo, esos idiotas sirvieron para algo. —dicen de pronto. Una mujer se había detenido frente a nosotras con una sonrisa siniestra en el rostro—. Es un honor estar frente a las princesas de la mafia —añade.

Mi cuerpo cae al suelo por completo, sin fuerzas, no podía respirar ni gritar. Miro a mi hermana, quien apenas se mantenía consciente.

Comienzo a perder también la conciencia, con el pensamiento de que, después de todo, habían logrado atraparnos.

DIECINUEVE

Alicia Voronin Smirnova

UN AÑO ATRÁS

E l club Asmodeus era similar a los que había visitado anteriormente. Pero este tenía algo especial, a alguien especial.

Me aseguro el intercomunicador en el oído. Mi hermana y yo nos comunicamos bien a través de este. Me acomodo el antifaz, era de color negro y era simple, no quería llamar la atención, solo la de él.

Bajo de la camioneta y me acerco a la entrada, muestro mi invitación y me dejan pasar. Con el antifaz aparentaba más edad, pero solo tenía dieciocho años. De seguro a mi padre le daría un infarto si me viera en un lugar como este. Para él seguiría siendo su pequeña princesa, siempre lo sería.

Me adentro en el lugar con pasos firmes y seguros. Estaba usando tacones de aguja, lo que me hacía lucir mis piernas, un vestido negro se adhería a mi cuerpo como una segunda piel, haciendo notar mis curvas. Lo único de color que llevaba era mi cabellera rubia, que caía con un corte en V por mi espalda, y el pintalabios rojo sangre que Elaine me había convencido de usar.

Escaneo el lugar, estaba amueblado con muebles modernos, asientos de cuero, pequeños detalles en las paredes que parecían ser de oro. Era muy posible que lo fuera. Había también tarimas en las que se podía bailar y salas «privadas». A este tipo de lugares no venías a esconderte, venías para que todos te vieran realmente.

—Se encuentra en la barra.

Escucho la voz de mi hermana a través del intercomunicador.

Asiento, sabiendo que ella puede verme. Había hackeado el sistema de seguridad del lugar, facilitándole a ella la tarea de cuidar mi espalda por si llegaban a descubrirnos. Las posibilidades eran bajas, pero siempre existía un grado mínimo de error.

Nuestra organización, los Cisnes Negros —amaba el *ballet* por eso el nombre—, era una pequeña rama que hacía «justicia» en el mundo ilícito. Yo lo sabía todo, podía acceder a cualquier tipo de información. Solo cuando tenía que entrar a las bases de datos del Gobierno le pedía ayuda a un amigo. Yo entraba sin dejar rastro alguno, pero a él le encantaba dejar sus sistemas de seguridad fundidos en virus.

Alrededor de hace dos semanas me informaron de ciertos movimientos con la mercancía que manejaba mi tío Lorenzo en Italia. Todos en este mundo movían, vendían o protegían algo relacionado con mis padres. Todos ganábamos aquí, ellos cumplían las leyes de la mafia, nadie moría. Pero si alguien no lo hacía, morían ante los reyes de la mafia.

La barra estaba repleta de hombres y mujeres, algunos estaban solos, pero otros se encontraban con quienes seguramente serían sus parejas esa noche. Y si tenían suerte, podían ser su sumiso/amo de forma permanente o hasta que así lo quisieran.

Me hago espacio al lado de un hombre que no duda en repasarme con la mirada, lo ignoro sabiendo de inmediato sus gustos. Él era dominante y yo no era sumisa. Me pido una copa de vino blanco y examino al resto de los que estaban en la barra. Había mirado el rostro de aquel hombre hasta poder reconocerlo con tan solo tocarlo, pero eso no fue suficiente para evitar que un escalofrío me recorriera cuando lo encuentro con sus ojos en mí.

Alto, de hombros anchos, el pelo peinado perfectamente hacia atrás, aunque quizás se vería mejor despeinado. Pómulos firmes, mandíbula marcada, su labio superior sobresalía un poco sobre el inferior, una barba incipiente adornaba toda su quijada, y para cerrar con broche de oro, tenía los ojos grises oscuros.

Le sonrío al barman cuando me entrega mi bebida y aprovecho para mirar la cámara que se encontraba en una esquina del bar, justo frente a mí. El vino me hace cosquillas en la garganta, calmando los nervios que ahora me recorrían el cuerpo.

Sí, es él. Por una vez en la vida, deseé haberme equivocado. Ese hombre era una tentación muy grande, pero tenía una misión y esta no incluía abrirle las piernas.

Vacío la copa y la dejo sobre la barra, siento el peso de su mirada cuando comienzo a caminar, no hacia él, sino hacia la tarima. Los hombres como él, si es que existía otro igual de atractivo y sexi, eran dominantes, disfrutaban de los espectáculos y que se arrodillaran a sus pies. Yo solo haría lo primero, porque lo mío sin duda no era ponerme de rodillas con la cabeza gacha. Lo mío era mirarte a los ojos y ordenarte cómo y cuándo tocarme.

En cuanto me sitúo sobre la tarima, dos chicas más se ponen a mi lado. Había dado el aviso de que quería hacer un baile y, por ende, ya tenían todo listo para mí. Bajan la intensidad de las luces y un grupo de hombres y mujeres deja la vista sobre nosotras, pero él mantiene su mirada fija en mí.

Las primeras notas de *Needed Me* de Rihanna comienzan a sonar. Las chicas bajan el cierre de mi vestido dejando a la vista un conjunto de encaje negro con transparencias, quería que él me viera y no me olvidara. Ellas bailaban para todo nuestro público, pero yo solo le bailaba a él. Cada caricia, sonrisa y movimiento eran solo para él. Quería que me bebiera con la mirada, que después de que me fuera se volviera loco por buscarme y tomarme.

Me dejo caer de rodillas y gateo con la vista fija en él, dejo mi trasero en pompa y me deslizo. La parte inferior del conjunto escondía muy poco, por lo que cuando hago rebotar mi trasero, literalmente lo dejo a la vista de todos.

Había hecho muchos bailes, tantos como este, como en el *ballet*, pero ninguno me había hecho sentir lo que ahora dominaba cada fibra de mi ser. Poder, sensualidad y una excitación que me tenía al borde de la locura. Ese hombre me tenía húmeda, sudorosa y deseosa con tan solo mirarme.

En cuanto termina la canción, bajo de la tarima con la respiración acelerada. Le doy una última mirada y me voy a los camerinos. Llego al que me habían indicado que sería mío por esta noche, me pongo un par de pantalones y una blusa azul oscuro. Cuando estoy lista, entro al baño y salgo por una de las ventanas, estas estaban selladas y cubiertas, pero había enviado a alguien de mi gente para que me abrieran una para mí. Estas ventanas daban a una especie de callejón del club, este no se encontraba en los planos actuales, por lo que nadie sabría por dónde me había ido.

—Será más difícil de lo que imaginé —hablo por el intercomunicador.

—Te lo dije, esos hombres tienen algo.

Elaine había tocado la semana pasada en un teatro de Venecia, el mismo donde se encontraba Marcello Coppola cerrando una especie de negocio. Al igual que yo, en cuanto lo vio, sintió la inequívoca necesidad de acercarse a él. Eran sus palabras, no las mías.

Nuestro plan era simple: nos apareceríamos cada cierto tiempo por una fracción de segundos en el lugar donde se encontraban, así no tendrían la certeza de que nos habían visto, pero les recordaríamos que estábamos rondando por alguna parte del mundo.

Ambos eran hombres de poder, por lo que sabrían quiénes éramos en cuestión de segundos, lo que los alentaría a continuar su venganza sin saber que la guillotina les respiraba en la nuca. Lo extenderíamos todo hasta un máximo de un año, así podríamos armar la perfecta jugada. Pero mientras tanto, no nos quedaba más que huir y escondernos, porque lo único que no podríamos predecir era el momento en el que nos encontraríamos cara a cara.

Pero, sin duda, huir de un mafioso no era sencillo.

VEINTE

Alexei Voronin

Volteaba cada dos segundos hacia la dirección en la que sabía que se encontraban mis hijas. Me sentía impotente, como si Klara y yo estuviéramos huyendo de una batalla que era nuestra y que no debía ser librada por ellas.

—¿Quiénes son ustedes? ¿Y a dónde nos llevan? — pregunta mi esposa. Nos habían quitado nuestras armas, pero aun así lo único que evitaba que desarmara al hombre a mi izquierda y le apuntara a todos aquí eran las palabras de Alicia y la mirada de seguridad que me había dirigido Elaine.

—Somos los Cisnes Negros. —Hace una mueca al decir el nombre—. Y los estamos llevando a un lugar seguro.

Cisnes Negros.

Dejo caer la cabeza contra el asiento. Bendita fuera la tarea de ser padre.

Cisne negro en latín era *olor niger*.

Esa niña iba a matarme de un infarto, ambas iban a hacerlo.

—Juro que voy a castigarlas por el resto de sus vidas —le susurro a Klara, al parecer también había caído en cuenta sobre el juego de palabras de nuestra hija—. ¿Son una organización? —pregunto.

—Sí, Sr. Voronin —me contesta.

Guardo silencio por unos minutos, aunque este se ve abruptamente interrumpido cuando una explosión se hace notar a lo lejos, estremeciéndome y erizándome los vellos de la piel. El aire abandona mi cuerpo cuando me volteo y veo las llamas a la distancia.

—¡No! —grita, entonces sujeto a Klara por la cintura cuando intenta abrir la puerta del coche y la atraigo a mi pecho con un nudo en la garganta, lo sentía hasta el punto de que me comenzaba a faltar el aire—. No, no, no. Por favor, no —dice y me aferro a su cuerpo, y ella al mío.

Mis hijas...

Sacudo la cabeza, intentando desaparecer esos pensamientos e imágenes de mi cabeza.

—Cariño, ellas están bien, son nuestras hijas y han armado un plan que ni yo mismo hubiera pensado mejor. Son listas, estarán bien —le susurro, aunque una lágrima resbala por mi mejilla.

Me negaba a creer lo peor, no podía perderlas, ellas y Klara eran mi mundo entero.

Recordaba como si fuera ayer la primera vez que las tuve en mis brazos.

Sus primeros pasos.

Cuando dijeron mamá y papá por primera vez.

Cuando ambas descubrieron sus talentos...

Estaban bien. Tenían que estarlo.

—Quiero que hagan un sondeo por toda la zona, no me importa a quién tengan que enviar, solo háganlo —digo.

El hombre que iba de copiloto habla por la radio.

—Nos dirigimos al nido, el paquete está asegurado, pero necesito saber el estado actual de las reinas.

Una pequeña sonrisa se forma en mis labios. Ellas mismas habían formado su propio reino dentro de este mundo, al que sabía que no querían pertenecer. Este era uno de esos momentos en los que, a pesar del miedo que me recorría, me sentía orgulloso de ellas una vez más.

—Están haciendo interferencia con los dispositivos de rastreo, no puedo saber su ubicación actual, pero están en movimiento —responde una voz masculina. Klara detiene sus sollozos de inmediato y me mira.

—¿Están bien? —susurra, limpio sus mejillas y la beso en la frente.

—Lo estarán cuando mate a esa maldita loca.

—Me temo que tendrá que agregar dos nombres a su lista, Sr. Voronin. Camillo y Marcello Coppola —dicen a través de la radio.

No me sorprendo al escuchar esa confirmación a las sospechas que había tenido desde el primer día que los vi. Pero no los mataría, no podía, si con eso mis hijas terminaban lastimadas. Ambos hombres habían dejado ver más de lo que querían, al igual que mis princesas. Tenía una larga conversación pendiente con ellos cuatro.

—¿Eres el hijo de la Comadreja?

—Lo soy, Sr. Voronin.

—Bien, necesito saber cómo Fiorella Vitale supo las últimas palabras que le dije a Lucas Moretti. Es importante.

—Por supuesto, pero ya no es la Sra. Vitale, ahora es la Sra. Coppola. Esta información acabo de obtenerla, por lo que, si la princesa —se refiere a mi hija Alicia—no lo sabe aún, lo sabrá muy pronto.

—Gracias.

Por un lado, sabía que mis hijas estaban vivas, ahora teníamos que ir y sacarlas de donde sea que las estuvieran llevando. Por otro lado, ellos eran hijos de Fiorella, y si unía toda la información que tenía hasta ahora, Beatrice y los gemelos eran hermanos y estos debían tener un padre que no era ni Sergei Coppola ni Paolo Vitale.

Cuando hace años dije que en lo relativo a una venganza intentaríamos cumplirla hasta muertos, no lo hacía en sentido literal, pero al parecer la vida lo había tomado así.

Aun después de muerto, Lucas Moretti seguía jodiendo. Y una vez más había tocado lo más preciado que tenía en la vida.

∼

Camillo Coppola

EL ARDOR en mis costillas se sentía como la mierda, iba a castigarla por haberme apuñalado y después iba a follarla hasta hacerla mierda a ella también. Había estado jugando con nosotros cuando siempre creíamos que éramos nosotros quienes teníamos el factor sorpresa en todo esto.

Por eso había cedido tan rápido a mi petición, ella necesitaba una forma de acercarse a mí sin que fuera sospechosa. Aunque una parte de mí quería pensar que había sido más que eso, no esperaba una historia con un final feliz después de todas estas mentiras y traiciones. Pero al menos, me gustaría intentar un final feliz con esa mujer.

Me desplazo hacia mi hermano, dejando un camino de sangre a mi paso. Cuando llego a él, lo encuentro con los ojos abiertos mirando el techo.

—Idiota, deja de reflexionar sobre la vida y ponte de pie.

Cuando me mira, encuentro sus ojos brillosos.

—Me dijo que voy a ser papá —susurra y deja salir un par de lágrimas. No puedo evitar sonreír.

—Entonces, con más razón hay que salir de aquí, no querrás que ese bebé crezca sin un padre, ¿o sí?

Como respuesta, comienza a ponerse de pie y yo lo sigo. Hago una mueca al sentir con más intensidad el dolor en mi costado.

Iba a hacerla tan mierda que no caminaría por una semana.

—¿La amas? A Elaine —le pregunto a Marcello.

Cruzamos la puerta casi a rastras, pero como podemos, nos mantenemos de pie. Teníamos que llegar a su despacho.

—¿Por qué demonios me preguntas eso ahora?

—Porque yo amo a Alicia desde la primera vez que la vi, no solo por el exquisito baile que me dedicó, sino por la seguridad y templanza que vi en ella. La misma que mostró la primera vez que casi me entierra un cuchillo en la cabeza. Durante ese año en el que creímos verlas, ahora pienso que sí eran ellas. Confundí ese sentimiento con el deseo de tener su cuerpo, pero hoy lo entendí. Estaba dispuesto a dejar que me matara, porque yo no podría vivir en un mundo en el que ella no existiera.

Cruzamos las puertas del despacho al mismo tiempo que una balacera se desata a nuestra espalda.

Aseguramos la entrada y me dejo caer sobre una silla, levantando mi camisa, dejando a la vista la herida. Era pequeña pero profunda.

—No sabía que eras un maldito poeta —dice, luego busca su botiquín de primeros auxilios y saca dos vendas. Él siempre estaba preparado.

—Supongo que ser apuñalado por la mujer que quieres te pone sentimental. Entonces, ¿la amas o no?

Me vendo el torso, deteniendo un poco la hemorragia. Me sentía débil y solo quería cerrar los ojos, pero no dejaría que esa

131

mujer pensara por un segundo más que había logrado desha-
cerse de mí. La perseguiría hasta el fin del mundo si era
necesario.

—La amo, y ni muerto dejaré que ese bebé pase lo mismo
que nosotros. Él tendrá un padre y ella un esposo. Porque
planeo casarme con esa loca y no pasar un día más sin ella a mi
lado.

—Viste que ser apuñalados sí nos pone sentimentales —
bromeo. Se coloca frente a mí con dos armas y me tiende una.

—¿Estás listo?

—Más que nunca.

Voy por ti, mi querida Alicia, porque como le había dicho,
matarla dejó de estar en mis planes desde que la vi.

Supongo que esto era lo único por lo que debería agradecerle a nuestra madre, porque esta venganza solo había tomado
fuerza al escuchar sus mentiras. Porque por nosotros, no la
hubiéramos llevado a cabo a pesar de las palabras que juramos
cuando éramos niños.

Una venganza deja de tener sentido cuando, dicho de una
manera asquerosamente cursi, conoces al amor de tu vida.

VEINTIUNO

Alicia Voronin Smirnova

Un ardor en mi mejilla me saca de la inconsciencia, seguido de un fuerte dolor de cabeza y espalda. Tenía la vista un poco borrosa, pero aun así logro ver a la mujer frente a mí.

—Fiorella Vitale, o debería decir, Coppola —consigo decir, me dolía la garganta y sentía que esta se hacía pedazos mientras hablaba.

Giro a mi derecha, encontrando a Elaine semiinconsciente, tenía la cabeza gacha, por lo que no podía verle el rostro. Pero me preocupaba su estado y la del bebé.

Teníamos que hallar la forma de salir de aquí. Vivas.

—Veo que mis hijos ya te pusieron al día de todo.

—Por desgracia, sí. Sabes, eres una terrible madre, mandaste asesinar a tu propia hija y usaste la inocencia de tus hijos para que llevaran a cabo una venganza, mientras, tú tirabas de las cuerdas.

Sonríe, ignorando mis palabras, se pone frente a mi hermana y levanta su rostro, tirando de la parte trasera de su cabello. Yo trato de liberarme de mis ataduras con ganas de borrar esa asquerosa sonrisa de su feo y decrépito rostro. La mujer era menor que mi madre, quizás un año o dos, pero el estrés y la preocupación la habían envejecido.

—Tus padres me quitaron lo más preciado que he tenido en la vida y yo haré lo mismo con ellos, para después ir tras su corona y todo su imperio.

—Si lo tuviera frente a mí, no dudaría ni un segundo en matarlo —logra decir Elaine, y lo siguiente que recibe es una bofetada.

—Esa rata italiana no merecía menos, y qué fuiste tú, ¿su amante? ¿La mujer que conoció en un club y que follaba cada vez que le apetecía? —Río con sorna—. Ni siquiera puedo insultarte diciéndote puta, porque al menos ellas no se regalan, sino que se venden y viven de ello para poder comer y tener un techo en el que vivir. ¿Tú por qué lo hiciste, Fiorella?

—No sabes nada, niña estúpida. ¡Él me amaba! —Saca su arma y me apunta, pero yo no hago más que sonreír.

—¿Y por qué nunca te reconoció como su esposa? —digo—. Ah, sí, porque él siempre amó a Marizza, ¿si no por qué crees que armó toda una venganza en su nombre y la de su bebé? No fuiste más que la mujer con la que pasaba el rato y que terminó embarazada de dos niños después.

—Esos niños estúpidos debieron matarlas en cuanto tuvieron la oportunidad —exclama y baja el arma—. Merecen pasar por el mismo infierno en el que vivió mi pobre Lucas.

Abre la puerta, dejando entrar a seis hombres. Trago saliva, el miedo recorre cada centímetro de mi cuerpo, sabía lo que se avecinaba. Observo a mi hermana, quien a pesar de que se encontraba casi inconsciente, también parecía tener en claro lo que esos hombres nos harían en cuanto les dieran la oportunidad.

—Lo preguntaré una sola vez, niñas, ¿dónde están sus

padres? —Silencio es lo único que obtiene—. Bien, entonces será por las malas. —Se voltea hacia los hombres—. Consigan esa información, no importa de qué manera lo hagan. Solo no las maten, las necesito vivas.

Cuando sale por esa puerta, sé que nuestro destino ha sido sellado.

—¡Juro que voy a matarte! —grito, estaba dispuesta a luchar con tal de que no nos pusieran un dedo encima. Miro a esos hombres, quienes solo se reían de mi arrebato—. Los castraré con mis propias manos si se atreven a tocarnos.

—No vemos la hora de que ese momento llegue, «princesa» —dice uno de ellos, las últimas palabras las escupe con odio.

Cortan nuestras ataduras y nos ponen de pie, atrás de las sillas había dos puertas. Me llevan hacia una, separándome de Elaine.

—¡No! —exclamo y golpeo con fuerza a uno de los sujetos que me tenía apresada del brazo, logrando que me suelte.

Le doy un puñetazo al otro y después lo pateo en la ingle, intento correr hacia mi hermana, pero ese dolor en la cabeza vuelve a llegar, dejándome echa un mar de lágrimas y jadeos de dolor.

Veo como se llevan a Elaine a rastras. Sea lo que sea que nos estuvieran haciendo, la estaba afectando de mayor manera, podría hasta decir que la estaban matando poco a poco.

Vuelven a tomarme de los brazos y en esta ocasión no tengo fuerzas para dar batalla. Escucho que cierran la puerta y me concentro en lo que hay a mi alrededor.

Había un tanque mediano con agua en ella, unas cadenas pendían de unos grilletes y una mesa de metal se encontraba al otro extremo de la pequeña habitación. No había ventanas, solo y únicamente esa puerta, y esas paredes de concreto me separaban de mi hermana y nuestra libertad.

—Las reglas serán las siguientes, tendrás tres oportunidades para responder correctamente, y por cada respuesta negativa irás al tanque y veremos qué tan buena eres aguantando la respiración. Luego de agotar tus tres oportunidades, vamos a golpearte hasta que nos digas dónde están tus malditos padres, y si no funciona así, nos turnaremos para saber qué es lo que cautivó a Camillo como para que no te matara. ¿Te quedó claro, preciosa? —dice y toma mi rostro con una de sus manos. Me obliga a mirarlo. Era un hombre relativamente joven, sus facciones y su acento eran italianos.

—Púdrete —le respondo antes de escupirle en el rostro.

—Es una pequeña fiera, igual que su madre —dice y los otros dos hombres empiezan a reír.

Eran tres, podía con ellos, solo necesitaba recuperar las fuerzas por un segundo.

—¿Dónde están tus padres? —Me niego a responder y alejo mi rostro de su repugnante toque—. Tú lo has pedido.

Me empuja dentro del tanque, de inmediato mi cuerpo, en reacción, quiere dar una bocanada de aire, pero lo único que recibe es agua, agua salada.

Pataleo e intento liberar los brazos, pero no podía. Mi cuerpo pedía aire, mi cerebro lo exigía, pero por más que luchaba me negaban el oxígeno.

Dejo de patalear, sintiendo que mis músculos se vuelven pesados y débiles, cierro los ojos e intento mantener la respiración por un par de minutos más.

En cuanto me sacan, inhalo profundamente, llenando mis pulmones de aire. Toso, tratando de expulsar el agua salada que había logrado entrar a mi organismo.

—Tú serás a quien mate primero.

Mis palabras se mezclan con los jadeos, pero era una promesa, no importaba lo que me hicieran, los mataría a los tres yo misma.

—Seguro que así será —dice con sorna y da un paso hacia mí, pero el tanque mantenía su cuerpo lejos del mío, mas no a sus manos, desgraciadamente—. ¿Dónde están?

—No te diré una mierda.

Con una señal, vuelven a meterme dentro del tanque. En esta ocasión me dejan por más tiempo, hasta el punto de que todo mi pecho comienza a arder y mi vista a nublarse, apareciendo en ella puntitos negros. Comienzo a desmayarme por la falta de aire, pero me sacan rápidamente al percatarse de ello.

—¡¿Dónde están?!

Niego y vuelven a sumergirme.

Me dolía el pecho, la garganta y la cabeza, era como si me estuvieran clavando pequeños clavos en ella. Comienzo a perder toda mi fuerza física al concentrarme en no morir ahogada. Inhalo de manera insuficiente cuando me sacan del tanque. Me dejan caer y mi cuerpo se queja al sentir el frío tacto del suelo de concreto. El hombre, que parecía llevar la batuta de la situación, se acuclilla frente a mí y toma mi mentón.

—¿Sigues sin querer hablar?

—La familia no se traiciona —le digo y él sonríe ante mis palabras.

—Es admirable que estés tan dispuesta a morir por tu familia. —Me suelta y se pone de pie—. Cambio de planes, los golpes irán después.

Un grito se atora en mi garganta cuando escucho los de mi hermana.

—¡Elaine! —Me pongo de pie, dispuesta a cruzar la puerta y obligar a que suelten a mi hermana, pero las piernas me fallan al dar dos pasos—. ¡Malditos desgraciados! —exclamo, quería llorar de la impotencia que me causaba escuchar sus gritos de súplica en la otra habitación.

—Vamos a hacerle compañía a tu linda hermana.

Me levantan y me llevan a la mesa de metal, dejándome bocabajo. Me remuevo cuando un par de manos comienza a bajarme los pantalones.

—¡Hijos de puta! ¡Suéltenme! —Lloriqueo y pataleo, pero era inevitable—. ¡Recuerda nuestro juego de niñas! —le grito a mi hermana para que pueda escucharme a través de las paredes de concreto. Unas manos callosas se posan sobre mi sexo, acariciándome, una arcada me recorre el cuerpo, mas no vomito nada—. ¡Somos dos hadas y podemos convertir los malos momentos en buenos! ¡Podemos desaparecer!, ¿recuerdas?

—¡Sí! —responde Elaine y mi alma se rompe en mil pedazos al oír su grito desgarrador.

Me uno a ella cuando me invaden abruptamente, rasgándome y obligando a mi cuerpo a adaptarse para no seguir siendo herido.

—¡Las hadas siempre pueden contra el mal! —exclamo y lloro con fuerzas, ese era nuestro grito antes de ir a la guerra para enfrentar a los duendes que querían quitarnos nuestros dulces. Los duendes siempre eran nuestros padres.

—Cierra la boca, maldita perra.

Tomando fuerzas, levanto mi codo y lo entierro en su nariz, aprovechando que estaba encima de mi cuerpo.

El hombre de inmediato sale de mi interior y me volteo con las fuerzas renovadas. Pero recibo un puñetazo en el rostro que me manda al suelo, golpeando mi cabeza contra la esquina de la mesa.

Todo se tiñe de negro en ese instante.

HABÍAMOS LOGRADO SALIR de nuestro pequeño escondite en Ucrania, había hombres muertos por todas partes, nadie nos había visto, pero el tiempo se nos acababa.

Estábamos sudorosos y una palidez enfermiza cubría nuestra piel, nos desangrábamos. Miro a mi hermano, quien apenas podía mantenerse de pie. Nos encontrábamos recostados en una pared, pensando en cómo demonios llegar a las gemelas.

—¿A dónde crees que se las llevó? —pregunto.

Habíamos reconocido a la gente que trabajaba para nuestra madre, pero también a otro grupo de hombres que buscaba en todas las habitaciones. Querían encontrar algo que ya no estaba aquí.

—En la mansión —me responde y hace una mueca. Lleva la mano a su herida, esta se tiñe de rojo—. Sabes lo sentimental que es con esa casa.

—Bien, necesitamos un transporte, ¿tienes las llaves del garaje? —le pregunto y él asiente.

Seguimos por el mismo pasillo en el que ya nos encontrábamos. La casa la habíamos dejado atrás, pero había un garaje escondido detrás de esta y por ahí también teníamos una salida.

Los pasillos que nos conducían al garaje eran algo estrechos, lo que me oprimía el pecho. Me detengo cuando el lugar comienza a sentirse más pequeño. Marcello me da un apretón en el hombro, recordándome que él estaba ahí conmigo.

—Tranquilo, nos falta poco —me dice y seguimos caminando hasta llegar al garaje.

De pequeño era claustrofóbico, pero se me había quitado después de que mi madre me encerrara todo el día en un armario cuando tenía cinco. Recordaba ese día como uno de los más tristes y el más aterrador de todos. Desde entonces, no había vuelto a sentir esa necesidad de salir corriendo al estar en un lugar pequeño.

Abrimos el garaje, en él había dos motocicletas. Estábamos débiles para conducirlas, pero era nuestra mejor opción. Las llaves se encontraban escondidas en unas de las cajoneras que habían enviado ahí cuando comenzaron a estorbar en la casa.

Las tomamos y rodeamos el garaje, atrás de este se encontraba el portón eléctrico, el mismo que hacíamos pasar por una pared de concreto. Nos ponemos los cascos y encendemos las motocicletas. En cuanto el portón se abre, salimos de la propiedad.

La piel de mi torso se quejaba cada tanto, pero no podíamos rendirnos y dejarnos morir. Nuestra madre tenía a las gemelas, y sabía que les haría de todo con tal de obtener a la familia Voronin completa y destruirla.

—Tenemos que ir con Alexei —digo a través del intercomunicador.

—Bien, porque necesito unos jodidos puntos —gruñe mi hermano en respuesta.

En cuanto llamamos a Alexei, nos recibe con una sarta de insultos en ruso, los que detengo rápidamente al decirle que sabía dónde estaban sus hijas. Nos da su ubicación y a prisa nos dirigimos a donde está.

Habían pasado alrededor de dos horas desde que las vimos por última vez, pero sabía que ese era tiempo suficiente para que las lastimaran. Y mataría a mi propia madre si había sido así.

VEINTIDÓS

Fiorella Coppola

En algún punto de la vida aprendemos que las cosas no siempre salen como uno quiere, ya fuera por las buenas o por las malas.

A todos en esta historia les tocó darse cuenta por las malas. Un plan y una venganza que, sin duda, no habían salido ni de cerca como lo planearon. Pero a pesar de que algunas sorpresas no fueron agradables, otras sí. Alicia Voronin encontró de una manera curiosa a quien sería su compañero por el resto de su vida, pero para llegar a eso tendrían que recorrer un largo camino.

En este punto, todo se reducía a ahora o nunca: la caballería se dirigía a la mansión donde estaban cautivas las princesas de la mafia. Los reyes de la mafia estaban dispuestos a darlo todo por sus hijas, no importaba el precio que tuvieran que pagar. Lucios y Dimitri habían llegado al rescate de sus nietas. Iban en una camioneta negra blindada junto con los hermanos Coppola, quienes habían sido curados lo mejor posible. Su condición los volvía los más débiles, pero no por eso iban a detenerse.

La mansión de Fiorella Coppola se encontraba en la punta de un risco, donde las olas del mar golpeaban con fuerza, volviendo una caída desde la cima casi mortal.

Alicia Voronin entraba constantemente de la inconsciencia a la conciencia. La parte trasera de su cabeza se encontraba gravemente herida, y no se podía omitir el chip que habían implantado tanto en su cuello como en el de su hermana. Aquello les aseguraba la muerte a ambas y a la pequeña criatura que Elaine esperaba.

Lo últimos quince minutos habían sido una completa tortura para ellas. Habían sido abusadas, golpeadas y torturadas sin importar sus gritos de súplica, que no eran más que música para los oídos de Fiorella, quien se encontraba en la comodidad de su terraza, bebiendo una piña colada mientras veía el espectáculo a través de su ordenador.

Cuando se usaba el amor que sentías por una persona para hacer el mal, sin duda creabas al peor monstruo que hubiera habitado la Tierra. Fiorella Coppola era más que una mujer dolida. Había nacido en un prostíbulo, donde fue vendida al mejor postor cuando cumplió los quince años. Desde entonces, se prometió a sí misma que como sea saldría de esa miseria. Y así fue.

Conoció a Lucas Moretti cuando tenía veinte años, era uno de sus clientes más frecuentes. Fiorella cayó ante las atenciones del hombre, y las cosas parecían ir por buen camino hasta que quedó embarazada de gemelos. Ella no estuvo feliz por la noticia, en cambio, Lucas la recibió con euforia. Los gemelos fueron la única razón por la que sacó a Fiorella del prostíbulo. Pasaron los meses y dos hermosos niños nacieron, pero con ello también comenzaron a llegar los problemas. Fiorella deseaba pasar tiempo con el hombre que amaba, pero este se encontraba inmerso en los planes que tenía para vengar a su difunta esposa e hijo, aunque aún faltaban varios años para que ese plan se pusiera en marcha.

Los niños crecieron sin una madre presente y un padre que escasamente veían, entonces, llegó el punto de quiebre. Fiorella conoció cinco años después a un hombre que le daba la atención que tanto deseaba, Paolo Vitale. Se casaron y tuvieron un feliz matrimonio hasta el sexto mes, cuando de manera repentina Paolo tuvo un infarto, dejando a su joven esposa viuda y con una gran cantidad de bienes y ceros en la cuenta bancaria.

Tras esa desafortunada pérdida, Lucas regresó a su vida, prometiéndole que nunca más se iría de su lado y que serían una hermosa familia. Unos meses después nació la hermosa Beatrice, a la que tuvo que ponerle el apellido de su difunto esposo. Fueron felices por casi un año, hasta que Lucas Moretti decidió mover las piezas en el tablero de su venganza e ir tras la hija de Lucios Smirnov, desatando una guerra en la que murió a manos del Diablo, Alexei Voronin.

Fiorella quedó devastada al saber que había perdido al amor de su vida y juró vengarlo. Así fue como un año después alzó la voz contra Lorenzo y Roxanne Moretti, quienes eran los nuevos cabecillas de la mafia italiana tras la muerte de Tomasso Moretti.

Pero al ver que no lograría nada, decidió desaparecer con sus hijos. Unos años después, se casó con Sergei Coppola, del que tomó su apellido para bautizar a sus dos primeros hijos, sabiendo que así nadie podría relacionarlos con Lucas Moretti. Ellos serían su arma principal contra la familia Voronin.

Así fue como los años pasaron e inició sus movimientos, lentos pero certeros. Mas no contaba con que las princesas de la mafia serían un deleite para sus dos hijos, y que su hija terminaría trabajando para su mayor enemigo.

Es así como regresamos a la actualidad, en la que Alicia

Voronin se hacía la inconsciente, esperando a que los hombres que habían entrado a su improvisada celda la liberaran de las cadenas. Entonces, en el instante en el que lo hacen, ignorando todo el dolor que recorría y torturaba cada músculo de su cuerpo, se lanza sobre ellos.

Desarma al que tiene más cerca y sin dudarlo le dispara, haciendo lo mismo con los otros dos hombres. Siendo consciente de que el disparo se escuchó por toda la mansión, se apresura y llega a la habitación en la que se encuentra su hermana.

Sin embargo, ningún entrenamiento la podría haber preparado para la imagen que se encontró al abrir esa puerta. Elaine yacía desplomada en el suelo, sudando frío, con la mano sobre su vientre y la sangre saliendo de su nariz, boca y ojos.

—No, no, Elaine... —dijo y se arrodilló al lado de su cuerpo moribundo. Cuando toca con cuidado su rostro, se percata de que seguía viva—. Vamos, hermanita, tú puedes —susurra y la apoya con delicadeza contra su cuerpo, luego la pone de pie.

No tenía fuerzas y sentía que en cualquier momento desfallecería, pero no se rindió y salió con su hermana en hombros de esa habitación. Los minutos se volvían segundos con cada respiración que daban.

Cruzaron la puerta, dejando a la vista un largo pasillo con dos caminos: uno a su posible salvación y otro a una muerte segura.

Toma el de la derecha con los latidos de su corazón ensordeciendo sus oídos. A mitad de camino, el sonido de los disparos la hace detenerse, planteándose si ir hacia ellos o alejarse lo más posible. Siguiendo su instinto, toma el otro pasillo, alejándose. No sabía a dónde se dirigía, pero rezaba porque pronto pudieran salir de ese lugar. Las fuerzas se le estaban acabando y no sabía cuánto tiempo le quedaba a su hermana.

En cuanto escucha las pisadas apresuradas de varias personas, saca el arma y apunta, sabiendo que, si eran hombres dispuestos a matarlas, entonces ya estaban muertas. Pero para alivio de su corazón, eran Lucios y Dimitri.

—¡Abuelos! —exclamó casi sin aire y al borde del llanto.

—Alicia... —Dimitri toma a Elaine en brazos y presiona su frente contra la de ella—. Dios santo, Elaine. Tenemos que salir de aquí ahora, está muriendo.

Lucios rodeó a Alicia, proporcionándole apoyo al ver lo pálida e inestable que se encontraba. Una guerra se desataba en el exterior de la mansión y no era nada comparada con la de años atrás. Esta trazaría el camino de las futuras generaciones en la mafia.

La balacera los recibió y como pudieron intentaron rodearla, pero ya había ojos sobre ellos. Dos disparos resonaron con mayor fuerza sobre los demás, o así lo sintieron Alexei, Anastasia y los hermanos Coppola.

Alicia cayó de rodillas en el suelo, pensando en lo afortunada que era de haber podido ver a sus padres una vez más, y de que, a pesar de no haber tenido la historia de amor que deseaba, ahora sabía lo que era estar enamorada.

Su cuerpo se desplomó y dejó la mirada sobre su abuelo. Dimitri se encontraba en el suelo, herido gravemente, aferrándose al cuerpo de su nieta, mientras la vida lo abandonaba lentamente y lo obligaba a observar por última vez a su hijo y nietas.

❧

Camillo Coppola

CORRO CUANDO VEO que la bala atraviesa el costado de mi Alicia. Cae al suelo en el instante que llego a ella, la tomo entre mis brazos, haciendo a Lucios a un lado. Frente a mí, Dimitri se encontraba al borde de la muerte tras haber recibido la bala que iba directo a Elaine, ahora inconsciente con mi hermano intentando despertarla.

—Preciosa, por favor, abre los ojos —susurro, mirando la palidez y los moretones en su rostro.

El enfrentamiento seguía a mi alrededor, pero no importaba, solo quería que la mujer en mis brazos abriera esos hermosos ojos color chocolate que me torturaban y me volvían loco. Anastasia llega a donde estoy e intenta quitarme a Alicia, pero no la dejo. Alexei llega a donde están su padre y Elaine.

—Tenemos que ir a un hospital ahora mismo —me dice Anastasia; asiento en respuesta.

En menos de un minuto, un grupo de hombres y mujeres nos rodean haciendo de escudo humano, nos movemos hasta salir del alcance de las balas y nos subimos a las camionetas.

—Cami... llo... —trata de decir y la atraigo a mi pecho.

—Estoy aquí, preciosa, mantente despierta, ¿sí? —le pido y acaricio su mejilla, luchando contra las ganas de darme la vuelta e ir por mi madre. Pero por más que quisiera su sangre en mis manos, la vida de Alicia era más importante y valiosa para mí.

Anastasia rasga un pedazo de su camisa y hace un torniquete por encima de la cintura de Alicia

—Aprieta aquí —me dice y pone mi mano sobre la herida, luego comienza a encargarse de Elaine.

—Mi hermana... ¿Está bien? —pregunta Alicia débilmente.

—Lo está —le respondo, tenía un nudo en el pecho y la garganta al verla así—. ¿Qué demonios pensabas al apuñalarme, mujer? —le riño—. Cuando te cures, prometo castigarte. —Me da una pequeña sonrisa y comienza a cerrar los ojos, pero la sacudo levemente—. Ojos en mí, quiero esos ojos en mí.

—Solo quería matarte... así ya no seguirías poniendo mi mundo de cabe... za...

—Chica tonta, siempre seguiré poniendo tu mundo de cabeza.

—Seguro que sí...

La sonrisa abandona mi rostro cuando no vuelve a abrir los ojos y su expresión se relaja.

—Alicia. Alicia, abre los ojos maldita sea. —La sacudo, mas no reacciona—. ¡Anastasia!

La palidez llega a su rostro y su mirada se cristaliza.

—Mi niña, no, no, no. —Pone sus manos sobre su pecho e inicia con la RCP—. Vamos, cariño, tú puedes. ¡Alexei, más rápido!

El aire comienza a faltarme a medida que no reacciona. Llegamos al hospital y bajamos de la camioneta, yo con Alicia en brazos y Marcello cargando a Elaine.

Las enfermeras y los doctores llegan a nosotros de inmediato al ver nuestro estado.

—¡Sala uno y dos están libres! —grita alguien, pero yo me quedo de pie viendo cómo se la llevan.

La falta de sangre, el cansancio, las emociones y las últimas horas terminan de derrumbarme. Continuaba creyendo que era un milagro que siguiera vivo.

VEINTITRÉS

Alexei Voronin

M e dolía el alma.

No podía perderlas a ellas también.

Ellas y su madre eran mi razón para vivir, mi mundo y mi vida entera.

Mis hijas, los Coppola y mi padre se encontraban en cirugía. Cada minuto y segundo que pasaba me tenían al borde del delirio. Mi esposa se aferraba a mis manos como si su vida dependiera de ello. Cada terminación de mi cuerpo se encontraba tensa por las noticias que nos darían en cualquier momento.

—*Printsessa*, por favor, tienes que tranquilizarte —le pido, me preocupaba que las últimas horas afectaran la salud de Klara o la del bebé.

No había parado de llorar y no importaba las palabras que le dijera, no lograba consolarla en lo más mínimo. Estaba aterrada al igual que yo.

—Y... y si... no lo logran... —dice.

La recuesto contra mi pecho, importándome muy poco mi herida de bala. Lo único que deseaba era regresar a casa con mis hijas, mi esposa y mi futuro hijo, pero aún tendría que esperar un poco para eso.

—Ellas son fuertes, todos las conocen como los ángeles de la muerte, ¿recuerdas? Si alguien puede burlar a la muerte misma, son nuestras hijas.

Quería convencerme a mí mismo de eso. No sabía el infierno que habían pasado en ese lugar, pero buscaría a los hombres que se atrevieron a tocarlas y los mataría, les rompería hueso por hueso y luego les arrancaría la cabeza hasta dejarlos sin vida a mis pies.

Lucios se encontraba arreglando el desastre de cuerpos que habíamos dejado en ese risco, al igual que cuando estalló el *jet*.

Los momentos vividos con mis hijas se repetían una y otra vez como una película en mi mente. La primera vez que fueron a la escuela, el primer evento de ambas, su primer año de edad...

Por primera vez en mucho tiempo, me arrepentía con cada fibra de mi ser pertenecer a este mundo. Si fuera un hombre normal, mi esposa nunca hubiera vivido ese secuestro años atrás y mis hijas no se encontrarían al borde de la muerte ahora mismo.

Pero el quizás ya no era una opción, nunca lo había sido, porque al nacer en este mundo estabas condenado, ya fuera para bien o para mal.

—Sr. y Sra. Voronin.

Nos ponemos de pie al ver al doctor acercándose a nosotros... con la bata cubierta de sangre.

—¿Está bien? —pregunto con el miedo cerrándome la garganta, era el cirujano que estaba operando a mi padre.

—Sr. Voronin... hicimos todo lo que pudimos. Lo siento mucho.

Mi mundo deja de girar en ese instante. Siento que unas

manos se aferran a mi torso mientras caigo de rodillas con las lágrimas humedeciendo mis mejillas.

El hombre que era mi héroe, mi ejemplo a seguir, mi padre...

Los latidos de mi corazón se aceleran, la respiración comienza a salirme en jadeos entrecortados y mi cuerpo empieza a entumecerse. Llevo las manos a mi pecho, sintiendo como me voy hundiendo en las lágrimas y en los recuerdos. Ahora era lo único que me quedaba de mi padre, los momentos que vivimos juntos.

—Mi amor, mírame. —Klara toma mi rostro entre sus manos y me obliga a mirarla, coge una de mis manos y la pone sobre su pecho, en el que su corazón latía pausadamente—. Siente mi corazón y respira conmigo, ¿sí? —Intento hacer lo que me pide y me concentro en ella, y no en el dolor que luchaba por asfixiarme—. Eso es, cariño, muy bien.

Cuando estoy un poco más calmado, la acerco a mí y la abrazo, comenzando a llorar sobre su hombro. Ella deja que la use como mi ancla, porque ella siempre sería la mía y yo la suya. Una de sus manos acaricia mi cuero cabelludo, era algo que siempre hacía para calmarme.

—Lo siento mucho, mi amor, de verdad no sabes cuánto lo siento —me dice, por su voz, sabía que ella también estaba llorando.

Nos quedamos así, abrazados el uno al otro, sentados en ese pasillo del hospital. Compartimos el peso del dolor, el miedo y la pérdida de las últimas horas.

Mi corazón se tranquiliza por completo cuando ella comienza a cantar la canción que bautizó como nuestra años atrás. Cierro los ojos, dejándome llevar por la suavidad de su voz, su inglés era delicado, casi como el cántico de los ángeles. A pesar de la tristeza que me inundaba, sonrío ante eso, ángeles... Ella siempre sería mi ángel.

Debí quedarme dormido entre sus brazos, ya que siento que me sacude, intentando despertarme. Al abrir los ojos, las luces me ciegan por un par de segundos, pero luego la enfoco a ella, quien observaba a varios doctores frente a nosotros.

Rápidamente, me pongo de pie y ayudo a mi esposa a hacerlo también. De nuevo, el miedo me invade, al igual que la tristeza al recordar lo que había pasado.

Mis hijas habían sido secuestradas y torturadas.

Y mi padre había muerto.

—¿Mis hijas están bien? —pregunta Klara.

—Lo están, Sra. Voronin, pero sus estados son muy delicados —afirma una mujer—. Él es el Dr. Havryil, es un neurólogo y estará al pendiente de sus dos hijas, en especial de Elaine.

—Espere, ¿por qué necesitan un neurólogo? —pregunto.

—Verán, a sus hijas les implantaron un chip en la espina dorsal, este chip fue diseñado específicamente para dañar el cerebro. Funciona en un lapso corto de tiempo, comienza con dolores de cabeza, náuseas y desmayos. A medida que van pasando las horas, la membrana que recubre el cerebro comienza a inflamarse, provocando convulsiones. —Tomo a Klara de la cintura cuando sus piernas le fallan y la mantengo de pie—. Debido a que estuvieron bajo la influencia del chip por mucho tiempo, tuvimos que inducirlas en un coma, así su cerebro podrá desinflamarse más rápido. Pero seré honesto con ustedes, las secuelas que esto dejaría podrían ser permanentes, así que tienen que prepararse para lo peor.

—En el peor de los casos, ¿qué sucedería? —pregunto con miedo.

—Podrían perder la movilidad de alguna de sus extremidades, o no podrían hablar, oír o ver.

La necesidad de golpear, matar o llorar me invade. Iba a encontrar a esa maldita perra.

—Una baila y la otra toca el piano. Aman hacer eso —susurra Klara con las lágrimas empapando su hermoso rostro.

—Entonces, será un milagro que vuelvan a hacerlo —asegura el doctor—. Extrajimos el chip de ambas, pero la más afectada fue Elaine debido a su estado.

—¿Cuál estado?

El hombre intercambia una mirada con la cirujana a cargo.

—Su hija está embarazada, Sr. Voronin, tiene casi dos semanas —responde otra mujer a su lado—. Seré la ginecóloga de su hija durante su estancia en el hospital. Sinceramente, es una madre fuerte y tiene a un nieto fuerte también. Debido a todo lo que pasó, ella pudo haber tenido un aborto, pero el bebé se encuentra estable.

Paso las manos por mi cabello. Embarazada. Marcello Coppola había embarazado a mi hija.

Y por todos los cielos, iba a ser abuelo. No estaba lo suficientemente viejo para serlo.

—Los Coppola, ¿siguen vivos? —pregunto, más le valía a Marcello seguir respirando, no iba a dejar a mi nieto sin padre.

—Lo están. Les hicimos una transfusión debido a la gran pérdida de sangre y cerramos sus heridas.

—Bien, manténganlos vivos, esos dos hombres tienen que responder ante mí en cuanto despierten. —Miro al neurólogo—. ¿Cuándo podremos ver a nuestras hijas?

—Tendrán que esperar veinticuatro horas para ello.

Un maldito día para ver el estado de mis niñas por mí mismo.

—Está bien —suspiro, cuando todos se van, me desplomo contra la pared.

—Pronto todo estará bien, lo sé —dice Klara y se sienta a

mi lado, deja caer su cabeza sobre mi brazo bueno y entrelaza nuestros dedos—. Tienes razón, ellas son las únicas que pueden burlar a la muerte. Y ahora seremos abuelos.

—Mataré a Marcello y luego lo reviviré.

Pasamos la noche sentados en el suelo del hospital, con la esperanza renovada. Mis princesas pronto estarían bien. Y mi nieto también.

VEINTICUATRO
Camillo Coppola

stuve inconsciente por dos días, según los doctores, fue debido al agotamiento físico y mental. Me sentía como si me hubieran golpeado con un bate de béisbol hasta destrozarme por dentro, pero no podía quedarme un segundo más en aquella cama, necesitaba verla.

Alexei solo me había dicho que la tuvieron que inducir en un coma y que se encontraba estable. Pero necesitaba saber qué había causado eso. No podía caminar debido a la debilidad de mi cuerpo, así que un par de enfermeras me habían traído una silla de ruedas.

Los pasillos estaban desolados, Alexei había asegurado toda la planta por la seguridad de sus hijas. Sentía que la culpa me hundía poco a poco, toda esta mierda había sucedido por mí y mi hermano.

La mujer que quería estaba en coma por mis acciones, mi hermano casi pierde a Elaine y a su hijo, y Dimitri Voronin estaba muerto. Pero culparnos no regresaría el tiempo atrás, aunque si me ofrecieran la oportunidad de cambiar mis decisiones, lo haría sin dudar. Siempre encontraría la manera de llegar y conocer a mi Alicia, porque sería ella en esta vida y en mil más.

Me detengo frente a la puerta de su habitación y la abro con cuidado, encontrándome con Anastasia sentada al lado de la cama. Se veía agotada, parecía tener más edad de la que en realidad tenía.

—Sra. Voronin —le digo después de aclarar mi garganta.

—Camillo. —Me da una débil sonrisa, tomo esa acción como una invitación para terminar de entrar a la habitación—. Creí que no podías salir de la cama —me dice, ella posiblemente había visto mi expediente médico, su nombre era reconocido en el mundo de la medicina después de todo.

—Sí, se supone que debo estar en cama, pero quería ver cómo estaba —contesto y miro a Alicia recostada.

Tenía los ojos cerrados. Estaba intubada, tenía los labios resecos y la palidez adornaba su piel. La opresión en mi pecho aumentó, no se parecía en nada a la mujer que había ideado todo un plan para atraparnos a mí, a mi hermano y a nuestra madre. Se veía vulnerable e indefensa, y odiaba verla así. Preferiría mil veces que me apuñalara o que me lanzara un cuchillo por haberla sorprendido, o simplemente verla sonreír de esa manera tan especial que tiene cuando nadie la ve.

—Está un poco mejor, el neurólogo vino a verla temprano. La membrana que recubre el cerebro se está desinflamando y parece encontrarse en mejores condiciones de las que creyó en un principio —luego de decirlo, sonríe y besa la mano que mantenía entrelazada con la de ella.

—¿Qué fue lo que les pasó? —pregunto.

Deja de sonreír y vuelve a mirarme.

—Fiorella se las llevó, como ya sabes. Las torturaron, ambas tienen un par de costillas rotas y... también abusaron... —Su voz se quiebra al pronunciar esas palabras, mi mandíbula se

tensa, parece a punto de romperse—. Daría lo que fuera por
haber sido yo y no mis niñas —susurra al borde de las lágrimas.

Vuelvo a mirar a la mujer recostada y las lágrimas
comienzan a picarme en los ojos.

—Lo siento —suelto—, sé que las palabras no podrán arreglar ni reemplazar las decisiones que tomamos. Pero lo siento,
debimos darnos cuenta desde un principio de que esto no era
más que una venganza de mi madre y que todas sus palabras
eran mentira.

—Es cierto que sus acciones nos llevaron a este punto. —
Mira a Alicia—. Pero no puedo odiarlos ni tampoco decirte
que quiero que te alejes de ella. Al final, es decisión de mi hija si
te perdonará o te matará. —Me iba más por la segunda opción:
sabía que en cuanto despertara, estaría colérica y que sus ganas
de asesinarme a mí y a mi hermano llegarían hasta las nubes.
Aunque también esperaba que me diera la oportunidad de
arreglar las cosas—. Alexei y yo nos mantendremos al margen
de esto, aunque si le dan aunque sea una razón a mi esposo para
asesinarlos, lo hará y no interferiré —aclara, se pone de pie, deja
un beso en la frente de su hija y se va de la habitación sin diri-
girme otra mirada o palabra.

En cuanto se cierra la puerta, termino de acercarme a la
cama. La tomo de la mano y entrelazo nuestros dedos, los suyos
estaban fríos, lo que me hizo preocuparme por la calefacción
del lugar.

—No sé si puedes escucharme, pero espero que puedas
hacerlo. —Acaricio sus dedos, estos eran delicados y se veían
pequeños entre los míos—. Cuando tenía cinco años, mi
madre se molestó conmigo porque no podía dejar de llorar.
Marcello y yo habíamos pasado todo el día solos y no habíamos
comido nada, teníamos hambre. Esa noche, cuando mi madre
llegó a casa, estaba un poco borracha. Recuerdo haber sentido

el fuerte olor del vodka. Me tomó del brazo y me encerró en un armario, ella no sabía que era claustrofóbico, pero Marcello sí lo sabía.

»Ella se fue a dormir al tercer piso para no escucharme llorar y se llevó consigo la llave del candado que le había puesto al armario. Estaba aterrado, el lugar era oscuro y sentía como si me fuera a morir, asfixiado en cualquier momento por la falta de aire. Pero entonces llegó Marcello, se sentó frente al armario y comenzó a contarme una historia. Era la de un rey y una reina cisne. Nunca supe si la había inventado, pero estuvo toda la noche conmigo, evitando que pensara en el sitio en el que me encontraba.

»Cuando esa bala te atravesó, volví a ser ese niño asustadizo que sentía que le robaban el aire. Volví a estar en ese armario, solo en la oscuridad. —Trago saliva—. Alicia, sé que no hice las cosas bien y no sé si lograrás perdonarme por todo lo que tuviste que pasar por mi culpa. Pero estoy más que dispuesto a ganarme ese perdón, y si es posible, tu amor. —Dejo un beso en el interior de su mano—. Quiero comenzar de nuevo, sin secretos, mentiras y traiciones. Solo tú y yo intentando ser una pareja ridículamente cursi. Te regalaré flores todos los días, aunque no sé cuáles son tus favoritas, pero lo haré hasta dar con ellas. Te llevaré a cenar, a patinar, te llevaré al cine si es necesario. —Me pongo de pie, usando de apoyo la cama, y me siento en ella, quedando más cerca de su rostro. Me inclino, sintiendo cada uno de los puntos en mi costado, pero los ignoro y beso su mejilla—. Estoy dispuesto a hacer hasta lo imposible por ti, preciosa, porque eres lo más real que he tenido en mi vida.

Me quedo a su lado hasta que las enfermeras me piden salir y regresar a mi habitación, ya que aún necesitaba recuperarme. En el camino, paso por la habitación de Marcello y lo encuentro sentado en la cama con el teléfono en el oído.

Cuando termina la llamada, lanza el teléfono contra la pared, este se hace pedazos.

—Supongo que no salió bien la llamada —digo, enarcándole una ceja.

—No. ¿Y qué haces por ahí? Se supone que debes estar en cama.

—Vengo de ver a Alicia. ¿O me dirás que no has ido a ver a Elaine?

—Me colé anoche en su habitación, las enfermeras me sacaron a rastras en la mañana y me han tenido encerrado desde entonces.

—Muy romántico de tu parte, hermano. ¿Cómo está? —le preguntó y miro alrededor de la habitación, por primera vez en mucho tiempo, no me sentía vigilado.

—Mejor, su cerebro se está desinflamando y el bebé está sano.

—Me alegro por ti, hermano. Ahora, ¿con quién tenías esa agradable conversación?

—Uno de nuestros hombres. Están buscando a madre por todo el país, desde que se supo lo que les hizo a las princesas de la mafia, sus aliados desaparecieron. La está cazando todo el mundo.

—¿Le pusieron precio a su cabeza? —le pregunto y él asiente.

—Cincuenta millones muerta y un billón viva.

—Una buena cifra para que no la maten. —Vuelve a asentir ante mis palabras, era una buena jugada—. No logré preguntárselo a Anastasia cuando me la encontré, pero ¿sabes lo que les causó el coma?

—Alguien les implantó el chip que diseñamos en la empresa hace unos años, madre tenía a hombres infiltrados entre los nuestros, quería asegurarse de que todo saliera según sus planes.

—Pues ahora sus planes incluyen un agujero en la cabeza. Avísame cuando la encuentren. Y supongo que quienes las torturaron también están siendo cazados, ¿no?

—Me estoy encargando personalmente de eso, solo uno de los malditos murió en el enfrentamiento.

—Bien. —Me doy la vuelta y abro la puerta, antes de irme, lo miro—. Procura que no te atrapen esta noche cuando te escabullas —le pido, Marcello asiente y salgo de la habitación.

Ahora solo era cuestión de tiempo para que Alicia despertara. Se estaba recuperando, y eso era lo único que me importaba.

Nos encargaríamos de nuestra madre y esos hombres cuando llegara el momento. Porque no planeaba irme a ningún lado sin antes luchar por Alicia.

VEINTICINCO

Anastasia Voronin Smirnova

DOS DÍAS DESPUÉS

C omo cirujana, en más de una ocasión tuve que darles malas noticias a las familias, pero nunca había sido yo quien las recibiera. El que te dijeran que tus niñas habían sido inducidas a un coma era como si te apuñalaran en el corazón. Ninguna madre quería ver sufrir a sus hijos, aunque había sus excepciones.

Los dos últimos días se habían resumido en chequeos médicos, llamadas con Roxanne y cuidar de mis hijas. Había visto las tomografías, y a pesar de que no era mi rama, estaba feliz por lo que observé en ellas.

La hinchazón había bajado casi del todo, posiblemente las sacarían del coma en dos días, o tres como mucho. Pero después de eso, ambas tendrían un largo proceso de sanación, físico y mental. Saber que mis niñas habían sufrido un infierno peor que en el que yo estuve, me partía el corazón. Ellas solo querían protegernos, cuando esa era en realidad nuestra tarea, y me culpaba por no haber estado más alerta. Bajé la guardia y dejé que ellas recibieran toda la carga en sus hombros.

Acaricio la mejilla de Elaine, tenía varios moretones en el

rostro y se veía agotada a pesar de estar... dormida. Mi pequeña había pasado por todo eso estando embarazada. Mhia Salvatore dejó a mi disposición a un grupo de hombres y mujeres que ahora mismo se encontraban dándole caza a quienes las lastimaron. Sería cuestión de tiempo para que aparecieran, este mundo era muy pequeño para que alguien se escondiera de nosotros.

Por lo que me informó el Dr. Havryil, Elaine había convulsionado hasta que comenzó a sangrar. Las convulsiones normales no provocan sangrado, no de este tipo, pero el chip era un arma letal, torturaba a la persona y la mataba desde adentro. Era como un parásito que desprendía una toxina... Alicia la había sacado a tiempo de ese lugar, unos minutos más y la hubiéramos perdido.

La puerta se abre a mis espaldas y al voltearme encuentro a Marcello en su silla de ruedas. Reprimo una sonrisa, una vez más se había escabullido de su habitación para pasar la noche al lado de Elaine.

Durante las noches pasaba a ver cómo estaban Alicia y Elaine, y en todas las ocasiones encontré a ambos hermanos durmiendo encorvados en sus sillas de ruedas, esperando a que despertaran.

—Creo que te adelantaste media hora —le digo, me iba a las ocho y media con Alexei para dormir un rato en una de las habitaciones de este piso. Ahora mismo él se encontraba con Alicia.

Frunce el ceño.

—Volví a romper el teléfono que me dieron ayer, así que no sabía qué hora era —responde y se encoge de hombros, veo cómo se tensa, seguro los puntos le dolían.

—Deberías aprender a controlar esos arranques de ira —le aconsejo, aunque ahora que lo pensaba bien, había tenido que comprar muchos vasos a lo largo de mi matrimonio con Alexei.

—Ella los había mantenido a raya —dice y señala a Elaine, se pone del otro lado de la cama, tomando su mano. Al instante veo que la tensión de su cuerpo desaparece.

—La amas, ¿no es así? —le pregunto: estudio su rostro, buscando una grieta, mas no hallo ninguna. Al parecer, solo mi hija tenía el poder para quitar esa máscara.

—La amo. Sé que mis intenciones no fueron buenas en un principio, pero ahora lo son.

Observo a mi hija y a Marcello. Alexei no estaba muy feliz por cómo había sido todo, el enterarse de que dos hombres relativamente mayores estaban con sus hijas no le agradaba mucho. Pero yo había visto las interacciones de estos cuatro desde un principio y estaba muy claro que era más que atracción.

La vida tenía curiosas formas de enviarte a tu alma gemela. Ya fuera que tuvieras que operarle el corazón o viniera disfrazada como tu mayor enemigo.

—Espero que sea así, porque como le dije a tu hermano, una razón que le den a mi esposo para que quiera matarlos y no moveré ni un dedo para detenerlo.

—Y no le daré ninguna, ya tuve suficiente con estar lejos de ella un año.

La curiosidad comienza a picarme, ¿un año?

—¿Cómo se conocieron realmente, Marcello?

Aparta la mirada de Elaine y la pone en mí.

—Hace un año estuve en Venecia, cerrando unos negocios de la empresa. Los hombres con los que estaba tratando me dijeron que nos reuniéramos en el teatro Goldoni. Por supuesto acepté, después de todo, me gusta la música instrumental. Esa noche tocó la sonata para piano – *N.° 11 in A major, K. 331,* de Mozart. —Una pequeña sonrisa tira de sus labios mientras acaricia la mano de Elaine, que mantenía entre las suyas—. En cuanto tocó la primera tecla, no pude apartar la mirada de ella, se veía hermosa y segura de sí misma. Ni siquiera usó partitura, tocó catorce minutos de Mozart de memoria. Ni siquiera recuerdo haber cerrado el trato, solo se me grabó la pequeña sonrisa que tenía en los labios mientras tocaba, el movimiento de su cabeza mientras seguía las notas y la delicadeza con la que lo hacía.

»En cuanto terminó de tocar y se fue, fui tras ella. Llegué a los camerinos y pregunté por Elaine. Sabía que era su hija, pero me dije que podía hacer eso a un lado por esa noche. Solo quería verla una vez más antes de que todo se fuera a la mierda. Pero no la encontré. Después de eso desapareció, la busqué por todo el mundo, y sabiendo que era su hija, creí que la encontraría en cualquier momento, pero no fue así. Y algo me dijo que se encontraba huyendo de mí.

»En muchas ocasiones creí verla, pero cuando seguía a esa persona, no era ella. Ahora sé que en realidad no la estaba imaginando, que era ella a quien veía. Salía de su escondite todos los meses, llevaba la cuenta de cada una de esas veces.

Recordaba esa presentación, había sido improvisada, por lo que me había dicho Elaine, y también recordaba todos esos viajes que hacía con Alicia.

Las palabras de Marcello me habían hecho recordar a todas aquellas ocasiones en las que Alexei me decía algo dulce o romántico y me hacía sonrojar. Esperaba que Elaine hubiera escuchado sus palabras.

—La miras de la misma forma en la que miro a Alexei —digo tras pasar un rato en silencio—. Deberías decirle que la amas, posiblemente ya se haya hecho otras ideas. Lo digo por experiencia propia. —Me pongo de pie, lista para irme y dejarlos solos—. Y, Marcello, prepara otro discurso como ese para cuando despierte, vas a necesitarlo.

Salgo de la habitación con la certeza de que mis hijas habían encontrado a esa persona que las amaría de la misma forma en la que yo amaba a mi esposo. No había sido de la mejor manera, pero lo habían conseguido.

De camino a la habitación, me encuentro con mi esposo. Me acerco a él y lo abrazo, descanso la cabeza sobre su pecho y escucho el latir de su corazón.

—¿Cómo estás? —susurro, había estado muy callado desde la noticia de la muerte de Dimitri, tenía miedo de que tuviera otro ataque de pánico, pero estaba sobrellevando el dolor de la pérdida en silencio. En las noches lo abrazaba hasta que se quedaba dormido.

—Mejor. Alicia también está mejorando —me contesta, besa mi sien y me alejo para mirarlo a los ojos. Unas profundas ojeras adornaban su hermoso rostro, levanto la mano y acaricio su mejilla, una fina barba ya cubría esta.

—Elaine también está mejorando. —Levanto mi otra mano y tomo su rostro—. Quiero saber cómo está esto aquí —le susurro y señalo su corazón.

Deja caer su frente contra la mía y una lágrima recorre su mejilla.

—Duele... mucho, Ana.

Solo usaba mi nombre cuando eran momentos difíciles e importantes como este.

—Lo sé, mi vida, sé que duele. Pero él siempre estará contigo, cuidándote desde el cielo. Nunca te dejará y algún día volverás a verlo —termino y beso su frente.

—No creo que haya ido al cielo —contesta.

—Yo sí lo creo, ese hombre te amó más que nada, para él no había nada más valioso que tú. Te dio un hogar, una vida y una familia. Y ahora mismo te está viendo desde el cielo.

Vuelve a abrazarme, escondiendo su rostro en mi cuello, lo

abrazo con fuerza, pero tengo cuidado con su brazo, en unos días ya podríamos quitar el cabestrillo.

—Gracias, mi ángel. —Se aleja de mis brazos y se acuclilla, quedando a la altura de mi vientre—. ¿Cómo están tú y mi bebé?

Acaricia mi vientre, plano todavía.

—Está bien, pronto tengo que hacerme un ultrasonido. Creo que la cita con la ginecóloga cae en mi cumpleaños.

—Entonces, tendremos doble razón para celebrar. —Se pone de pie y entrelaza nuestros dedos—. Vamos, tienes que descansar.

Continuamos el camino hacia la habitación. Me sentía un poco más ligera tras hablar con él.

En cuanto llegamos a la habitación, me dejo caer en la cama. Me sentía cansada, no había estado durmiendo bien por miedo de recibir malas noticias. Alexei se acuesta a mi lado y con una mano me pide que me acueste en su pecho.

Los latidos de su corazón eran mi sonido favorito, y él lo sabía.

—Te amo, *moy rassvet*.

—Y yo a ti, *moya koroleva*.

VEINTISÉIS

Alicia Voronin Smirnova

DOS DÍAS DESPUÉS

U n ardor en mi garganta me impide tragar.

Abro los ojos, sintiendo que estos llevaban mucho tiempo cerrados. Las luces de la habitación me ciegan por completo y por unos instantes siento una pequeña molestia en la cabeza.

La presencia de varias personas en la habitación me hace ponerme alerta, lo último que recordaba antes de que todo se tiñera de negro era el dolor de sentir una bala atravesándome la piel.

¿Dónde estaba? ¿Habíamos logrado salir? ¿O seguíamos secuestradas? ¿Elaine y el bebé se encontraban bien? ¿Mis padres? ¿Mis abuelos? ¿Los Coppola? ¿Qué había pasado?

Me llevo la mano a la cabeza, sintiendo la punzada de nuevo y ese ardor desgarrador en la garganta. Intento hablar, mas lo único que sale de mis labios es un gemido de dolor, tenía la garganta seca.

—Hola, Alicia, soy el Dr. Havryil, estás en el hospital American Medical Centers Kiev de Ucrania. Necesito que te relajes mientras sacamos el tubo endotraqueal de tu garganta, ¿sí?

Asiento, me sentía todo menos relajada.

Se acercan varias enfermeras a dar inicio con el procedimiento, había más personas en la habitación, pero no podía verlas. El monitor de signos vitales comienza a sonar más rápido, los latidos de mi corazón se habían desbocado.

Tenía miedo.

Una mano cálida se cierra alrededor de la mía, cuando bajo la vista para ver quién es, encuentro la mirada tranquilizadora de Camillo.

—Sr. Coppola, no puede estar ahí —escucho decir al doctor.

—No me importa, usted siga con lo suyo y yo seguiré en lo mío —contesta él, sus dedos acariciaban los míos, enviando ondas eléctricas por todo mi cuerpo hasta tranquilizar mi corazón.

Se me nubla la vista al sentir un tirón en mi garganta, me aferro a su mano mientras extraen el tubo. Me desplomo en la cama, sintiendo que puedo respirar nuevamente. Llevo mi mano libre a mi cuello.

—Ten —dice Camillo, extendiéndome un vaso con agua, el cual agradecía.

Me tomo tres de esos antes de ser capaz de hablar.

—¿Qué... ha pasado?

Tenía la voz rasposa.

—Estuvimos en coma, hermana —dicen a mi izquierda, cuando volteo, encuentro a Elaine en otra cama, tenía mal aspecto, seguramente me encontraba igual.

Marcello estaba a su lado, sosteniendo su mano. Mis padres se encontraban entre ambas.

—Mamá... Papá —solloza, ambos se acercan a mí y me

abrazan, suelto la mano de Camillo para poder devolverles el abrazo—. Están bien —susurro.

—Eso deberíamos decirlo nosotros —contesta mamá a punto de llorar—. ¿Por qué no nos dijiste? Se supone que nuestro trabajo es protegerlas a ustedes.

—Pero yo tenía un plan, uno que se suponía que no iba a fallar.

—Los planes siempre fallan, princesa. —Mamá se sienta en una silla a mi lado y papá en el borde de la cama—. Estás castigada por el resto de tu vida —dice y luego mira a Elaine—, ambas lo están.

—Bien, papá, lo estamos —digo. Qué feliz me hacía ver que ambos estuvieran bien.

Elaine acariciaba su vientre mientras Marcello le susurraba cosas al oído. Me alegraba también de que ella y el bebé estuvieran bien.

—¿Qué pasó después de que me dispararon? —pregunto.

Mis padres se miran entre ellos antes de hablar.

—Nuestros hombres terminaron de encargarse de la situación mientras las sacábamos de ahí, tu corazón se detuvo mientras íbamos camino al hospital y Elaine se encontraba inconsciente. Estos dos —dice mamá y señala a los hermanos Coppola—, se encontraban al borde del colapso debido a la pérdida de sangre. Ambos se desmayaron en cuanto se las llevaron a cirugía.

»Estuvieron cinco horas en cirugía, sacaron la bala de tu cuerpo y luego un chip que les implantaron en la columna vertebral. En eso se fue la mayor parte de la cirugía, ya que el dispositivo se aferraba a una gran parte de los nervios espinales. Luego de eso, estuvieron cuatro días en coma debido a la hinchazón en la membrana que recubre el cerebro.

Asiento, ese era un pequeño resumen, seguramente. Evoco

los últimos recuerdos que tengo antes de que todo se tiñera de negro.

Yo en los brazos de Camillo mientras me decía algo sobre castigarme y seguir poniendo mi mundo de cabeza...

Mi abuelo con Elaine en sus brazos mientras se desplomaba en el suelo...

El dolor al sentir mi piel rasgarse...

—Mi abuelo Dimitri... ¿Está bien? —pregunto con el miedo oprimiéndome las entrañas al ver la tristeza en la mirada de mi padre.

—¿Papá? —pregunta Elaine.

—Lo siento mucho, princesas, pero... era demasiado tarde.

Una mano invisible se cierra alrededor de mi garganta, impidiéndome respirar.

—No... no, él está bien, el abuelo es fuerte. Tú lo dijiste, papá, ¿recuerdas? —La acuosidad de mis ojos era tanta que las lágrimas comenzaron a caer por mis mejillas—. Él está bien, tiene que estarlo.

Mamá se acerca y me toma entre sus cálidos brazos.

—Lo siento, mi niña —susurra.

—¿Cómo murió? —escucho que pregunta Elaine.

—Princesa, no... —dice papá, intentando detener la dirección de sus pensamientos.

—¿Cómo murió, papá?

Él no iba a mentirle, nos prometieron que nunca lo harían, así eso significara exponernos al dolor.

—Recibió la bala que iba destinada a matarte.

Lo siguiente que escucho es el sonido de los sollozos de mi hermana, que son ahogados al ser abrazada por alguien. El Dr. Havryil se encontraba de pie en una esquina, mirando incómodamente la escena.

—Mamá —digo y me separo de sus brazos—, puedes dejarme sola, por favor.

—Mi niña, no es necesario que pases sola por esto, ni tú ni tu hermana.

—Quiero estar sola, por favor —exclamo y ella suspira, dándose por vencida, sabía que no cambiaría de opinión.

—Está bien, cariño —dice y toma a papá de la mano, quien se veía cansado y muy triste. Me dolía verlo así, estaba acostumbrada a verlo la mayor parte del tiempo con una sonrisa en el rostro.

Corren la cortina entre Elaine y yo, creando un ambiente más privado, cierro los ojos hasta escuchar el clip de la puerta al ser cerrada.

—Dije que quería estar sola.

La presencia de Camillo abrumaba mis sentidos.

—Y yo no pienso irme de esta habitación hasta saber que estás bien, Alicia.

—Estoy bien.

Eso era todo menos cierto, pero él no tenía por qué saberlo.

—Entonces, ¿por qué pareces a punto de asesinar a alguien?

—Porque ahora mismo quiero matarte a ti por no dejarme sola.

—Y si lo hago, comenzarás a revolcarte en la culpa por la muerte de tu abuelo, lo que seguramente mi hermano está impidiendo ahora mismo con tu hermana.

—No hables como si me conocieras, Camillo. Tú y yo no somos amigos, y lo de ser compañeros sexuales se acabó desde el momento que decidí enterrarte ese puñal en las costillas. —Lo miro al borde de las lágrimas de nuevo—. ¿Por qué demonios sigues aquí? Ya te diste cuenta de que tu venganza no es más que una maraña de mentiras, de que tu madre es una perra ponzoñosa y de que solo me acerqué a ti para vigilarte, así que, ¿qué demonios quieres, Camillo?

—A ti —responde.

El aire me abandona.

—¿Qué?

No daba crédito a lo que escuchaba.

—Me oíste bien, Alicia, estoy aquí porque te quiero a ti.

—Estoy segura de que dejarás de hacerlo cuando le corte la cabeza a tu madre.

—Te ayudaré yo mismo si eso quieres, pero no me iré a ningún lado. —Se levanta de su silla de ruedas y se sienta en la cama—. Sé que una disculpa jamás será suficiente para que me perdones por todo el infierno que te hizo pasar mi madre, pero estoy dispuesto a luchar por ese perdón, preciosa. Desde que te vi la primera vez en ese club, supe quién eras, mas eso no evitó que te deseara como un loco, y mucho menos que te quisiera. Porque lo hago, por más ridículo que encuentres mis palabras. Te quiero, Alicia, aprendí a hacerlo desde la distancia, y no me importa qué tan breves fueron los momentos juntos, aprendí a quererte desde el fondo de mi corazón. Yo fui tuyo desde la primera vez que te vi.

Quería besarlo y a la vez apuñalarlo.

Él no podía venir y decir esas cosas sin saber el efecto que causaban en mí, o tal vez sí lo sabía y por eso lo hacía.

—Yo... no estoy lista, Camillo. —Llevo mi mano a su mejilla y lo acaricio—. También aprendí a quererte —susurro—, pero no puedo, no después de lo que pasó.

Los recuerdos venían en bucle, aún sentía lo que esos hombres me hicieron. Quería matarlos y hacerlos sufrir, y luego aprender a vivir con el recuerdo de sus manos ultrajando y mancillando mi cuerpo.

—Eres mi persona...

—... mas no tu momento.

Asiento con una sonrisa triste y dejo un tierno beso en sus labios.

—Voy a esperarte toda la vida si es necesario, preciosa, no hay otra persona por la que quiera ser apuñalado o amado.

—Y no deseo que nadie más que tú ponga mi mundo de cabeza.

Vuelve a besarme, en esta ocasión lo sentía como una despedida. Hasta que nos reencontráramos de nuevo. Hasta que yo hubiera sanado.

—Los pondré a tus pies por el daño que te hicieron, cuando los encuentre, los llevaré a donde sea que estés para que desates su propio infierno.

Se queda a mi lado hasta que caigo dormida, sabía que cuando volviera a abrir los ojos, él ya no estaría aquí.

VEINTISIETE

Alicia Voronin Smirnova

«Estaré lejos, mas no lo suficiente como para que puedas extrañarme, y bastará una llamada tuya para que me tengas a tu lado. Estaré cuidándote de lejos, no permitiré que vuelvan a lastimarte, *la mia principessa russa*.

Tuyo, Camillo Coppola».

Leo su carta dos veces, memorizando sus palabras. Era lo que había dejado como mensaje de despedida y el que lo hubiera hecho alegraba mi corazón. Creí que solo desaparecería y ya.

Me volteo en la cama, mirando hacia el gran ventanal que se encontraba del lado de Elaine. Marcello estaba acostado con ella, tenía una mano sobre su vientre y su otro brazo la mantenía estrechada contra su cuerpo.

Sonrío ante la decisión de mi hermana, sanaría con el padre de su bebé a su lado. Me parecía lo mejor, no me gustaría que estuviera sola durante esta importante etapa de su vida.

En cuanto los doctores me dieran el visto bueno, me iría,

tenía una cabaña esperándome en Canadá. Ese había sido mi plan de respaldo, huir de los hermanos Coppola después de matar a su madre, pero al parecer ahora usaría ese lugar para sanar, y cuando estuviera lista regresaría con él.

Me quedo mirando el techo de la habitación. Estábamos a finales de mayo, el cumpleaños de mamá se acercaba y después venía el nuestro. No iba a perderme por nada del mundo la celebración de ambos.

Retomaría mi carrera como bailarina después de mis pequeñas vacaciones, tal vez mi ausencia de estas semanas hubiera creado una pequeña mancha en ella, pero lo resolvería. Era la mejor bailarina de Rusia y ese título no se obtenía con facilidad.

Ese era mi plan, y en algún momento, salir de la mafia había desaparecido de la lista. Aún deseaba una vida en calma, sin sangre ni guerra. Pero lo que tendría no sería una vida, tendría que esconderme tanto de los enemigos de mis padres como de los míos propios. No podría salir a la calle o hacer una presentación sin el miedo de que alguien en cualquier momento ponga una bala en mi cabeza.

Como heredera de la mafia, ese riesgo era mayor, pero también tenía mucha protección. Todos los líderes de la mafia hacían un juramento, y si ese se rompía, correría sangre. Nadie quería eso, y mucho menos después de la última guerra contra los reyes de la mafia.

Tenía que quedarme en la mafia, irme también sería una vida sin mi familia. Sé que papá haría todo por protegerme, pero no quiero convertirme en su talón de Aquiles. Fuera de la mafia yo era débil, ya que nadie me respetaría ni temería.

Iba a quedarme y sería reina de la mafia junto con mi hermana en un futuro.

Estaba decidido.

Abandono esa línea de pensamientos para irme por otra que había ignorado desde que era una adolescente. Siempre me agradó la idea de tener una familia, pero eso significaría tener un punto débil como papá. ¿Quería vivir con el miedo de que a mis hijos los maten o los cacen sin importar que fueran herederos? No, no quería vivir con ese miedo. Ya tenía bastante con saber que algún día tendría que enterrar a mis padres, así como mi padre tenía que hacerlo con mi abuelo Dimitri.

Siento esa familiar opresión en la garganta.

Mi abuelo había muerto protegiendo a Elaine, había dado su vida por la de ella y su bisnieto sin saberlo. Le hubiera encantado conocerlo. Él y el abuelo Lucios nos habían mimado y consentido desde siempre. Eran hombres duros y fríos, pero a nosotras nos trataron como a las niñas de sus ojos.

En muchas ocasiones pude ver el destello de la tristeza en el rostro de mamá al ver a su padre con nosotras.

Cierro los ojos, buscando conciliar el sueño, y cuando lo logro, un hombre de ojos grises y tatuajes es el protagonista de ellos.

~

UNA SEMANA DESPUÉS.

Habíamos regresado a Rusia en cuanto los doctores encontraron nuestro estado apto para viajar. Les había dicho a mis padres lo que quería hacer, y como lo supuse, papá no estuvo de acuerdo en un principio. Tenía miedo de que me pudiera pasar algo, pero tras conversar con mamá, entendió que lo necesitaba. Algunas personas necesitaban estar rodeados de sus seres queridos para poder sanar, y otras necesitaban estar solas.

Papá me había reservado el *jet* para esta noche. Había empacado muy poco, lo que fuera que necesitara, lo compraría allá. Llevaba mis armas y una colección de cuchillos que me había regalado Elaine en nuestro cumpleaños número dieciocho.

Ahora me encontraba bajando las escaleras con la mochila en mi hombro. Al pie de la escalera me esperaba mi familia y su nuevo integrante. Marcello Coppola, mi nuevo cuñado. Sin duda, era mejor tenerlo a él que a Ivan.

—¿No nos dirás a dónde irás? —pregunta papá cuando termino de bajar.

Niego con la cabeza.

—No lo haré —afirmo y miro a Marcello de manera grave.

Sonríe, sabiendo el significado de mis palabras.

—Sabrá dónde te encuentras en menos de un día. No puedes esconderte de él y mucho menos huir.

—No huyo —digo, poniendo los ojos en blanco. Abrazo a papá y dejo un beso en su mejilla—. Avísame con Elaine cuándo será el funeral del abuelo.

—Lo haré, princesa. —Me da un beso en la frente—. Cuídate mucho y no olvides que te amo.

—También te amo, papá.

Me acerco a donde está mamá, quien luchaba por mantener las lágrimas a raya.

—Cualquier cosa que necesites, sabes que puedes regresar a casa. —Me atrae a su cuerpo con fuerza—. Siempre serás mi niña pequeña.

—Te amo, mamá, y estaré aquí para tu cumpleaños.

Ese día también conocería a mi hermano a través del ultrasonido, así que era otra razón por la que no faltaría.

—Y también tienes que estar aquí para tu cumpleaños —me reprende el abuelo Lucios—. Ven aquí, *malen'kiy vikhr'*.

Sonrío, me llamaba así desde que tenía memoria.

—Cuida muy bien de ellos, abuelo, ambos sabemos que

ahora tú eres el único que podrá mantener a esta familia en orden.

—¡Oye! —protesta papá, él y el abuelo siempre se molestaban y yo disfrutaba echar leña al fuego.

—Lo haré solo porque no quiero que Dimitri venga a reprocharme que no estoy haciendo un buen trabajo.

Una sonrisa triste se forma en mi rostro.

Mi abuelo no solo había perdido a su mejor amigo, sino también a un hermano.

—Estoy segura de que no queremos eso. —Lo abrazo con fuerza—. Cuídate mucho, abuelo, y por favor, no hagas tonterías mientras no estoy.

—El único que hace tonterías en esta casa es tu padre, sigo esperando el día en que tu madre lo mate —dice con una sonrisa en el rostro.

—Entonces, terminarás como una pasa mientras esperas.

Cuando miro a papá, tenía una sonrisa burlona en el rostro.

—No se maten en mi ausencia.

Me pongo frente a mi hermana y le sonrío, los moretones en su rostro no eran más que pequeñas circunferencias amarillentas. Se veía feliz, muy feliz, era como si brillara.

—¿Estarás bien con él? Puedo matarlo sin problemas.

Veo como Marcello pone los ojos en blanco, pero a la vez sonríe.

—Siento el mismo cariño por ti, cuñada.

Abrazo a Elaine y luego me agacho y beso su vientre.

—Ya quiero conocerte. —Miro a Marcello desde mi posición—. Espero que sea niña.

El color abandona su rostro en cuanto digo esas palabras.

—No hagas nada que yo no haría, Alicia, por favor.

Sonrío ante las palabras de mi hermana.

De las dos, ella era relativamente más tranquila. Pero solo tenía un par de cosas por hacer en mi lista.

1. Asesinar a los hombres que nos violentaron.

2. Sanar.

No tenía que ser en ese orden precisamente.

—Lo prometo. —Me acerco a Marcello y palmeo su hombro—. Bienvenido a la familia.

Posiblemente, esas serían las palabras más amables que recibiría de mi parte.

No miro atrás cuando cruzo la puerta de la casa, si lo hacía, no podría irme, pero necesitaba esto.

Me subo a la camioneta que me aguardaba y me dirijo a la pista privada de papá. El recorrido era relativamente corto, papá procuraba que sus propiedades estuvieran a menos de media hora de la pista, así estaríamos preparados ante cualquier emergencia.

Cuando llego, el *jet* ya se encuentra listo para volar. Tomo la mochila y entro. Cierran la puerta y me abrocho el cinturón. Una azafata se acerca y me entrega una copa con zumo de naranja y una nota.

—Para usted, señorita Voronin.

—Gracias.

Miro por la ventanilla, sabiendo muy bien de quién es. Al parecer Marcello se había equivocado, no necesitó de un día para que sepan mi destino.

«Buen viaje, mi querida Alicia. Cuando llegues a Canadá, te entregarán un obsequio de mi parte, espero que te guste.

Tuyo, Camillo Coppola».

VEINTIOCHO

Alicia Voronin Smirnova

Tras hacer escala y pasar un total de veintidós horas en el *jet*, llegué a Canadá. El frío aire me golpeó las mejillas en cuanto crucé la puerta del avión.

Tendría que comprar ropa adecuada para este clima.

Bajo la escalerilla y me encuentro con los hombres que papá había puesto para mi protección. Quería pasar totalmente desapercibida, pero ahora eso sería una misión imposible. Papá no se arriesgaría a que algo me sucediera.

—Buenas tardes, señorita Voronin —me saludan en inglés.

—Buenas tardes, eres Jordán, ¿no?

Había dos hombres más atrás de él, me saludan con un asentimiento de cabeza y de inmediato apartan la mirada.

Tenían prohibido mirar a los ojos a los integrantes de la realeza de la mafia.

—Así es, señorita, suba, por favor, la están esperando.

Frunzo el ceño.

—¿Quién me está esperando?

—Son quienes. Un obsequio que enviaron desde Ucrania, señorita. Tiene una reserva en el hotel Fairmont Château Lake

Louise. Pasará ahí la noche, después irá de compras por la mañana y en la tarde llegaremos a su destino final, la cabaña en las colinas.

¿Qué demonios estás haciendo, Camillo?

—Bien, vamos al hotel entonces.

Me abren la puerta y tomo asiento en la parte trasera del coche.

Solo había estado en Canadá en una ocasión, tenía unos once años. A Elaine y a mí nos habían enviado a presentarnos juntas en un teatro que en ese entonces era muy famoso. El que un par de años después quebró.

No recordaba mucho de este lugar. La mayor parte del tiempo las calles estaban cubiertas de nieve, todos hablaban inglés, por supuesto, y las personas amaban vivir en cabañas, aunque sinceramente, ¿a quién no le gustaría? Estar aislado del bullicio de la ciudad, estar rodeado por la naturaleza, sentarte frente a la chimenea con una taza de chocolate caliente y leer un libro o ver una película me parecía el mejor plan.

Por eso amaba nuestra casa en las Siete Colinas, estábamos aislados y rodeados por un pequeño bosque. Cuando mamá tenía tiempo libre, regresábamos a esa casa, pero cuando no, vivíamos en una que se encontraba cerca de la ciudad.

La casa con la biblioteca personalizada de mamá era mi segunda propiedad favorita, era acogedora y cálida, y tenía un jardín muy bonito. A ella le gustaba plantar flores de muchos colores, más que todo para molestar a papá, pero sabía que muy dentro de él le gustaba que lo hiciera.

La nieve comenzaba a caer, creando un contraste hermoso con el atardecer, si es que se le podía decir así debido a que las nubes escondían al sol. Aun así, era precioso.

—Jordán, ¿mi padre sabe sobre esto? —digo, refiriéndome

a esa no tan discreta reservación en el mejor hotel cinco estrellas de Canadá.

—En parte, señorita, pero si no le importa, si su padre llega a preguntar, déjeme fuera de esto. Tengo una familia que alimentar y cuidar.

Niego con la cabeza.

En ocasiones me tomaba por sorpresa el miedo que le tenían a mi padre. Aunque, seguramente, Camillo había dejado una gran suma de dinero en la cuenta de Jordán para que este pusiera el miedo a un lado. Si mi padre llegaba a enterarse, no dejaría que lo matara, el hombre solo pensaba en su familia al aceptar ser el chivo expiatorio de Camillo.

Así como muchos otros, también hacían esto, pero para lastimar a mi familia.

—Por supuesto, te mantendré fuera de esto.

—Gracias, señorita Voronin.

Me paso el resto del recorrido mirando por la ventanilla, y a medida que íbamos subiendo, las calles se iban haciendo menos concurridas. El hotel se encontraba cerca de las colinas, así que era perfecto.

Una pequeña sonrisa se forma en mis labios al recordar quién había planeado todo esto. No sabía qué quería ganar con eso, pero de seguro muy pronto lo descubriría.

El hotel era como una clase de castillo, estaba decorado con tonos dorado brillante y *beige*, desde el exterior podía ver la cantidad de luces que iluminaban el interior. De fondo se encontraban las montañas cubiertas de nieve, todo el lugar estaba cubierto de nieve, esta se veía suave y casi brillante.

—Necesito comprar ropa para poder abrigarme.

—Ya está hecho, señorita, todo lo que necesita se encuentra en su *suite* presidencial.

Lo miro sorprendida.

—¿Fue el Sr. Coppola?

—Así es, señorita.

No me da tiempo de procesar sus acciones porque me abren la puerta, dejando a la vista al botones, quien me daba la bienvenida con una sonrisa.

—¿Su equipaje, señorita? —me pregunta cuando ve únicamente la mochila sobre mi hombro.

—Esto es todo, gracias.

Asiente y me dirige al interior del hotel, abriéndome la puerta.

El interior era de ensueño, casi parecía recién sacado de un cuento de hadas, esos como en las historias que me contaba mamá cuando era niña. Me dirijo a recepción y le doy mi nombre a la encargada.

—Lo siento, pero no tenemos una habitación registrada con ese nombre.

—Intente con Alicia Smirnova, por favor.

Pero niega cuando no hay resultados.

¿A qué otro nombre registraría la habitación? ¿Quizás con el suyo?

—¿Y a nombre de Camillo Coppola?

Intenta de nuevo.

—No, señorita. ¿Desea llamar a alguien para verificar a qué nombre se hizo la reserva?

—No, está bien. Yo misma me reservaré la habitación. —Saco mi teléfono de la mochila, no había traído mis tarjetas, pero podía hacer una trasferencia—. Solo dígame el monto y…

Miro la pantalla del teléfono al recibir una notificación.

Desconocido: Preciosa, te faltó intentar con otro apellido en tu nombre.

¿Cómo demonios sabía que no había logrado conseguir la llave de la habitación? ¿Y quién le había dado mi número?

Otro apellido en mi nombre... Maldición, Coppola.

—Si no es molestia, intente de nuevo, pero con Alicia Coppola.

—Por supuesto, señorita. —Segundos después, una sonrisa ilumina su rostro—. Aquí está, la *suite* presidencial. —Toma la tarjeta y me la entrega—. Disfrute su estadía, Sra. Coppola.

«Sra. Coppola...».

Dios santo, ese hombre de verdad quería poner mi vida de cabeza.

—Muchas gracias —digo y me despido con una sonrisa, entonces sigo mi camino hasta el elevador.

Cuando llego al último piso, tomo mi teléfono y le respondo.

Alicia: Me debes un castigo, Sr. Coppola.

Su respuesta llega de inmediato.

Desconocido: Lo espero ansioso, Sra. Coppola. Disfruta tu regalo, se encuentra una puerta antes de tu *suite*.

¿Una puerta antes?

Apresuro el paso y me dirijo a la única otra puerta, además de la del fondo, que había en este piso. Dudo unos segundos antes de abrir la puerta y por reflejo llevo una mano al arma que se encontraba en mi espalda. Las luces del lugar se encienden al captar movimiento, tardo unos segundos en digerir la imagen frente a mí. El lugar parecía haber estado amueblado muy bien anteriormente, pero ahora mismo era un perverso baño de sangre.

Las paredes tenían manchas rojas y del techo colgaban cuatro cuerpos. Reconocí sus rostros de inmediato, eran los hombres que habían abusado de mí y de mi hermana. Bajo la mirada y me concentro en el único hombre que parecía haber sobrevivido a la carnicería de Camillo. Se encontraba en medio de los otros cuerpos, atado a una silla con la boca vendada.

Tenía los ojos abiertos de par en par y el miedo estaba impreso en ellos.

Era el que había estado a cargo de mi tortura y el primero en violarme, y Camillo lo había dejado vivo para mí.

Dejo la mochila en el suelo y cierro la puerta con seguro. No sabía cómo había hecho esto en un hotel tan prestigioso, pero también era cierto que nadie en este lugar interferiría con los planes de un mafioso como Camillo.

—¿Te acuerdas de mí? —le pregunto al hombre en la silla.

Este asiente frenéticamente, las lágrimas humedecían su rostro y eso solo me enfureció. ¿Cómo podía ser tan cobarde y llorar después de todo lo que me hizo?

—Siendo honesta, no me esperaba nada de esto, sin duda fue una sorpresa. No sé cuánto llevan aquí, pero a juzgar por el olor de tus amigos, podría decir que casi un día o un poco más. —Doy unos pasos más cerca de él—. Por lo que veo, tú también recibiste atenciones. —Su camisa negra se adhería a su torso, había una gran cantidad de sangre en ella—. Espero que Camillo se hubiera divertido contigo, porque yo voy a hacerte desear la muerte cada segundo.

Le quito la cinta adhesiva de la boca y me doy la vuelta para buscar los cuchillos en mi mochila.

Me alegraba haberlos traído.

—Esper... ra, no hagas esto, por favor. Te diré lo que sea, pe.. pero no me mates.

Tenía la voz estrangulada debido al llanto y las horas que había pasado sin hidratarse.

Sonrío, pero no de esa manera cuando uno tiene una brillante idea, no, yo sonreía como cual psicópata con su presa favorita.

—Sabes, es curioso escucharte decir eso, me recuerda mucho a cuando te supliqué para que tú y tus amigos no me violaran. —Lanzo un cuchillo y este le roza la oreja, un hilillo de sangre comienza a salir de esta—. Y mi hermana también lo hizo, pero como las bestias repugnantes que son, no les importó.

—Nosotros... nosotros...

Lanzo otro cuchillo, este pasa cerca de su cuello.

Aún tenía una docena para lanzar y ver qué tan buena era mi puntería después de las clases con Elaine.

—Ojalá mi hermana estuviera aquí, ella es una experta separando la piel del hueso. —Su rostro palidece—. ¿Has jugado a los dardos alguna vez?

Como respuesta, asiente dubitativamente.

—Entonces, esto será divertido.

El siguiente cuchillo se entierra en su ojo.

VEINTINUEVE

Alicia Voronin Smirnova

La sangre salió a borbotones de la cuenca de su ojo, los gritos de dolor no demoraron en llegar, al igual que su nueva retahíla de súplicas. Mi víctima se retuerce intentando liberarse de sus ataduras, pero esto estaba lejos de terminar.

—Solo tuve un par de ocasiones para observar la destreza de Elaine con los cuchillos. —Camino a su alrededor, meditando por dónde empezar—. Tal vez no haga un buen trabajo como ella, pero daré mi mejor esfuerzo. —Me detengo frente a él y le sonrío—. ¿Qué parte de tu cuerpo aprecias más?

Comienza a negar con la cabeza, rogándome con la mirada que me detenga, pero no iba a hacerlo. Quería que sufriera.

—Por favor, no... no lo hagas.

Lloriqueaba.

—Deja de suplicar o te cortaré la lengua, y eso sería muy aburrido, ya que no escucharía tus gritos, sino tus alaridos.

Me concentro en torturarlo desgarrando la piel de su brazo, me deleito con sus gritos y sollozos. Esto era perverso, lo sabía, pero muy poco me importaba. La sangre sale de su brazo, manchando el suelo y mis zapatos. Hago una mueca ante ello. Disfrutaba de ensuciarme en ocasiones, pero esta no era una de esas.

Cuando termino, su brazo no es ni la sombra de lo que había sido, la palidez en su rostro era señal de que se estaba desangrando demasiado rápido para mi propia diversión. De su único ojo bueno salían lágrimas de dolor.

—P... por f... favor...

Lo tomo del cabello e inclino su cabeza hacia atrás.

—No te atrevas a desmayarte o te cortaré eso que te cuelga entre las piernas para que sigas consciente por unos minutos más en completa agonía. —Como puede, abre el ojo y me mira —. Abre la boca, te dije que no suplicaras.

Reticente, la abre, y meto dos dedos en su boca para tomar su lengua. Paso el cuchillo ensangrentado por su garganta.

—Ni pienses en morderme.

Antes de que pueda procesarlo, tiro de su lengua con fuerza y se la arranco. La lengua era un músculo fácil de separar del cuerpo.

Sus alaridos no se hacen esperar más de dos segundos, su cuerpo convulsiona en arcadas y comienza a vomitar sangre junto con su última comida. El mal olor inunda la habitación, hago una mueca y esta vez una arcada me invade.

¿Por qué siempre que olíamos el vómito nuestro cuerpo de inmediato quería expulsarlo todo también?

—Eso es asqueroso.

Me tapo la nariz y me dirijo a lo que suponía que era la cocina. Esta era una *suite*, así que debían de tener un mechero o algo.

Reviso en los gabinetes hasta encontrar uno, ahora necesitaba un aromatizante. Paso por las habitaciones sin encontrar nada, así que decido usar mi desodorante.

Genial, tendría que comprar uno mañana. ¿Qué hotel no tenía aromatizantes en sus habitaciones? Este, claro estaba.

Cuando los calificara, les pondría cuatro estrellas.

Me limpio la sangre de las manos en la camisa y abro la mochila, tomo el desodorante y le quito la tapa. Me volteo y encuentro la mirada interrogativa del hombre.

—¿No sabes lo que sucede cuando expones un desodorante en espray al fuego? —Niega lentamente, quizás sí tenía una idea de lo que podría pasar—. Esto —digo y levanto el desodorante— puede ocasionar un pequeño incendio si lo expones al fuego. —El miedo vuelve a apresarlo—. Siéntete afortunado, no todos los días te transformas en el hombre en llamas.

Dejo el mechero y el desodorante en una mesa que se encontraba cerca de nosotros, tomo un cuchillo de la colección que aún estaba limpio. Quería hacer algo más antes de quemarlo vivo. Bueno, dos cosas más.

Tomo su otro brazo y le hago lo mismo que al otro.

Al terminar, estoy sudada y cubierta de sangre. Me sentía bien al ver su sangre en mis manos, las lágrimas saliendo de su ojo bueno, la manera en la que gimoteaba por no tener lengua y el cómo se veían sus brazos en carne viva.

Me sentía como yo antes de ese secuestro. La venganza no era la solución para todo en la vida, pero te hacía sentir bien el torturar a quien te había hecho tanto daño.

—Mi padre me dijo una vez que era conocido como el Diablo por más de una razón, dijo que les prometía a todas sus víctimas continuar con sus torturas cuando llegara al infierno. —Lo tomo del mentón y lo obligo a mirarme—. Así que, como hija del diablo y tomando en cuenta lo que acabo de hacer, sé que iré al infierno. —Entierro las uñas en su mejilla—. Juro por el mismo Lucifer, si es necesario, que voy a encontrarte entre las brasas del infierno y llevaré a cabo tu tortura por toda la eternidad, del ángel de la muerte no escapa nadie.

Lo siguiente que hago es apuñalar su asqueroso miembro una y otra y otra vez. Lo hago hasta que los músculos de mi brazo comienzan a protestar por el esfuerzo, lo hago hasta que esa sensación nauseabunda desaparece de mi estómago y lo hago hasta que mi alma vuelve a sentirse en paz.

El cuchillo se resbala de mis manos a causa de la sangre. Lo miro desde mi posición, tenía la boca abierta en lo que parecía un grito silencioso. Su pecho subía y bajaba a una velocidad alarmante, en cualquier momento moriría.

Me pongo de pie, tomo el mechero y el desodorante.

—Nos vemos en el infierno.

Su cuerpo se ve cubierto por el fuego en segundos, comienza a moverse frenéticamente, intentando romper las cuerdas que lo sujetaban.

Tomo los cuchillos que utilicé y recojo mi mochila. La habitación no se incendiaría, pero el humo activaría la alarma de incendios en cualquier momento.

Miro la escena una vez más, asegurándome de que estaba en realidad muerto, así quizás no podría volver a atormentarme en mis sueños.

Retomo el camino hacia la *suite* presidencial, paso la tarjeta por el escáner y las puertas se abren. El interior era elegante y sofisticado. Recorro el lugar hasta llegar a la habitación principal.

La respiración se me atasca cuando abro las puertas, había una cama matrimonial en el centro, un corazón hecho de rosas negras adornaba el centro de esta y alrededor de la cama había como unas treinta bolsas de compras.

Chanel, Louis Vuitton, Gucci, Christian Dior, Versace, Fendi...

Había comprado en todas las tiendas de lujo. Estaba a punto de llevarme las manos a la cara, pero recuerdo a último minuto que tenía las manos llenas de sangre. Voy al baño y me las lavo hasta dejarlas limpias. Regreso a la habitación, y cuando estoy por revisar una de las bolsas, un ramo de hortensias en la mesa de noche llama mi atención.

Al lado de ellas había una nota.

«Prometí darte flores todos los días hasta dar con tus favoritas. La ropa es de tu talla, al parecer conocer cada centímetro de tu cuerpo trae más de un beneficio, preciosa. Tienes una cita en el *spa* por la mañana, deja que te consientan. También irás de compras, compra lo que desees que yo invito. Disfruta, *la mia principessa*, cuento los días para ver de nuevo una sonrisa iluminando tu rostro.

Tuyo, Camillo Coppola».

Los latidos de mi corazón enloquecieron al tener un breve recuerdo de su voz mientras estaba en coma, prometiéndome darme flores todos los días y diciendo que quería comenzar de nuevo. Lo demás no eran más que palabras vagas, pero hubiera dado lo que sea por recordarlo todo.

Ahora tenía sentido todo lo que estaba haciendo, a su manera me estaba cuidando y sin duda me consentía. Él me estaba dando más de lo que yo tenía planeado para este escape, él se estaba encargando de todo, dejando en mis manos únicamente la tarea de sanar y tener tiempo solo para mí.

Camillo Coppola estaba logrando meterse bajo mi piel, ya tenía mi corazón, pero como el hombre ambicioso que era, ahora deseaba mi alma. Y yo estaba muy dispuesta a dársela también.

Tomo mi teléfono y le envío un mensaje.

Alicia: Me encantaron las flores, pero no son mis favoritas.

Decido agregarlo como «Querido Sr. Coppola» con un corazón negro al lado.

Querido Sr. Coppola: Entonces espero tener toda la vida para descubrir cuáles son tus flores favoritas.

Alicia: Buenas noches, mi querido Camillo.

Querido Sr. Coppola: Buenas noches, mi preciosa Alicia.

Tomo una larga ducha antes de irme a la cama con uno de los camisones de seda que me había comprado Camillo. Tenía ropa de abrigo, blusas y una cantidad alarmante de sujetadores y bragas de encaje, además de perfumes y joyas. A ese hombre, sin duda, no le importaba gastarse una gran cantidad de dinero en mí.

La noche trascurre sin pesadillas y todo gracias al obsequio de Camillo.

Por la mañana estoy segura de algo más. Yo también deseaba comenzar de nuevo con él.

TREINTA

Alicia Voronin Smirnova

entía que mi cuerpo no era el mismo después de pasar una hora con la masajista, sentía que caminaba sobre las nubes. No sabía qué tan tensa me encontraba hasta que estuve relajada, los masajes eran milagrosos. Ya llevo una semana hospedada aquí.

Ahora me dirigía a tomar mi almuerzo para luego ir de compras. El día había sido pacífico y por primera vez en mucho tiempo me sentí en paz. Sin presentaciones ni personas persiguiéndome para matarme, el mundo se veía desde una perspectiva diferente.

No me malentiendan, amaba bailar, era mi pasión y mi refugio, pero en ocasiones era abrumadora la presión que se te exigía para ser la mejor. No podías equivocarte y debías ser perfecta durante todo momento. Me gustaba la competencia, me mantenía alerta y me animaba a exigirme y a mejorar cada vez más, pero cuando era demasiado, solo quería escapar y volver a respirar.

Quería tener escapadas como estas más seguido.

Llego al restaurante del hotel y tomo asiento en la mesa que

Camillo había reservado para mí. Estaba usando un suéter de lana blanco de cuello alto, con unos pantalones blancos y unos tacones de punta negros.

En el restaurante había toda clase de personas. Mujeres jóvenes como yo, que posiblemente se encontraban de vacaciones. Hombres que redondeaban los treinta, pasando un tiempo con sus esposas o sus amantes. Luego estaban los hombres jóvenes que habían llegado para pasar un buen rato con sus amigos o alguna mujer. Y por último, los que venían a cerrar negocios, mafiosos, narcos, empresarios, abogados corruptos, etc.

Hoteles como este eran un nido para el mundo ilícito. Un claro ejemplo era lo que había hecho el día de ayer y como esto no había llegado al oído de las autoridades aún.

Un camarero se acerca para pedir mi orden, era joven, podría tener mi edad.

—Buenas tardes, señorita, ¿ya sabe lo que desea comer?

Miro el menú por encima, no quería un platillo cinco estrellas que al final me dejaría con hambre.

—Sí, quiero una hamburguesa. —Miro al mesero, que parecía fuera de lugar con mi petición—. Con doble carne, huevo, tomate, queso, aguacate, lechuga, por supuesto, y papas fritas, muchas papas fritas.

—Eh, por supuesto, señorita, ¿qué desea beber?

—Una gaseosa, por favor.

—Enseguida, señorita.

Reviso las notificaciones de mi teléfono mientras espero la comida. Aún no tenía mensajes de Elaine, lo que significaba que aún no habían puesto fecha para el funeral de mi abuelo. Siento una molestia en el pecho al recordarlo. Mi papá debía estar sufriendo mucho, aunque él era el tipo de persona que no se dejaría ver débil ni en su peor momento, solo con mi madre lo hacía.

Un carraspeo me saca de mis pensamientos.

Levanto la mirada, encontrando a un hombre alto, parecía de cuarenta, quizás. Pelo corto, anchos hombros y un zarcillo adornaba su lóbulo derecho. Frunzo el ceño ante ese último detalle.

—¿Sí? —digo con desconfianza.

Recorro el resto de su cuerpo lo más discreta e indiferente que mi instinto me lo permite. El traje era de cachemira, llevaba unos zapatos de Tanino Crisci de Lilian, la marca más costosa en el mundo, un Rolex adornaba su mano derecha y en la izquierda llevaba una esclava de oro. No tenía sortija, al menos no la tenía a la vista, porque podía ver la sombra de la marca del anillo en su dedo anular.

¿Divorciado? ¿Viudo? ¿O infiel?

—¿Usted es la señorita Voronin? —pregunta.

Cada músculo de mi cuerpo se tensa en cuestión de segundos. Según la información que tenía hasta ahora, este hombre era mafioso o narcotraficante, muy pocos hombres usaban ese tipo de zapatos y no veías a abogados o empresarios portando un diamante de zarcillo. Ellos debían cuidar su apariencia.

—¿Quién pregunta?

Tenía una mirada intimidante, sus ojos casi parecían negro azabache. Si observabas bien su rostro, podías ver una pequeña cicatriz sobre una de sus cejas. Las tenía gruesas y una barba incipiente adornaba su rostro.

—Mis disculpas por no presentarme anteriormente, soy Ezra Lennox —dice y me tiende la mano, yo la estrecho más que todo para ser educada.

Busco entre todos los nombres en mi cabeza hasta dar con su familia.

La familia Lennox era conocida por su peculiar negocio. Vendían arte. Pero meses atrás se supo que el más pequeño de los Lennox estuvo vendiendo droga a través del arte. Fue una noticia «inesperada» para todos. O al menos lo fue para la policía y las familias respetables que «jamás» se involucrarían con alguien así. Pero en el bajo mundo, todos sabíamos que Ezra Lennox era el mayor narcotraficante de los Estados Unidos.

De ahí su acento.

—Oh, Sr. Lennox, un placer conocerlo.

Le muestro una sonrisa tensa.

Ese hombre sabía muy bien quién era mi familia y no confiaba en absoluto en sus intenciones de acercarse a mi mesa.

—¿En qué puedo ayudarlo? —pregunto.

No podía ser maleducada, después de todo, mi familia nunca era irrespetuosa con sus «súbditos».

—¿Le importa si la acompaño?

Muchísimo la verdad.

—Estoy esperando a alguien, así que...

Una voz me interrumpe antes de poder terminar lo que según yo era una manera educada de rechazar su oferta.

—Ese puesto ya está reservado, Sr. Lennox. —Los vellos de mi columna se erizan al escuchar el tono amenazante y posesivo de su voz—. Y ella tampoco está disponible.

Camillo se detiene al lado de Ezra, él era más alto, por lo que su mirada amenazante tenía mucho más peso que la de Ezra.

—Camillo Coppola. —Sonríe y nos observa a ambos—. No sabía que la señorita Voronin y tú mantenían una relación, me disculpo.

No lo sentía, estaba tenso y parecía que en cualquier momento su quijada se rompería.

—Ahora lo sabes —al decir aquellas palabras tenía la mirada puesta en mí—. Ya puedes irte, Lennox.

El hombre lo acribilla con la mirada antes de regresar a su mesa.

—¿Qué haces aquí? —no puedo evitar preguntar.

Echa la silla frente a mí hacia atrás y toma asiento en ella, lo hace sin apartarme la mirada.

—Te ves mejor, *principessa*. —Ladea la cabeza sin dejar de estudiarme—. Ya no tienes ojeras y ese leve rubor en tus mejillas regresó.

—¿Qué haces aquí, Camillo? —vuelvo a preguntar en un susurro.

Sonríe al notar el leve temblor de mi voz.

Me había tomado por sorpresa verlo aquí, además, no lo veía hace una semana, así que el efecto que tenía su presencia en mí era mucho más intenso.

—Solo cuido a mi chica.

Una pequeña sonrisa se forma en mis labios.

«Su chica». Yo era «su» chica.

—¿Cuánto tiempo llevas aquí?

—El suficiente para saber que te divertiste anoche y que Lennox quería lo que es mío.

—Los dos sabemos que solo tú tienes el poder de desestabilizar mi mundo —le digo y él sonríe.

—Eso no evita que quiera arrancarle los ojos a todos los hombres que te miraron en cuanto pusiste un pie en este lugar.

Niego con la cabeza mientras una risa escapa de mis labios. Aún recordaba sus palabras en ese camerino y la primera noche que estuvimos juntos, así como yo también recordaba las mías propias.

A pesar de los planes que ambos teníamos para el otro,

desde la primera mirada llena de deseo, ambos nos quisimos solo para el otro.

—Es bueno verte sonreír de nuevo.

Tal vez eran los nervios de verlo tras pasar tanto tiempo o que, en este momento, ya no había secretos entre nosotros, pero sentí como mis mejillas se calentaron.

—¿Viniste a verme comer también? —pregunto, intentando distraer su atención de mis mejillas, que cada vez se tornaban más rosadas.

—No, vine a acompañarte por el día de hoy.

Ignoro el pequeño malestar que se instaló en mi estómago al saber que se iría después, pero era lo mejor también.

—Bien —digo y la mirada se me va cuando veo al camarero venir con mi comida—, pero ahora me verás devorar una hamburguesa.

Pasamos el resto de la comida hablando de todo, el cómo la había pasado hasta ahora, cómo me sentía y lo que había hecho. Mientras hablábamos, me di cuenta de algo que me asustó y me gustó en partes iguales.

Me sentía cómoda con él, no solo en la cama mientras le daba el control sobre mi cuerpo. Teníamos cosas en común y él era divertido, dulce y amable a su manera. Se la pasó viéndome comer con una sonrisa en el rostro.

Él sabía que estaba feliz y eso le gustaba.

Miraba por la ventanilla mientras él conducía, no me había dicho dónde haríamos las compras, pero suponía que era en una de las tiendas en las que él había comprado toda esa ropa para mí.

No le veía sentido a comprar más ropa cuando tenía más

que suficiente para estas pequeñas vacaciones, además de que mi guardarropa en casa era del tamaño de mi habitación. Pero, en fin, ¿a qué mujer no le gusta ir de compras?

Una mano se desliza entre las mías, bajo la mirada, encontrando sus dedos entrelazados con los míos. Mi corazón hizo una cosa extraña en mi pecho al ver nuestras manos así.

Era diferente a todo lo que habíamos hecho antes, esto se sentía más íntimo, más de pareja.

Todo mi cuerpo estaba reaccionando a sus muestras de cariño de manera diferente. Las manos me sudaban, y eso nunca me pasaba, ni siquiera antes de una presentación. Mi corazón no estaba acelerado, pero lo escuchaba latir en mis oídos más fuerte, con el propósito de hacerme saber una sola cosa.

Lo miro a los ojos cuando le da un apretón a mi mano. Su mirada era cálida y tierna. Trago saliva al sentir la inequívoca necesidad de besarlo.

—Iré a tu ritmo, preciosa, no pienso presionarte.

Asiento como respuesta.

—Gracias —susurro.

Sonríe. Lleva nuestras manos unidas a sus labios y deja un beso suave sobre la mía.

—Lo que sea por ti, *la mia principessa*.

Regreso la atención a la ventanilla, no sin antes volver a mirar nuestras manos entrelazadas. Se sentía bien.

Diez minutos después, llegamos a una de las sucursales de Chanel de la ciudad. Camillo baja del coche, lo rodea y me abre la puerta tendiéndome su mano. En cuanto la tomo, vuelve a entrelazar nuestros dedos.

Me lleva al interior de la tienda y se dirige a una de las mujeres que se suponía estaban a cargo.

—¿Está todo listo? —pregunta en inglés.

—Sí, Sr. Coppola. Pase, por favor.

La mujer se sonroja ante la mirada de Camillo, y una llamarada de celos me recorre.

Nos lleva a través de una cortina de terciopelo negro, dejándonos en una habitación llena de espejos y con una gran cantidad de percheros en los que había ropa de todo tipo.

Vestidos elegantes, formales, pantalones, blusas, faldas, tacones, zapatos de vestir...

—Escogí solo lo mejor para ti. Aún no descifro cuáles son tus gustos del todo, pero espero que este día de compras contigo me ayude a desaparecer las dudas.

Asiento sin poder hablar. No sabía si era cuestión de ser mafioso, o italiano también, pero este hombre tenía tan buen gusto como mi padre.

No había otra cosa que me gustara más que un hombre detallista.

Y Camillo Coppola lo era.

TREINTA Y UNO

Camillo Coppola

Miro de reojo la reacción de Alicia al ver toda la ropa que había elegido para ella. Llevaba una semana planeando todo esto. Quería hacerla feliz, consentirla y cuidarla. Me hacía sentir bien hacerla feliz. Cada vez que le provocaba una sonrisa, me sentía como el hombre más afortunado del mundo.

Deseaba hacerla sonreír lo más que pudiera y que olvidara todos los momentos malos.

Disfruté cazar a esos hombres para ella, Alexei y Marcello me habían enviado a varios de sus hombres para sacar los cuerpos del hotel sin que nadie se diera cuenta.

Como le había prometido a Alicia, estuve cerca de ella desde que aterrizó en Canadá, no confiaba en nadie para que la cuidara mejor que yo. El plan en un principio había sido cuidarla desde lejos, pero en cuanto el desgraciado de Lennox puso los ojos sobre ella, toda la sangre en mi interior comenzó a hervir.

Él quería mucho más que acompañarla a comer, quería que

ella fuera su platillo principal. Y sobre mi cadáver iba a permitir eso.

Alicia Voronin era mía y esperaba que muy pronto cada hombre en este mundo lo supiera.

Aunque tenía que agradecerle por algo a Lennox. Me dio la excusa perfecta para romper la promesa que me había hecho a mí mismo.

Tomo asiento en uno de los sofás cuando elige un par de vestidos y se va a uno de los probadores.

No quería irme mañana temprano, cada partícula de mi cuerpo me exigía estar a su lado y asesinar a todo aquel que deseara lastimarla. Me sentía culpable por toda la mierda que pasó.

Pero Marcello había dado con nuestra madre y teníamos muchas cuentas pendientes. La lista de razones por las que deseábamos asesinarla era demasiado larga, pero cada una de ellas era suficiente para olvidarnos de que nos había dado la vida.

Desde que salimos de su vientre nos vio como sus peones para llevar a cabo una venganza por un hombre que nunca la amó. Un hombre que, aunque lo quisimos de niños, dejamos de importarle a medida que crecimos. Para él nunca fuimos su prioridad, nunca lo fuimos para nadie, a excepción de Sergei, quien nos trató y vio como sus hijos desde el primer día.

Y su muerte también sería una de las razones por las que mi madre pagaría con su vida.

Salgo de mis pensamientos al ver salir a Alicia del probador usando un vestido que dejaba muy poco a la imaginación. Solo de pensar en todos los hombres que la mirarían descaradamente me ponía celoso, pero no iba a decirle qué ponerse.

Sabía que le encantaba utilizar ese tipo de ropa y no se lo iba a prohibir. Que ella se vistiera como deseara, después de todo, asesinar personas era mi deporte favorito, después de follarla a ella.

Porque Alicia se volvió mi cosa favorita sobre todo lo demás.

Se voltea a verme con una sonrisa iluminando su precioso rostro.

—¿Qué tal? ¿Te gusta? —me pregunta, entonces vuelvo a repasarla con la mirada como si ya no hubiera devorado cada centímetro de su tersa piel en cuanto salió del probador.

—Te ves hermosa. —Sonrío—. Sabía que ese te quedaría bien.

Sus mejillas se tornan rosadas ante mi cumplido. Alicia podía hacer que un hombre se arrodillara, ya fuera por miedo, respeto o placer. Pero no estaba acostumbrada a cumplidos de ese tipo.

—Sin duda, me lo llevo. —Vuelve a mirarse en el espejo, pero antes de poder hacerlo del todo, su mirada se detiene en un vestido plateado, con diamantes incrustados en él. La cola era estilo trompeta—. ¿Ese..., puedo probármelo? —pregunta en un susurro.

—Ese vestido no... —intenta hablar la encargada de la tienda, pero la interrumpo.

—Si quiere probárselo, lo hará.

Miro a la mujer, esperando a que contradiga mis palabras. Pero no lo hace.

—Ya se lo llevo al probador, señorita Voronin.

Alicia vuelve al probador y la mujer saca el vestido del maniquí.

Ese vestido no estaba entre los que había escogido, y por la reacción de la encargada, era un error que estuviera aquí. Pero si mi chica lo quería, ella lo tendría.

Aguardo en mi sitio con el corazón en la boca, algo me

decía que ese vestido le quedaría perfecto. Aunque, como yo lo veía, Alicia se vería hermosa con cualquier cosa.

Hago una mueca, ¿en qué momento me había vuelto tan cursi?

Ese pensamiento abandona mi mente tan rápido como llegó, cuando la veo.

Los diamantes hacían relucir su piel. El vestido acentuaba su pequeña pero voluptuosa figura. La cola del vestido se arremolina a sus pies cuando se detiene frente a mí. Sus ojos se veían más brillantes, estaban rebosantes de felicidad. Tal como deseaba verlos todos los días.

—Estás... —La miro a los ojos sin hallar una palabra que explique lo perfecta que se veía—. Estás preciosa, Alicia, pero esa palabra se ha quedado pequeña ante ti.

Me pongo de pie, la tomo de la mano y la llevo al espejo para que ella pudiera ver lo hermosa que estaba. Llevo las manos a sus hombros y me pongo detrás de ella. La veo recorrerse con la mirada un par de veces hasta conectar con la mía a través del espejo.

—Es un vestido precioso.

—Me parece que no se compara a quien lo lleva. —Beso su hombro—. ¿Lo quieres? Solo di que sí y es tuyo.

Un asentimiento de su parte es suficiente respuesta. Miro a la encargada, quien parecía tener una opinión distinta respecto a la petición de mi chica.

—Nos llevaremos ese vestido. —Vuelvo la mirada a Alicia —. Continúa con los demás, aún tienes mucho que probarte.

Alejo las manos de su cuerpo, al instante extraño el calor de su piel y la corriente que se creaba en el aire cada vez que la tocaba. Pero debía mantener las manos lo más lejos posible, quería que se sintiera cómoda, y que si terminábamos acostándonos, fuera únicamente porque ella lo deseara. Mis ganas de poseerla en esta ocasión quedarían fuera del tablero.

Regreso a mi lugar y todo transcurre con calma por la próxima hora. Pero el ambiente cambia en cuanto me pide que la ayude con el cierre de su vestido. La mujer se había ido a atender a una mujer que acababa de llegar, por lo que estábamos solo ella y yo en esta habitación.

Entro al probador, sintiendo la tensión en el aire. Alicia estaba usando un vestido semitransparente, podía ver todo su cuerpo, a excepción de sus pechos y su entrepierna. Había encaje y piedrecitas de oro en el resto del vestido.

Miro su espalda desnuda, cuando levanta su cabello para que pueda ver mejor y subir el cierre. Doy dos pasos para estar más cerca, tomo el tirador del cierre entre mis dedos y lo subo sin apartar la mirada de ella. Tenía las pupilas dilatadas y su respiración se había acelerado.

—Listo. —Tenía la voz ronca y cada vez era más consciente del calor que desprendía su cuerpo. Mis barreras se tambalean cuando se relame los labios y baja la mirada a mis labios, subiéndola luego a mis ojos—. Alicia... —digo su nombre en una especie de súplica.

Tenerla cerca era una tortura para mi autocontrol, y que me mirara como lo hacía ahora no ayudaba en mi tarea de ser un caballero para ella.

En contra de todo lo que era correcto, doy un paso hacia ella y dejo mis manos sobre su cintura. Esta se sentía pequeña entre mis manos, ella era pequeña ante mi cuerpo, pero no por eso era menos peligrosa.

Ella podría doblegarme a sus pies si quisiera.

—Estoy intentando ser un buen hombre, Alicia, pero dejaré de serlo si sigues mirándome así.

—¿Cómo se supone que te estoy mirando, Camillo?

Cierro los ojos al escuchar la manera en la que dice mi nombre, su acento ruso acariciaba cada una de sus letras, incitándome a provocarla para que lo dijera de otra manera.

—Como si quisieras que te follara contra esa pared —susurro sobre su oído—, y todos en esta puta tienda escuchen lo bien que te hace sentir mi polla en tu estrecho y cálido interior.

Se le entrecorta la respiración y sus pupilas se dilatan hasta que el iris de sus ojos es casi invisible.

—¿Y qué pasa si quiero que lo hagas?

—Te encanta joder mi autocontrol, ¿no es así, preciosa? —pregunto y ella sonríe de medio lado.

—Es divertido hacerlo.

Tiro de sus caderas hasta que mi miembro erecto toca su precioso culo. Lamo su lóbulo y tiro de él, arrancándole un suave gemido.

—Te dije que te castigaría por apuñalarme. —Me enderezo y retrocedo un paso—. Así que aquí lo tienes, *principessa*.

Salgo del probador, sintiendo sus pasos detrás de mí.

—Esa no es la única razón por la que no me tocarás, Camillo —dice ella y me detengo.

—Por la que «aún» no te tocaré, preciosa.

—No tienes que culparte por lo que pasó. —Tenso cada uno de mis músculos cuando la escucho, me rodea y se detiene frente a mí—. Yo sabía muy bien dónde me estaba metiendo, Camillo, y no es tu culpa que tu madre sea una loca rencorosa.

—Por las decisiones de mi hermano y las mías, te dañaron a ti y a la mujer que ahora es mi cuñada de la peor manera, y eso jamás podré perdonármelo, sin importar lo que digas.

Se aproxima dubitativa, pero toma mi rostro entre sus manos y me acerca al suyo.

—Yo nunca te culpé por lo que pasó, yo también tomé mis

decisiones, y, por más que no quiera, tendré que aprender a vivir con esos recuerdos. —Sus pulgares se deslizan por mis mejillas, llevo las manos a sus caderas y cierro los ojos deján- dome llevar por sus suaves caricias—. Pero aun así, te perdono, porque sé que eso es lo que buscas al tratarme como una princesa.

—Eres una princesa, y no lo hago solo por eso, sino porque te amo —susurro.

—Y yo también, Camillo. —Besa la comisura de mis labios —. ¿Sabes cómo sé que el lugar correcto es contigo?

Mi corazón se acelera al escucharla.

—¿Por qué?

—Mi papá me dijo una vez que cuando un hombre nos tratara como él lo había hecho durante toda nuestra vida, y que nos diera todo lo que nos merecemos, ese día nos dejaría ir sin protestar. Porque sabría que sus hijas ahora estaban en los brazos de un hombre igual de bueno que él.

—Estoy seguro de que no soy ni la mitad de bueno que tu padre.

—Para mí sí lo eres —susurra.

El impacto de sus labios contra los míos me toma por sorpresa, pero no dudo en devolverle el beso. Sus labios eran dulces y suaves, estos se movían con delicadeza sobre los míos, estaba llevándome a su ritmo.

Pero como el hombre autoritario que era, llevo una mano a su nuca y ladeo su cabeza, metiendo mi lengua al interior de su boca. Un gemido queda ahogado entre ambos en cuanto mi lengua toca la suya.

Sus manos van a mi cabello y tiran de él hasta que gruño, mi cuerpo deseaba más, pero me obligo a detenerme y rompo el beso.

Nuestras respiraciones eran un desastre, pero una sonrisa

recorre mis labios al ver que su labial se ha corrido. Dejo un beso en su frente.

—Vamos, se hace tarde y no podemos andar de noche por las colinas.

Regresa al vestidor y se pone la ropa con la que había llegado. Le doy mi tarjeta a la encargada, pagamos y nos vamos de ahí.

Había perdido la cuenta de toda la ropa que se había probado, pero recordaba muy bien que cada prenda parecía haber sido diseñada para ella.

Ahora lo que me faltaba para culminar este día era no caer ante la gran tentación que Alicia Voronin era para mí.

TREINTA Y DOS

Camillo Coppola

Había investigado sobre la cabaña en la que se quedaría Alicia, era un lugar pequeño y se encontraba escondido entre dos colinas. Para que pudieran llegar a ella deberían tener a alguien que conociera cada sendero de estas montañas.

De igual manera, no me sentía seguro dejándola sola, por lo que un grupo de mis hombres llegaría por la mañana con la única tarea de cuidarla y darle cualquier cosa que necesitara.

El sol caía para darle paso a la noche, íbamos en una camioneta 4x4, ya que no podíamos llegar en mi deportivo a la cabaña. Alicia estaba dormida en mi regazo, tenía los brazos alrededor de ella, me aferraba a su cuerpo temiendo que en cualquier momento pudiera desaparecer. Una semana lejos de ella me recordó lo que se sentía tenerla lejos.

Quito los mechones rubios de su rostro, se había hecho un corte de pelo. Aunque la diferencia era muy mínima, estaba ahí. Sus labios se encontraban entreabiertos mientras respiraba de forma pausada.

Verla dormir me transmitía calma, calmaba todo en mi interior.

Sigo el contorno de su nariz con mi dedo índice hasta llegar al borde de su labio superior. Se mueve entre mis brazos, escondiendo el rostro en mi cuello. Sonrío, hasta dormida intentaba huir de mí.

Lo que ella quizás no sabía era que no podía dejarla ir. Huyó de mí durante un año, durante ese tiempo jugó con mi mente hasta adueñarse completamente de ella, y en el proceso también lo hizo de mi corazón y mi cuerpo.

Con Alicia ahí, durmiendo en mis brazos, me doy cuenta de que si me hubiera dado cuenta antes de lo que sentía por ella, podría haber detenido todo. Mi madre hubiera ido por ella y Elaine, pero habríamos dado todo por protegerlas.

Pero cuando algo tenía que ser, no importaba cómo sucedieran las cosas, se daría sin importar qué.

Tomamos caminos y decisiones equivocadas, pero tenía a mi chica en mis brazos y estaba más que feliz por ello.

La camioneta se detiene de golpe y por instinto llevo una mano al frente, y con la otra retengo a Alicia contra mi cuerpo, para que el impulso no la despierte.

Miro por la ventanilla, viendo a un par de kilómetros una cabaña de madera caoba de dos pisos.

—Hasta aquí podemos llegar, señor, los árboles obstruyen el camino —me informa el conductor.

—Bajen todo y llévenlo adentro, después pueden irse —ordeno.

—Enseguida, señor.

Comienzan a hacer lo que les pido y me pongo en la tarea de despertar a *la mia principessa assonnata*.

Paso mi nariz por la curva de su cuello. Su piel estaba tibia por el calor que le transmitía mi cuerpo. Dejo una línea de besos por su cuello hasta llegar a su oreja, luego sigo el mismo recorrido hasta llegar a la comisura de sus labios, donde estampo un suave beso.

—*Principessa russa* —digo sobre su oído.

Enseguida se mueve. Ahogo un suspiro cuando su trasero queda sobre mi polla y esta no duda en recibirla con una «muy dura» bienvenida. Y como si la sintiera, vuelve a moverse sobre ella. Aprieto la mandíbula, sintiendo como ambas partes encajan a la perfección.

Bendito sea el día en que esta mujer nació.

—Preciosa, deja de moverte.

—¿Por qué? —dice con voz soñolienta—. Estoy cómoda así.

—Seguro que lo estás. —Río, ella estaba cómoda y a mí se me estaban poniendo las pelotas azules—. Ya llegamos a la cabaña.

Eso parece despertarla lo suficiente, porque se da la vuelta sobre mi regazo y mira por la ventanilla. La fricción de su trasero contra mi entrepierna me hace reprimir un gruñido.

Iba. A. Matarme.

—Es hermosa —susurra.

Miro el brillo en su mirada cuando la conecta con la mía.

—Sí, es hermosa —digo, y no hablaba de la cabaña.

Abre la puerta y baja del coche. Siento que vuelvo a respirar cuando me acomodo en mis pantalones. Esperaba que el frío que hacía me bajara la erección.

La sigo a pasos lentos, viendo cómo trota al interior de la cabaña. Me había equivocado cuando dije que esta era pequeña, tenía la apariencia de serlo. El interior estaba decorado con un estilo antiguo, pero le daba cierto aire de elegancia. En el primer piso se ubicaban la cocina, la sala de estar, un comedor, un pequeño estudio y un *jacuzzi*.

Subo al segundo piso, siguiendo el sonido de su voz, pidiendo que dejen las bolsas en el suelo. El lugar solo tenía una habitación, una cama matrimonial en el centro, el baño se encontraba frente a esta, un armario abarcaba toda la pared derecha y en la izquierda había una pared de cristal, esta daba al bosque, donde no había más que pinos a nuestro alrededor.

—Gracias por traerlas hasta aquí, no tenían que hacerlo —dice Alicia dirigiéndose a mis hombres.

Tres de ellos la miran como si estuviera loca.

«Sí» tenían que hacerlo, ya que yo lo había ordenado.

—Pueden irse.

—Señorita Voronin. —Se despiden con un asentimiento de cabeza—. Señor.

Escucho el clic de la puerta al cerrarse y minutos después el rugir de los motores.

—¿Qué quieres hacer ahora? —Doy un paso hacia ella con las manos en los bolsillos—. ¿Comer? ¿Dormir? ¿O darte un baño?

—Creo que un baño estaría bien, la hamburguesa no me dejó espacio para nada más.

Asiento y me dirijo al baño. Tenía buen tamaño, había una tina y una ducha. Abro la llave en la tina y dejo que se llene. Me arremango las mangas y esparzo por la tina un aceite con olor a lavanda. La tina se llena de espuma en segundos, cierro la llave cuando siento que la temperatura del agua está bien.

Regreso a la habitación y encuentro a Alicia enfundada en una bata de seda blanca. Suponía que la habían dejado aquí, al igual que a las toallas del baño.

—Ven. —Le tiendo la mano y entrelaza nuestros dedos—. Voy a bañarte.

Pone los ojos como platos, luego mira la tina, y después a mí.

—Puedo bañarme yo sola.

—Pero yo quiero hacerlo.

Asiente, y antes de que pueda mentalizarme de que tengo que verla desnuda para hacerlo, se quita la bata y la deja caer a sus pies.

La recorro con la mirada sin poder contenerme, tenía los pezones endurecidos, su suave piel me pedía a gritos que dejara mis marcas en ella. Desciendo hasta llegar a su entrepierna: una capa de vello cubría su sexo. Me gustaba verla así, al natural, había algo excitante en ello. Sigo con mi recorrido apreciando sus largas piernas. Una sonrisa recorre mis labios al ver el rosado claro con que estaban pintadas las uñas de sus pies.

—No sabía que te gustaba el rosado —digo subiendo la mirada hasta llegar a esos ojos que sabían cómo doblegarme.

Se encoge de hombros y se mete a la tina.

Eso estaba mejor, la espuma no dejaba nada a la vista, por lo que la tentación no era tan grande. Se había recogido el cabello en un moño, dejando que se aprecie la piel de su cuello.

Tomo la esponja y la sumerjo en el agua, luego comienzo a pasarla por sus hombros y clavícula. Hecha la cabeza hacia atrás y cierra los ojos. Pongo toda mi atención en su piel y en tocarla solo cuando sea necesario.

Termino con sus hombros y su cuello, pero cuando rozo el valle de sus senos, su respiración se acelera. Ignoro su mirada sobre mí y continúo bañándola. Bajo por su estómago al terminar con sus pechos.

—Levanta las piernas —pido.

Las levanta, dejando solo sus rodillas a la vista, tallo sus muslos con la esponja, luego sus piernas y por último los dedos de sus pies. Se retuerce cuando paso la esponja por la planta de estos.

—Tengo cosquillas —explica.

—¿Dónde más? —pregunto, mi curiosidad aumenta cuando me da una mirada llena de nerviosismo.

—No voy a decirte.

—¿Por qué no? —replico y entrecierra los ojos.

—Ambos sabemos que eso sería como entregarte un arma cargada.

Dejo la esponja y camino hasta estar a la altura de su cabeza.

—Si no me lo dices, lo descubriré yo.

—No te atreverías, Camillo Coppola.

Sonrío.

—Pruébame.

Lo siguiente que sé es que ha salido de la tina corriendo, pero la tomo de la cintura antes de que pueda llegar a las escaleras. La dejo en la cama con cuidado, no quería lastimarla.

Aprisiono sus manos por encima de su cabeza.

—No debiste intentar huir de mí, preciosa —le recrimino y sonríe.

—Lo sé, siempre me atrapas.

Nos quedamos en silencio, siendo conscientes de su cuerpo desnudo bajo el mío. Teníamos las piernas entrelazadas, por lo que, si me movía un poco, podía sentir el calor de su sexo contra mi muslo.

—Camillo.

—¿Sí, Alicia?

Tenía las pupilas dilatadas y no necesitaba verme a un espejo para saber que las mías se encontraban igual.

Baja la mirada a mis labios y vuelva a subirla. No necesitaba palabras para explicar esa mirada.

Nuestros labios chocan sin previo aviso, suelto sus manos y las lleva a mi cabello, tirando de él. Yo llevo las manos a su cintura y la acerco a mi cuerpo: nuestros sexos se tocan y ambos reprimimos un gemido.

Nuestras lenguas deciden aparecer, y siento como un escalofrío recorre mi cuerpo cuando la suya acaricia la mía con aire seductor. Baja las manos a mi pecho y me desabotona la camisa.

Acaricia mi piel desnuda y dejo sus labios para besar y marcar su cuello. Gime al sentir el roce de mis dientes sobre él.

—Camillo...

Jadea, toma una de mis manos y la lleva a su entrepierna.

—Carajo, Alicia. —La acaricio, sintiendo como se estremece bajo mi cuerpo—. Así es como estabas hace rato en la tienda, ¿no? Húmeda y lista para que mi polla te llenara.

En respuesta a mis palabras, levanta la cadera.

Pellizco su clítoris y doy suaves caricias en él, estaba hinchado y muy resbaladizo, así como el resto de su sexo. Presiono mi dedo medio contra su entrada y me deslizo en su interior.

La estrechez y el calor de sus paredes me reciben. Salgo de su interior y en esta ocasión, cuando vuelvo a entrar, lo hago con dos dedos.

—Hoy solo tendrás esto, preciosa, porque aún estás castigada.

—También me debes un castigo —dice y echa la cabeza hacia atrás cuando comienzo a sacar y a meterle los dedos, mi pulgar seguía trabajando su clítoris.

—Podrás dármelo cuando regrese.

Acallo sus palabras cuando la beso, la tomo con fuerza, como sabía que le gustaba. Acelero los movimientos de mi mano, sus paredes se aprietan a mi alrededor y con un grito ahogado se corre.

Dejo un beso en la curva de su cuello y saco los dedos de su interior. Estaban brillosos debido a sus fluidos, me los llevo a la boca y los saboreo. Las ganas de lamerla hasta dejarla limpia eran demasiadas, pero si lo hacía, después querría follarla para ensuciarla de nuevo, y no sabía si estaba lista para seguir mi ritmo tras la cirugía y el coma.

Necesitaba que se recuperara por completo.

Levanto las sábanas y nos cubro con ellas. Descansa la cabeza sobre mi pecho, escuchando el latir acelerado de mi corazón, y beso su frente.

—¿Vas a irte por la mañana?

Pude escuchar la tristeza en su voz al hacer esa pregunta.

No quería que me fuera y yo tampoco quería hacerlo. Pero era necesario.

—Estaré contigo en un par de días. —Acaricio su espalda de manera distraída—. ¿Cuándo regresarás a casa?

—Regresaré definitivamente en mi cumpleaños.

Asiento.

Tenía entendido que iría al funeral de Dimitri y luego al cumpleaños de su madre. Unos días después era el suyo.

—Iré a recogerte al aeropuerto los días que vayas a Rusia.

Asiente. Minutos después, escucho su respiración ralentizarse, señal de que estaba dormida. No duermo en toda la noche, queriendo velar su sueño.

Adoraba la sensación de su cuerpo contra el mío, adoraba todo lo que tenía que ver con ella.

TREINTA Y TRES

Camillo Coppola

Dejé a Alicia esta mañana en la cama, durmiendo plácidamente. Quería quedarme con ella y verla despertar, pero mientras más rápido hiciera esto, más rápido volvería a su lado.

Tuvimos que convencer a Alexei de que dejara a Fiorella en nuestras manos. Sobra decir que el hombre tiene muchas ganas de asesinarla, pero entendió que, por más que tuviera cuentas pendientes con ella, nosotros necesitábamos cerrar este ciclo para poder comenzar desde cero con las personas que amábamos.

La relación entre los tres era tensa, suponía que Alexei no disfrutaba de la idea de que sus hijas estuvieran en una relación. Suponía que ningún padre quería ver a su niña crecer.

Algo se remueve en mi interior al imaginar a una pequeña con las facciones de Alicia y mías, sin duda podría matar a todo aquel que quisiera estar con mi hija. Dejo caer la cabeza contra el respaldo del asiento, sí, podía entender por qué era protector, seguramente yo sería igual.

—Espero que tu bebé sea niño —digo mirando a mi hermano.

Acababa de llegar a Rusia, habían trasladado a nuestra madre a uno de los almacenes de los Voronin hacía un par de horas. Nosotros íbamos para allá en un coche.

—Elaine reza porque sea una niña.

Hace una mueca y mira la pantalla de su teléfono por enésima vez.

—Si es niña, estarás acabado. ¿De quién esperas un mensaje?

Se presiona el puente de la nariz y suelta una maldición en italiano.

—De Elaine, discutimos antes de que me fuera. No me está dejando las cosas fáciles, los primeros días estuvieron bien, pero no está acostumbrada a decirle a alguien dónde está y con quién. Maldición, sale a la calle sin escoltas, esa mujer va a volverme loco.

Río entre dientes.

—Y espera a estar casado, ¿ya se lo propusiste? —le pregunto y él niega con la cabeza.

—No sé cómo hacerlo, quiero que sea especial, pero la mitad del tiempo discutimos por estupideces, y la otra mitad... ya sabes —Contengo una carcajada—. Es que, mierda, su maldito instructor de piano es un hombre.

—¿Para qué tiene uno? —pregunto—. Es la mejor pianista de toda Rusia.

—Dice que no importa si es la mejor del universo, necesita ser perfecta, y no puede confiar en su propio oído. —Vuelve a mirar la pantalla de su teléfono—. He atrapado al bastardo mirándole las tetas —dice y luego sisea—. Y ahora mismo está con él. Juro que conseguiré a la mejor instructora que pueda tener, pero no tendrá otra clase con ese bastardo.

Palmeo su hombro.

—Sabes que ella nunca te engañaría, está loca por ti.

—Eso lo sé, pero no me gusta que alguien más la mire. Además, no confío en que el idiota no intente algo.

—Ella le cortaría la garganta antes de que la tocara —digo recordado la habilidad que tenía con los cuchillos. Era letal al igual que Alicia con las armas de fuego.

—Pero porque tiene que ensuciarse las manos si me tiene a mí.

Una sonrisa perversa recorre su rostro.

—Ahora quiero averiguar quién es el instructor de Alicia —añado y miro por la ventanilla.

Pasamos el resto del camino en silencio, Marcello tenso como un alambre mirando cada cinco minutos su teléfono y yo recordando la noche anterior con mi Alicia.

Era preocupante la necesidad que tenía de pasar todo el tiempo a su lado, pero si tomábamos en cuenta todo el tiempo que habíamos pasado alejado del otro, suponía que no debía preocuparme por si era preocupante o no.

Era mi chica después de todo.

Bajamos del coche cuando llegamos al almacén. Se encontraba en uno de los barrios bajos de Moscú, así que nadie nos interrumpiría. El lugar estaba custodiado por un grupo de nuestros hombres, nadie vendría por ella, pero no queríamos tentar nuestra suerte.

El almacén estaba completamente vacío, la única persona en su interior era nuestra madre, atada a una silla. No importaba todo el daño que nos hubiera hecho a nosotros y a las chicas, no estábamos tan jodidos como para torturarla, solo queríamos que desapareciera de nuestras vidas para siempre.

Levanta la cabeza al escuchar nuestros pasos. Tenía el rostro demacrado, no se parecía en nada a la mujer que habíamos visto hace un par de semanas. Tenía ojeras profundas bajo los ojos y había varios golpes en su rostro. Supongo que los hombres que la encontraron no fueron delicados al traerla aquí. Un billón para llevarla con vida, aunque nunca se especificó en qué condiciones.

—Hola, «madre».

Marcello se queda unos pasos atrás, dándome un poco de privacidad.

—Creí que los había criado bien —suelta con asco—, van a tirar todo por lo que trabajamos por unas cualquieras.

—Cuidado con lo que dices —exclama Marcello.

—Puedes referirte a ellas como Voronin, Coppola o las princesas de la mafia, pero no vuelvas a insultarlas. —Doy un paso más cerca de ella—. Quiero la verdadera versión de la historia. ¡Ahora!

Ya tenía gran parte de la historia y nuestro «padre» no era inocente. Lo habían matado con toda razón, ahora lo sabía.

—Ya se los dije, el hijo de puta de Voronin lo mato y...

—Basta —grito—. Ni al borde de la muerte dices la verdad, no sé por qué pensé que al menos serías honesta en esta ocasión. Toda la vida nos has mentido y utilizado a tu favor, nunca tuvimos ni una mísera muestra de cariño de tu parte. Nos rompiste y quisiste volvernos como tú. Fría, ponzoñosa y cruel. Pero fallaste ahí, madre, porque conocimos a Sergei y él nos enseñó lo que era ser querido de verdad, así que nunca podré perdonarte por su muerte.

»¿Y sabes cuál fue tu segundo error? —No había más que odio en su mirada al vernos—. Nos lanzaste a los brazos de las Voronin sin saber que ellas nos tenían en la mira hace mucho tiempo, y no sabes cuán agradecido estoy porque fuera así. Lo único que hiciste bien fue hacer que las conociéramos. —Me inclino sobre ella—. Porque Alicia Voronin fue lo mejor que me pudo haber pasado, y espero que te retuerzas en el infierno siempre por ello.

Doy un paso atrás y miro a Marcello, quien se encontraba impasible, sin ninguna emoción en el rostro.

—¿Algo que añadir, hermano?

—No, todo lo que necesitaba decirle ya lo dijiste tú.

—Bien. —Nos ponemos uno al lado del otro y sacamos nuestras armas—. ¿Últimas palabras? —le pregunto a madre.

—Espero que se arrepientan siempre de esto.

—Adiós, madre.

—Adiós, madre.

El sonido del arma al ser disparada inunda el lugar. Dos agujeros adornan el rostro de Fiorella Coppola, signo de que no abriría los ojos nunca más.

Su muerte siempre estaría en mi conciencia, pero podría vivir con ello. La guerra había terminado, al igual que las venganzas y las mentiras.

Algo que comenzó años atrás, por fin había llegado a su fin. Ahora solo quedaba vivir al lado de la mujer que amaba, deseaba formar una familia a su lado y ser feliz, si era posible, por siempre.

Saco mi teléfono y marco su número, espero un par de tonos hasta que responde con voz soñolienta.

—¿Está todo bien?

—Lo está, preciosa. —Miro la tarde caer, deseando estar a su lado—. Voy de regreso a ti y no planeo ir a ningún otro lado nunca más.

—Aquí estaré esperándote, mi querido Camillo.

—*Ti amo, la mia principessa.*

—*Ya lyublyu tebya Kamillo.*

Sí, ahora tenía la certeza de que tendría una vida feliz. Siempre y cuando fuera a su lado.

TREINTA Y CUATRO

Alexei Voronin

Podía oír sus palabras, «lamento tu pérdida», «mi sentido pésame», pero sentía que todo en mi interior estaba entumecido. Se acercaba una tormenta a medida que pasaban los minutos y segundos, pero el funeral apenas comenzaba.

Una mano cálida se desliza en la mía, levanto la mirada para encontrarme con el hermoso color chocolate de los ojos de mi Ana. Me muestra una pequeña sonrisa y luego mira al frente.

A mi izquierda dos manos se aferran a mi brazo, mis dos princesas ya estaban aquí. Dejan un beso en mi mejilla y luego se acercan al ataúd.

Las personas se arremolinaban a nuestro alrededor. Varias mujeres lloraban y sollozaban, en los que ellas consideraban «silencio». El sacerdote de la familia aguardaba a que todos tomaran asiento para dar inicio a la ceremonia.

Mis hijas recitan unas palabras sobre el ataúd de su abuelo, despidiéndose y prometiéndole que se encontrarían en otra vida, o si Dios lo creía correcto, en el paraíso.

Estábamos en el cementerio de los Voronin. La única vez

que puse un pie aquí fue para enterrar a mi abuelo Antonio, aunque no visitaba su tumba porque odiaba los cementerios. Son un claro recordatorio de que no siempre estaré con los que amo.

—*Pakhan*, ¿podemos comenzar? —dice el sacerdote.

No me habían llamado así en años, lo consideraba algo muy formal, así que prefería que me llamaran «Señor» o «Sr. Voronin».

Asiento, dando mi autorización al sacerdote.

—Queridos hermanos y hermanas, estamos reunidos el día de hoy para celebrar el alma del difunto Dimitri Antonioevich Voronin, a quien, de todo corazón, expreso mi compasión humana, como también a todos los miembros de su familia...

Dejo de escuchar en cuanto dice esas palabras.

Mi padre también odiaba los funerales, si estuviera aquí, de seguro tendría el ceño fruncido y pondría los ojos en blanco por todas las mujeres que lloraban. Cuando la mayoría de ellas no había visto al difunto más de dos veces en su vida.

El recuerdo llega a mi mente como una película. Siempre apostábamos a ver cuál sería la primera mujer en caer de rodillas frente al ataúd, llorando desconsoladamente. Él siempre ganaba.

Siento un nudo en mi garganta al ver como todos se arrodillan alrededor del ataúd de mi padre. Los sigo, aun cuando yo no debía hacerlo, pero no me importaba, mi padre había sido el mejor y había hecho de todo para que me convirtiera en el hombre que soy ahora. Le debía la vida que tenía, ya que él me la había concedido, le debía la hermosa familia que tenía ahora, por él tenía a la mujer que amaba y a mis hijos.

Había llegado a este mundo sin nada y él me lo había dado todo.

—*Pakhan*, puede decir unas palabras si lo desea.

Asiento ante las palabras del sacerdote, me pongo de pie y con pasos firmes me detengo frente al ataúd.

Había ordenado que estuviera cerrado, nunca le gustó que lo vieran débil, y mucho menos desarreglado. Así que esperaba estar cumpliendo uno de sus deseos no dichos.

Intercambio una mirada con Lucios, luego la paso por todas aquellas personas que habían apoyado a mi padre a lo largo de su vida, y por último me detengo en mi esposa. Una sonrisa suya era suficiente para darme la fuerza de iniciar.

—Sé que seguramente muchos de ustedes conocieron a Dimitri Voronin como un líder y un rey de la mafia, pero otros lo conocimos como un aliado, un amigo o un padre. Yo entro en la última categoría, como sabrán —digo y un coro de risas inunda el lugar por unos segundos—. Si tuviera la oportunidad de desear algo ahora mismo, sería tener la oportunidad de recordar el día que me encontró en ese orfanato. Mi padre nunca creyó en el matrimonio, por lo que tuvo que ingeniárselas para tener a un heredero —me señalo con una pequeña sonrisa en el rostro—, seguramente había muchos niños en ese lugar, pero por alguna razón, me escogió a mí.

»Nunca pude preguntarle lo que vio en mí —susurro, aunque todos podían oírme—. Sería imposible para mí encontrar las palabras de agradecimiento y respeto. Pero no habrá un día en el que no recuerde a mi padre y todo lo que me enseñó. Como ser un buen hijo, amigo, líder y padre. —Trago saliva—. Para muchos, quizás era un hombre frío, incluso un asesino. Pero había mucho más ahí de lo que incluso yo pude llegar a ver. Dimitri Voronin fue mucho más que un líder, siempre ayudó y apoyó lo que creía correcto, incluso cuando en nuestro mundo es difícil distinguir entre lo bueno y lo malo.

»Él siempre será mi héroe, el hombre que me acompañaba cuando tenía pesadillas o me leía un cuento de buenas noches,

aun cuando odiaba esas historias, pero sabía que me encanta-
ban. —Pongo la rosa blanca que llevaba en mi mano izquierda
sobre la tapa del ataúd—. Espero que donde sea que estés
puedas descansar por fin, papá. —Me inclino y beso el ataúd—.
Prometo hacerte sentir orgulloso lo que me queda de vida. Nos
veremos de nuevo.

Me alejo del ataúd y regreso al lado de mi esposa e hijas.

—Le decimos adiós a un hermano el día de hoy —recita el
sacerdote—. La mafia alza sus armas una vez más en tu nombre,
Dimitri Antonioevich Voronin.

Seguido a sus palabras, todos las alzamos y apuntamos al
cielo.

—Un rey, un líder, un amigo y un padre. —Resuena un
coro de disparos—. Dejas este mundo tras haber luchado años
por él. —Otro coro de disparos—. Conquistaste el mundo,
ahora conquista el paraíso. —Disparos—. *Leti vysoko,
syn moy.*

«Vuela alto, hijo mío».

Con esas últimas palabras resuena la última tanda de disparos, luego hacemos una reverencia y las personas comienzan a
dispersarse.

Veo como comienzan a bajar el cuerpo de mi padre, pero
los detengo a medio camino. Me arrodillo, tomo el arma con la
que había disparado hace unos minutos y la pongo sobre el
ataúd.

Me la regaló en mi cumpleaños número dieciocho, como
muestra del futuro rey que sería.

—Te quiero, papá.

Continúan bajando el cuerpo hasta que toca el fondo del
agujero que cavaron. Pierdo la cuenta de los minutos que duro
en ese estado, en completo silencio, sintiendo la brisa invernal
golpear mi rostro.

Cuando los primeros copos de nieve comienzan a caer me pongo de pie.

—Aquí estaré el siguiente primero de junio.

Me doy la vuelta y camino de regreso al coche. Todos se habían ido, los únicos que me esperaban eran de mi familia.

Cuando llego a donde están, limpio una lágrima de la mejilla de Alicia.

—¿Estás bien, papá? —pregunta.

Asiento.

—Lo estoy.

La atraigo a ella y a Elaine a mis brazos, y por último dejo un beso en la frente de Klara.

La vida se había llevado a mi padre, pero a la vez me envió a dos pequeños más.

Miro el cielo nublado y en silencio vuelvo a agradecerle, aun en su muerte me dio algo más.

CUANDO LLEGAMOS a las Siete Colinas ya todos se encontraban aquí. Como era tradición, después de cada funeral las personas comían, bebían y reían. Bajo del coche en el momento en que dos figuras masculinas salen del interior de la casa.

Alicia pasa a mi lado con una sonrisa y abraza a Camillo, este le tiende un ramo de rosas rojas, pero ella niega con una sonrisa y deja un beso en su mejilla, dirigiéndose al interior.

Elaine mira con el ceño fruncido a Marcello, pero cuando llega a donde está, se lanza a sus brazos. Sonrío al ver que su pequeña discusión había quedado atrás. Ambos entran a la casa tomados de la mano.

—Me recuerdan a nosotros —susurra Klara en mi oído y

me abraza por atrás—. Discutíamos por todo al principio de nuestro matrimonio, un tiempo después encontramos un equilibrio.

—Si no recuerdo mal, discutíamos mucho antes de casarnos. —La miro por encima del hombro, encontrando su hermosa sonrisa—. Me dijiste idiota en ruso la primera vez que te vi.

—Aún me siento orgullosa de mi yo de cuatro años.

Deja un suave beso en mis labios y tira de mí hacia el interior de la casa, pero la detengo.

—Ve tú, necesito hacer algo primero.

Dirijo la mirada hacia el bosquecillo, donde se encontraba nuestro claro.

—Te espero adentro, cariño.

Espero a que entre para tomar el camino hacia la cabaña. No había tenido necesidad de regresar ahí después de que dejé a Harry, pero ahora tendríamos una última conversación.

El camino era tan familiar para mí que lo podría recorrer con los ojos cerrados. Mis hombres seguían custodiando esta zona a pesar de que el acceso aquí era casi imposible.

Me abren las puertas, dejándome pasar. El lugar estaba como la última vez, solo había una habitación ocupada, nadie más había sido torturado aquí, ya que las personas que me fallaban lo único que merecían de mi tiempo era una bala en la cabeza.

Abro la puerta, dejando a la vista a Harry. Solo había una cama y un retrete, instalado para él. Estaba acostado en la cama, intentando descifrar un cubo de Rubik. Me recuesto en el marco de la puerta.

—Hola, Harry —digo, no se inmuta ante mi voz.

—Hola, Sr. Voronin.

No aparta la mirada de su cubo, pero veo como sus músculos se tensan.

—Mi padre me dijo lo que hiciste.

Con eso logro que ponga su atención en mí.

—Yo... yo solo quería ayudar, pero... pero... Sí estuvo mal...

Niego con la cabeza.

—Gracias, Harry. —Doy un paso dentro de la habitación—. Descubriste las cámaras que Carter infiltró aquí años atrás para pasarle información a Fiorella. Y gracias a eso, pudimos rastrearla.

—¿La encontraron? —dice sorprendido.

Asiento.

—Y por eso puedes irte.

—¿Qué... qué?

Se pone de pie.

—Nunca te perdonaré lo que hiciste, a pesar de que creíste que era una buena obra, pero mi padre me enseñó que en ocasiones las personas merecen otra oportunidad.

—¿Lo dice en serio?

—Sí. Solo dime a dónde quieres ir y te llevarán, tendrás dónde quedarte y dinero suficiente para vivir el resto de tu vida.

La felicidad en el rostro del hombre me abrumó y una pequeña parte de mí se sintió culpable por haberlo encerrado aquí por diecinueve años.

—¿Puede hacerme un favor?

—Dime.

—Dígale a Anastasia que lo siento y que espero que algún día pueda perdonarme lo que hice.

—Se lo diré. —Me doy la vuelta, listo para irme—. Ten un buen viaje, Harry.

Escucho como un sollozo inunda el lugar al salir de su habitación. Me voy de la cabaña, prometiéndome destruirla.

De camino a la casa, me detengo frente al claro, donde esta historia había comenzado y donde seguramente terminaría dentro de unos años. No había sido fácil, pero después de todo, lo habíamos logrado.

—Espero que puedas verme desde el cielo, papá —digo a la nada.

Después de todo, él acababa de concederle la oportunidad de una vida a un hombre que tenía cero esperanzas de recuperarla de nuevo.

TREINTA Y CINCO

Anastasia Voronin Smirnova

DOCE DE JUNIO: CUMPLEAÑOS DE ANASTASIA

Una mano recorre mi vientre plano, me muevo, intentando seguir durmiendo. Pero la siento descender hasta perderse entre mis piernas, suaves besos recorren mi cuello hasta llegar a mi lóbulo y tirar de él.

—Alexei... —gimo al sentir una presión en mi clítoris, este ya estaba sensible e hinchado.

—Feliz cumpleaños, cariño —dice y estampa sus carnosos labios contra los míos, jadeo en busca de aire y toma eso como una ventaja para invadir mi boca con su lengua.

Tiro de las hebras de su cabello, levanto mis caderas para recibir la embestida de su dedo anular. Algo frío contrasta con el calor de mi cuerpo, creando una sensación única.

Se había dejado la sortija de matrimonio.

Pongo los ojos en blanco y arqueo la espalda al sentir otro de sus largos dedos invadirme. Se apodera de mi garganta, besándola y marcándola, entierro las uñas en su espalda cuando llega a mis pechos y muerde uno de mis pezones para después tirar de él.

—Ya quiero que estén llenas de leche. —Para darle más

fuerza a sus palabras, lo succiona, y por reflejo aprieto los músculos de mi vientre—. Eso es, Sra. Voronin, monta mi mano y córrete en ella.

Siguiendo sus palabras, balanceo mis caderas contra sus dedos, follándome y llevándome a las estrellas. Nunca me acostumbraría a la habilidad de sus dedos, siempre encontraba nuevas maneras de conseguir mis orgasmos.

Arquea los dedos tocando mi punto G, eso es suficiente para que grite su nombre mientras pequeños espasmos de placer invaden mi cuerpo. Soy hiperconsciente de su boca abandonando mis pechos para bajar a mi sexo.

—Espero que disfrutes de tu regalo de cumpleaños tanto como yo lo hago.

Su cálido aliento roza mi clítoris, enviando otra ola de placer que se asienta en mi vientre.

Me lame toda la raja, su barba incipiente agregaba un plus a su lengua cuando esta rozaba los labios de mi vagina. Cierro las piernas alrededor de su cabeza, aprisionándolo, y la única manera en que lo dejara ir sería cuando me diera mi segundo orgasmo. Entierra los dedos en mis muslos hasta asegurarse de dejar marca.

—Más. Por favor. «Más».

Una risa ronca retumba en su pecho al escuchar mi súplica, como repuesta, lleva su lengua a mi interior y uno de sus dedos le da suaves golpes a mi clítoris, proyectando las sensaciones a un millón.

—¡Oh! Maldición.

Me levanto sobre los codos y lo veo follarme con su lengua, devorándome por completo y llevándose todos mis fluidos con su codiciosa lengua. Llego al punto máximo cuando eleva la mirada y se encuentra con la mía.

Tenía los ojos turbados por el deseo y el placer, una sonrisa recorrió sus labios mientras mantenía su lengua en mi interior. Un grito gutural abandona mis labios a medida que me corro, me desplomo en la cama sintiéndome extasiada.

Pero él no había terminado conmigo, no lo haría hasta que mis piernas quedaran temblando como las de Bambi.

—Abre bien las piernas, *printsessa*, que quiero oírte gritar hasta que todos te escuchen.

Mi mente no reacciona lo suficientemente rápido a sus palabras, me penetra con fuerza, estirándome para poder adaptarme a su tamaño. Gime al sentir la familiar estrechez de mis paredes.

—Cierra las piernas alrededor de mi cintura.

Hago lo que dice.

Me rodea con sus brazos y nos pone de pie, en segundos me estampa contra la pared más cercana. Sus embestidas eran salvajes, posesivas y demoledoras. Busco sus labios entre la bruma del deseo, era un beso desincronizado, en el que solo queríamos tener más del otro hasta saciarnos. Pero aquí estaba el problema que siempre había existido, nunca nos saciábamos, siempre deseábamos más.

Rasguño su espalda en el momento en que sus estocadas se vuelven más profundas. Sus manos masajeaban mis pechos, mientras, sus labios reclaman los míos. Lo sentía en todas partes y me fascinaba.

—Te amo tanto —digo entre jadeos cuando nos separamos por un poco de aire.

Un destello de ternura suaviza sus facciones, mas no sus embestidas, las que me tenían al borde del abismo.

—Y yo a ti, cariño

Vuelve a besarme, pero esta vez es más suave y delicado.

En ocasiones, aún me sorprendía lo cariñoso que podía llegar a ser Alexei durante el sexo, cuando estaba poseído por el placer al igual que yo. Pero siempre, entre todo ese éxtasis, nos encontrábamos el uno al otro.

Con esas palabras, y sus suaves labios sobre los míos, nos corremos al mismo tiempo. Su semilla llena mi interior y mis fluidos corren por mis piernas. Nos da la vuelta y se deja caer contra la pared sin salir de mi interior, entonces quedo a horcajadas recostada contra su pecho. Acaricio la piel entre su cuello y el inicio de su cabello, estaba húmeda por la sudoración que provocaba el sexo, yo me encontraba igual o peor. Sus manos acarician mi espalda, distraídamente, mientras su otro brazo se mantenía como un grillete en mi cintura.

—Gracias por mi regalo —digo con ligereza en broma, me muevo hasta su cuello y lo beso ahí.

—Aún te espera un regalo más, pero para ese tendrás que esperar.

Río entre dientes.

—Sabes que no tienes que darme un regalo, lo tengo todo contigo y nuestras hijas. —Desliza la mano en mi cintura hasta ponerla en mi vientre—. Y llegaremos tarde a la cita con la ginecóloga si no nos damos prisa.

Deja un beso cálido en mi coronilla.

—Primero, adoro darte regalos, así que nada de lo que digas me hará cambiar de parecer. —Besa mi mejilla—. Y segundo —añade y se mueve dentro de mí en una suave embestida—, la ginecóloga puede esperar.

Íbamos quince minutos tarde, nuestra sesión de sexo matutina se había alargado, aunque sinceramente, no podía quejarme. Aún tenía las piernas algo temblorosas, y por momentos Alexei tenía que tomarme de la cintura mientras caminábamos por los pasillos de la clínica.

—Es el piso, está muy resbaladizo y los tacones no ayudan —dije cuando trastabillé por primera vez.

—Por supuesto que sí —dijo, pero por la sonrisa que tenía en el rostro supe que no se había creído mi pobre mentira.

La sala de espera de Ginecología estaba vacía, miro a la recepcionista y me acerco a ella. Alexei se queda atrás un par de pasos.

—Buenos días, señorita —le digo con una sonrisa en el rostro—, soy la Sra. Voronin y tengo una cita con la Dra. Natascha. —Miro de nuevo a mi alrededor con el ceño fruncido—. Aunque parece que no se encuentra.

La mujer mira por encima de mi hombro y después a mí.

—Oh, sí se encuentra, Sra. Voronin, en realidad, está esperando por usted.

—Pero debería estar atendiendo a otro de sus pacientes, llego quince minutos tarde.

Niega.

—Su única cita hoy es usted, Sra. Voronin. —Se inclina hasta quedar un poco más cerca de mi rostro—. Todas sus pacientes cancelaron cita y las corrieron para mañana.

Tardo unos segundos en comprender, me volteo y miro a mi esposo, quien sospechosamente tenía gran interés en unos folletos sobre las etapas del embarazo. Ya habíamos pasado por un embarazo de nada más y nada menos que de gemelas.

—Gracias, señorita.

Me alejo de la recepción y me acerco a donde está Alexei, quien evade mi mirada de manera inteligente.

—Hiciste que todas cancelaran sus citas.

—No sé de qué hablas.

Entrecierro los ojos. Esa fue una respuesta demasiado rápida.

—Por poco y te crece la nariz como Pinocho. —Niego con la cabeza y lo tomo de la mano—. Vamos, la doctora nos está esperando.

Llamo a la puerta, y tras escuchar el «pase», entramos. Había visitado esta consulta un millón de veces, Natascha había llevado el control de mi primer embarazo y también llevaría el de este.

Me recibe con una sonrisa y le doy un abrazo.

—¿Cómo estás, cariño? ¿Qué tal va ese pequeño?

Acaricia mi vientre y me guía a la camilla.

—Todo va bien —le digo y me acuesto, levanto mi camisa de seda azul claro y «Nat» me desabrocha los pantalones para tener acceso a la piel de mi vientre.

—En ocasiones, se cansa demasiado y ha estado vomitando mucho —dice Alexei, no puedo evitar sonreír ante su preocupación, tomo su mano y la llevo a mis labios, depositando un beso en ella.

—Es normal, y a su edad hay que ser consciente de que su cuerpo se agotara más rápido que antes.

Toma el Acuagel y lo esparce por mi vientre, los vellos de mis brazos se erizan al sentir lo frío que está.

—Te recomiendo lo mismo que con tu anterior embarazo, haz ejercicio e ingiere comida saludable. —Pone el ecógrafo sobre mi vientre y comienza a moverlo—. Lo único nuevo será que vengas dos veces todos los meses y no una vez.

—¿Por qué? —pregunta Alexei antes de que yo pueda hacerlo.

—Porque este embarazo tiene sus riesgos por la edad, pero las probabilidades que todo salga bien son muy altas.

Siento como se tensa, así que acaricio su mano, atrayendo su atención.

—Todo estará bien, te lo prometo —le digo.

En realidad no podía asegurárselo, pero muy dentro de mí sabía que todo saldría bien.

Pasan unos minutos hasta que esa arruga en su frente se borra.

—Está bien, cariño.

—Vean, aquí lo tenemos. —Ambos miramos la pantalla—. Aún está pequeño, pero por aquí está su cabecita y aquí vendrían estando sus piecitos. —Las lágrimas comienzan a correr por mis mejillas, sonrío al ver como se mueve un poco, dejando su rostro a la vista—. Será un bebé muy guapo.

—¿Usted también cree que será niño? —pregunta Alexei.

—Puede que lo sea, tomando en cuenta que ya tienen dos niñas, aunque no se sorprendan si es niña.

Pasamos unos minutos más viendo a nuestro bebé. Me sentía feliz, estaba sano y crecía muy bien.

Estaba ansiosa por conocerlo.

Alexei estuvo actuando muy extraño desde que regresamos a casa. No me quería dejar salir del mirador y mis hijas habían estado extrañamente silenciosas, y ellas nunca lo estaban.

Cambio de posición en el sofá y paso la página de mi libro. Era uno de fantasía con romance, trataba de una chica que era nadadora olímpica y que un día comenzó a tener algo parecido a visiones en las que se le aparecía un hombre con extraños tatuajes en el cuerpo, diciéndole que «la había estado esperando por siglos». Hasta ahora me tenía enganchada, pero no tanto como para pasar por desapercibido lo que sucedía en mi casa.

Me dejo caer sobre mi espalda, mirando el atardecer que comenzaba a formarse en el cielo. La vista aún me dejaba sin aliento, de toda la casa, el mirador era mi lugar favorito, y del exterior, el claro en el que nos conocimos Alexei y yo.

—Cariño.

Me pongo de pie al escuchar su voz.

—¿Ahora sí me dirán qué traman?

Alexci estaba acompañado de nuestras hijas, y entre los tres cargaban un cuadro cubierto por una sábana blanca.

—Llevamos trabajando en esto durante meses y esperamos que te guste, mamá.

Los miro, expectante, y con la emoción creciendo en mi interior.

Elaine quita la sábana, dejando a la vista un cuadro de todos nosotros.

Alexei se encontraba a mi lado, rodeándome por la cintura. Alicia estaba a mi lado y Elaine al lado de su padre. Lorenzo, Roxanne y los niños también estaban, pero lo que hacía especial esta pintura era que mi padre y Dimitri salían en ella. Papá estaba entre Alicia y yo, y Dimitri entre Elaine y Alexei.

El marco de la pintura estaba decorado con huellas de manos de distintos tamaños. El fondo era nuestra sala, lo que le daba un fondo colorido y cálido. Frunzo el ceño al ver un espacio en blanco en la parte inferior de la pintura.

—¿Qué va ahí?

Los tres sonríen.

—Las manos del bebé —responde Alicia.

—Papá la modificó en cuanto supo que estabas embarazada —continúa Elaine.

Me cubro la boca con la mano, era perfecta. Todos los que amaba estaban ahí.

—Me encanta, es preciosa.

Me acerco y los abrazo.

—Eso nos tranquiliza un poco, trabajamos mucho en ella —dice Alicia.

—Querrás decir que trabajé horas en ella mientras tu madre dormía.

Sonrío ante las palabras de Alexei.

—Oye, mira que nosotras usamos inteligencia artificial para ayudarte con la pose de mamá — contrataca Elaine.

Los miro a los tres sin poder creer la increíble familia que tenía. Este, sin duda, era el mejor cumpleaños que había tenido. Esperaba que papá llegara pronto a casa para que la viera y que Dimitri estuviera viendo la hermosa pintura desde el cielo.

TREINTA Y SEIS

Alicia Voronin Smirnova

DIECISIETE DE JUNIO: CUMPLEAÑOS DE ALICIA Y ELAINE

Los hombres de Camillo me llevaron al aeropuerto ayer por la noche, para así poder estar en Rusia al amanecer. El día de mi cumpleaños había llegado. Hoy no solo era el día en el que había nacido, sino el día que regresaba definitivamente a la sociedad después de pasar casi tres semanas en Canadá.

Camillo había estado conmigo la mayor parte de esos días, pero me había dado mi espacio y en ningún momento me presionó. Lo único que habíamos hecho era comer, conocernos mejor, explorar el bosque a nuestro alrededor y dormir abrazados.

Nada de sexo.

Y eso me tenía muy frustrada.

Quería que me tomara como él solo sabía hacerlo, que terminara de borrar las huellas de ese día.

Esperaba que eso cambiara hoy.

El piloto avisa de que estábamos a punto de aterrizar y me abrocho el cinturón de seguridad. Camillo estaba esperando por mí, insistí en que volara conmigo, pero quería llegar antes que yo.

Suponía que se debía a mi regalo de cumpleaños. Yo no le había pedido nada, pero él insistía en gastar su dinero en mí. Durante estas semanas, estuvo dándome flores todos los días, pero no había dado con mis favoritas. Mi corazón se aceleraba cada vez que lo veía acercarse con una pequeña sonrisa en el rostro y la esperanza inundando su mirada, esperando dar en el clavo.

Esperaba que le hubiera preguntado a Elaine en este punto, porque por sí solo no creía que pudiera hacerlo. Esas flores no las encontraría aquí en Rusia, ni en ningún lugar donde hiciera tanto frío.

La turbulencia sacude el *jet* a medida que aterrizamos, miro por la ventanilla, viendo la pista de aterrizaje. Estaba eufórica por regresar al fin, y más que nada, quería volver a bailar. Sería un tanto difícil encontrar mi equilibrio de nuevo, pero una vez que aprendías a caminar, tu cuerpo no lo olvidaba.

En cuanto el *jet* se detiene, tomo mi mochila y me apresuro a la puerta, la azafata me recibe con una sonrisa y la abre. Estaba ansiosa por bajar. Las maletas las bajarían después, me había ido con una mochila y había regresado con tres maletas llenas de ropa y accesorios.

Al poner un pie afuera, me estremezco ligeramente al sentir lo fría que estaba la brisa. Estaba acostumbrada a las bajas temperaturas, pero al parecer mi cuerpo solía olvidarlo.

Al final de las escaleras me esperaba Camillo.

Usaba un abrigo que parecía ser grueso, pero no ocultaba lo tonificado de sus músculos, ni lo hacía parecer bajo de estatura, como de seguro sería en mi caso. Sonrío al ver lo que sostiene en su mano, un ramo de girasoles.

Cuando llego al segundo escalón, me lanzo a sus brazos, él

no duda en agarrarme, entonces rodeo su cintura con mis piernas y me aferro a su cuerpo. Se veía más guapo, o al menos, era así desde mi punto de vista. Para mí, siempre estaba más guapo.

Un brillo ilumina su mirada, dándole un cálido toque al frío gris que normalmente tenía impreso en ellos.

Lo tomo de las mejillas y uno nuestros labios. Con su mano libre, me coge de la nuca y ladea mi rostro, tomando control del beso e invadiendo mi boca con su lengua cálida y ávida.

Tomo su cabello entre mis dedos, adoraba cuando lo cargaba desordenado, así podía tirar de él con facilidad. Gimo cuando roza mi labio inferior con sus dientes para después tirar de él y lamerlo, creando una sensación cosquillosa que recorre toda mi columna.

Abro los ojos, perdiéndome en su mirada, ahora esta tenía algo más.

Deseo puro y carnal.

El mismo que recorría cada centímetro de mi piel en este momento.

—*Buon compleanno, bella.*

—*Grazie, amore mio* —susurro sin dejar de mirarlo. Una sonrisa tira de sus labios al escucharme hablar en su lengua natal.

Pone los girasoles en mi campo de visión y los tomo, me impregno de su aroma. Cada vez que tenía la oportunidad de ver u oler unos, me transportaba a un lugar cálido, como California, la playa o una tarde en la piscina bajo el sol.

—¿Qué tuviste que darle a Elaine para que te dijera lo de los girasoles?

Su mirada reluce, divertida, besa mi mejilla y nos lleva al coche.

Me sube a este y me deja sobre su regazo, adoraba estar entre sus brazos. Gracias a él había superado mi aversión al contacto físico. El chofer se pone en movimiento y suben el cristal polarizado que nos proporcionaba privacidad.

—La ayudé a escapar de los guardaespaldas que le puso Marcello —responde cuando su atención estaba en uno de los mechones de mi pelo.

Una carcajada escapa de mis labios, pero era imposible contenerla, mi hermana odiaba los guardaespaldas, ambas lo hacíamos, podíamos cuidarnos nosotras mismas.

—Adoro cuando haces eso —me dice y yo lo miro sin comprender.

—¿Qué cosa?

—Reírte, no de forma tímida, como lo haces la mayor parte del tiempo, sino así, desinhibida y libre.

Siento como mis mejillas se calientan ante sus palabras.

—Marcello va a matarte —digo, intentando cambiar de tema.

Agarra una de mis nalgas y me atrae hasta que nuestros pechos se rozan, lleva la mano a mi mejilla y la acaricia.

—Vale la pena después de haber visto la felicidad en tu rostro al oler esos girasoles.

Me inclino y lo beso.

Me tomo mi tiempo en provocarlo y saborearlo. Tenía un objetivo además de pasarla bien en mi cumpleaños, y era obtener más que sus dedos o boca. Se había estado conteniendo por tres semanas y me tenía al borde de la locura.

Cuando comienzo a cantar victoria, detiene los movimientos de mi entrepierna contra la suya al poner una mano en mi cintura. Estaba duro y su cuerpo deseaba más, pero algo lo detenía.

—Paciencia, preciosa, que después no podrás caminar.

—¿Y quién necesita caminar? —digo enfurruñada, me había adelantado en cantar victoria.

—Espero que recuerdes tus palabras mañana.

La llama de la esperanza regresa a mi pecho al escucharlo.

¡Sí!

Miro por la ventanilla, dándome cuenta de que este no era el camino a mi casa.

—¿A dónde vamos?

—Es una sorpresa.

Intento bajarme de su regazo para acomodarme a su lado, pero me detiene y cierra sus brazos como grilletes en mi cintura.

—No te muevas, solo quédate así.

Para molestarlo un poco, dejo caer todo mi peso sobre su miembro.

Gime y, en contra de sus palabras, empuja contra mi sexo.

—¿Así?

Ladeo la cabeza inocentemente.

Palmea mi trasero.

—Quieta.

Por la tensión de sus músculos, solo haría falta un empujón más para que cediera, pero decido quedarme tranquila. Después de todo, podía provocarlo el resto del día.

No podía ver por dónde caminaba, ya que Camillo había puesto la corbata de su traje alrededor de mis ojos.

—¿Falta mucho? —pregunto.

—Menos que la última vez que preguntaste.

Río ante su respuesta.

Estiro las manos, intentando tocar algo para tener alguna

idea de a dónde me estaba llevando. El chirrido de una puerta al ser abierta me hace detenerme, luego, con pasos vacilantes, me insta a caminar.

Pierdo el equilibrio en cuanto toco el suelo, o lo que parecía ser... ¿hielo?

—¿Qué...?

Mi pregunta se responde sola cuando me quita la corbata de los ojos.

Tardo unos segundos en adaptarme a la luz, pero en cuanto lo consigo, abro los ojos con sorpresa.

Estábamos en una pista de patinaje.

Y yo nunca había patinado, aunque no lo crean.

—Mientras estabas en coma, también dije que te traería a patinar, así que aquí estamos.

Lo miro por encima de mi hombro con los ojos anegados en lágrimas.

—¿Qué más dijiste mientras estaba en coma?

Una sonrisa ilumina su rostro.

—Eso planeaba decírtelo más tarde. —Me tiende una mano—. Ven, vamos por los patines.

Con su ayuda, logro salir de la pista sin caerme. Uno de sus hombres le tiende un par de patines y nos los ponemos rápidamente.

—Mis padres de seguro se molestarán porque llegaremos tarde —digo. Mamá hacía una fiesta todos los años por nuestros cumpleaños.

—No te preocupes, ya hablé con ellos, les dije que haríamos algo antes de ir a tu casa.

Lo miro en silencio, él había planeado este día con mis padres. La sensación de tener mariposas en el estómago no tarda en llegar.

Ahora sí estaba perdida por este hombre.

Antes tenía salvación.

Ahora no.

Me pongo de pie y camino de regreso a la pista, en un instante, siento sus manos en mi cintura. Nos adentramos en el hielo y sonrío como una niña pequeña. Apenas podía mantener el equilibrio, pero Camillo me mantenía sobre mis pies.

—¿Dónde aprendiste a patinar?

—Sergei, en uno de sus viajes, nos trajo a Rusia y vinimos aquí. Perdió una reunión de negocios por pasar todo el día con nosotros. Nos fuimos cuando Marcello y yo logramos darle una vuelta a todo el lugar sin caernos.

De inmediato, mi cerebro crea la imagen de un pequeño Camillo patinando por esta pista con una angelical sonrisa en el rostro.

Me volteo con cuidado y lo abrazo, dejo la cabeza sobre su corazón, este latía de forma errática.

—Gracias por traerme aquí.

Me aprieta contra su pecho a la vez que nos impulsa por la pista.

—Todo por ti, preciosa. Todo por ti.

TREINTA Y SIETE

Camillo Coppola

Alicia se aferraba a mí como un pequeño koala, al parecer, su cuerpo había perdido un poco de resistencia debido al tiempo que llevaba sin bailar. Tras pasar cuatro horas patinando, salimos de la pista cuando logró dar toda una vuelta sin caerse. Sin duda, tenía la chispa para haber sido una patinadora profesional.

Comimos algo antes de retomar el camino hacia su casa. Marcello me había enviado un mensaje, diciéndome que ya todo estaba listo para esta noche y que solo faltaba una de las cumpleañeras.

El trayecto a su casa duraba alrededor de dos horas, ya que nos habíamos alejado de la ciudad.

Estaba acurrucada contra mi pecho, durmiendo plácidamente. Era como una adicción el tenerla lo más cerca de mi cuerpo como fuera posible, y cada vez que eso ocurría, no podía dejar de mirarla. Por otro lado, cuando estaba dormida, disfrutaba de trazar los mechones de su cabello o el contorno de su rostro. Era una sensación de pertenencia y posesividad que tenía hacia su persona, no estaba acostumbrado a esa sensación y por momentos sentía que me sobrepasaba.

Pero así se sentía estar enamorado, ¿no?

Tarareo «¿Estrellita dónde estás?», en italiano. Se la cantaba a Beatrice cuando no podía dormir. Me gustaría saber qué había sido de ella todo ese tiempo hasta el día en que una bala atravesó su cabeza. Ella solo era una niña y mi madre se había aprovechado de eso.

Había sido enterrada junto a Sergei en la parcela de la familia Coppola. Iría a visitarlos a papá cuando viajara a Italia. Aún no había tocado ese tema con Alicia, sentía que la pondría en una posición incómoda.

Ella estaba acostumbrada a tener a su familia cerca y yo no iba a quitarle eso, lo único que deseaba más que nada era hacerla feliz. Podía mover mis negocios a Rusia con algo de ayuda. Fácilmente, Marcello podía abrir una sucursal de la empresa de nuestro padre aquí, después de todo, las empresas textiles eran uno de los mejores negocios, y más si este era manejado por mi hermano.

Sí, estábamos involucrados con el narcotráfico hasta los huesos, además de que disfrutaba haciendo desaparecer a las personas que eran un estorbo. Podía hacer todo eso aquí, los enemigos me sobraban.

También estaba el hecho de que Alicia era una princesa de la mafia, pero algún día ella sería la reina junto con su hermana. Por primera vez en años, si no es que siglos, la mafia tendría dos reinas, y por ambas corría la sangre Voronin y Smirnov, lo que era equivalente en nuestro mundo a la sangre azul.

Con esos pensamientos en mente, tomo la decisión de dejar todo en Italia. Lo único que tenía allá era una fachada, para en su momento acercarme a Alicia, pero eso ya estaba en el pasado.

Alicia era mi futuro, y adonde ella fuera, yo la seguiría.

—Preciosa, despierta —le susurro al oído.

Pero lo único que consigo son murmullos incomprensibles. Sonrío antes de unir mis labios con los suyos, era una dormilona.

Tarda en corresponderme unos minutos, pero cuando lo hace, abre la boca, invitándome a unir mi lengua a la suya. Su caricia es lenta, casi tímida, pero muy pocas cosas en Alicia eran inocentes o tímidas.

Ella tenía el poder de hacer que un hombre la deseara solo con una mirada.

Y eso era algo que no ayudaba a mis demonios posesivos a estar calmados.

Rompemos el beso cuando ambos necesitamos aire. Tenía los labios hinchados y más rosados que antes. Imágenes de sus labios alrededor de mi polla invaden mi mente.

Sí, quizás ya era el momento de dejar de contenerme y hacer la noche de su cumpleaños memorable.

—Hemos llegado —susurro.

Miro por la ventanilla, observando el inconfundible bosque que rodeaba la mansión de los Voronin. No había visto todas sus propiedades, pero podía apostar a que esta era la más grande. Su estructura era muy similar a la de un castillo, nunca podría recorrer los pasillos de este lugar sin perderme del todo.

Bajamos del coche, Alicia toma sus flores y sale corriendo al interior de la casa. Pasa al lado de Marcello cuando este se detiene a saludarla y desearle un feliz cumpleaños. La pierdo de vista cuando cruza por un pasillo y lo último que escucho es un «gracias» dirigido a mi hermano.

—Se ve emocionada por regresar a casa —dice Marcello cuando llego a donde está.

—Lo está. Creo que nunca había pasado tanto tiempo alejada de su familia. —Miro detenidamente a mi hermano—. ¿Qué ha pasado? ¿Problemas en el paraíso?

Tenía ojeras profundas bajo los ojos, y Marcello nunca tenía ojeras. El hombre podía dormir en medio de un terremoto y ni lo sentiría.

—Elaine me corrió de nuestra habitación.

—Y ahora no puedes dormir sin ella —digo para molestarlo.

Pone los ojos en blanco y comienza a caminar.

—Estoy seguro de que tú tampoco podrías dormir sin Alicia a tu lado, ¿o me dirás que esa no es la razón por la que solo resististe una semana lejos de ella?

Aprieto los labios en una fina línea, tenía un punto por ahí. Tampoco pude dormir bien durante esa semana.

—¿Por qué te corrió de su habitación?

Suspira.

—Porque es terca y orgullosa, su instructor intentó propasarse, y como lo dijiste, le cortó la garganta. Pero el problema es que se niega a aceptar que tenía razón y que solo fue una coincidencia, que el hombre nunca había intentado nada.

Yo no era un psicólogo ni nada parecido, pero de algo sí estaba seguro, Elaine y Marcello tenían eso en común, eran orgullosos y tercos. Y por experiencia propia, sabía que no era fácil dar el brazo a torcer.

—No olvides que ella no es el tipo de mujer a la que estabas acostumbrado. A otras podrías decirles que el cielo era rojo y ellas lo aceptaban. En cambio, Elaine tendrá todos los argumentos para rebatir ese hecho.

Dejo de caminar cuando lo pillo mirándome como si hubiera dicho que la Tierra era plana.

—¿Qué?

—¿De cuándo acá eres experto en relaciones?

La burla brilla en su mirada.

—Me tocó aprender con Alicia, ambos somos dominantes, así que nos toca equilibrar la balanza.

—Ya veo.

Palmeo su hombro y llegamos a donde estaba toda la familia de Alicia reunida.

—Solo no la cagues. Es la única mujer que conozco que puede soportarte y decirte tus verdades a la cara.

Fijo la mirada en el rostro de Marcello, este tenía una expresión indescifrable, pero si veías más allá, estaba el deseo, la ira y el amor que sentía por su mujer. Sigo su mirada hasta llegar a Elaine, quien tenía una expresión similar en el rostro.

Estarían bien.

—Te dejo con tus problemas maritales, hermano. Voy por mi chica.

ALICIA VORONIN SMIRNOVA

Me estrello entre los brazos de mis padres y mi hermana.

No los veía desde el cumpleaños de mamá, pero los había extrañado más de lo que lo hice las dos primeras semanas. Tal vez se debía al hecho de que sabía que pronto los vería y eso intensificó el sentimiento.

Mamá besa mi mejilla y papá deja un beso en mi frente.

—Feliz cumpleaños, mi niña —susurra mamá.

—Feliz cumpleaños, princesa.

—Gracias —contesto y vuelvo a abrazarlos.

Cuando me dejan ir, me acerco a mi hermana, quien tenía una radiante sonrisa en el rostro.

—Feliz cumpleaños, hermana mayor.

La abrazo con fuerza.

—Feliz cumpleaños, hermana menor.

Sonrío.

Me devuelve el abrazo con la misma efusividad. Desde que tenía memoria, Elaine y yo siempre habíamos estado ahí para la otra. No importaba lo que la otra tuviera en mente, nos lanzábamos al vacío sin importar lo que nos esperaba al final.

—¿Cómo estás? —pregunto—. ¿Estás descansando bien?

Tenía rastros del cansancio en el rostro.

Asiente.

—Solo es Marcello, no sé cómo puedo querer a ese hombre cuando la mayor parte del tiempo me pone a hervir de los nervios.

Río.

—Supongo que eso significa que es el indicado. —Lo mira de reojo, pero ya este se encontraba mirándola—. Vamos, papá estaba esperando a que llegaras para darnos nuestros regalos.

Tira de mi mano, alejándonos de la intensa mirada del hombre que en poco tiempo sería su esposo.

Antes de que pueda llegar a mis padres, algo se aferra a mis piernas, no algo, sino alguien.

—Hola, mi príncipe.

Tomo a Angelo en mis brazos y beso sus cachetes regordetes. Hace una clase de sonrisa y un poco de saliva cae por su barbilla.

Estaba tan metida en hablar con Elaine que no me di cuenta de que mis tíos y mi abuelo Lucios habían llegado.

—Feliz cumpleaños, «bella».

Tío Lorenzo me besa ambas mejillas y luego pasa a felicitar a Elaine.

Esta tenía a Enmanuele en sus brazos y tía Roxanne venía de felicitarla.

—Mi niña bella, ¡feliz cumpleaños!

Me rodea con sus brazos, apachurrándonos a mí y a Angelo.

La tía Roxanne era más efusiva que todos en esta habitación juntos, ella sabía cómo hacer que una fiesta se convirtiera en una «gran» fiesta.

—Gracias, tía.

Deja un sonoro beso en mi mejilla y luego en la de su hijo.

—¿Lista para ver tu regalo? Tu padre lleva presumiendo desde semanas que es mejor que el mío.

Sí, una cierta «rivalidad» ha existido entre ellos desde que tengo memoria, pero era inofensiva.

—Pues comprobemos si eso es verdad.

Papá tenía dos retratos cubiertos por una sábana. Cualquiera podría pensar que recibir regalos similares todos los años era aburrido, pero no, papá siempre encontraba la manera de hacer sus pinturas especiales.

En esta casa había pinturas desde que nacimos hasta la actualidad. Algunas personas guardaban sus mejores recuerdos en videos o fotografías, papá los plasmaba en un lienzo en blanco. Él tomaba su mejor recuerdo de nosotras y lo pintaba para nuestro cumpleaños.

Una vez me dijo que eso era una tarea casi imposible, ya que no tenía un recuerdo malo de nosotras.

—¿Listas? —nos pregunta a ambas. Y nosotras asentimos.

En cuanto descubre los cuadros, el aire abandona mis pulmones.

La mía era del día que me presenté en Italia interpretando a Odette, me encontraba de puntillas, mi cuerpo estaba arqueado y mi brazo izquierdo aparecía por encima de mi cabeza. Había cambiado el fondo y mi traje era sencillo, pero muy similar al que usaba ese día.

Papá había logrado capturar la postura correcta y ese hecho siempre me sorprendía.

La pintura de Elaine era del día que se presentó en la casa de mis tíos frente a todos los líderes de la mafia. Llevaba un vestido vino tinto ese día, pero papá lo había cambiado por uno rojo. Aparecía de perfil y su atención estaba en las teclas. Si recordaba bien, ese era el ángulo que tenía mi padre para poder verla. Al igual que en la mía, había cambiado el fondo, centrándose únicamente en Elaine.

Me acerco a papá y lo abrazo, Angelo hace pucheros contra mi pecho y mi risa se mezcla con las lágrimas que habían salido sin mi permiso. Vuelvo a mirar las pinturas, ambas estuvimos muy cerca de no ver nunca más una pintura de papá, pero lo habíamos logrado.

—Es preciosa, muchas gracias.

Elaine también se acerca y lo abraza, también tenía las mejillas húmedas.

—Le agradezco a Dios por no habérselas llevado. —Besa nuestras frentes—. Las amo y siempre serán mis princesas.

—También te amamos, papá.

Miro a Camillo, quien nos observaba a lo lejos con una mirada nostálgica, él había perdido a su familia y ahora solo tenía a su hermano. Pero nunca más pasaría un cumpleaños o Navidad solo, porque estaría con él siempre y nada me alejaría de su lado.

TREINTA Y OCHO

Alicia Voronin Smirnova

El vestido se ceñía a mi cuerpo como una segunda piel, me había enamorado de él en cuanto lo vi y supe de inmediato que sería perfecto para la fiesta de cumpleaños. Tengo pechos pequeños, por lo que el escote corazón los acentuaba un poco.

Me había hecho un recogido en el cabello y algunos mechones estaban sueltos, lo que le daba un aire elegante, me había aplicado labial rojo y sombras oscuras en los párpados. Llevaba unos tacones de aguja, estos eran del mismo color que el vestido: plateados. Me miro en el espejo una última vez y salgo de la habitación, lo único que llevaba debajo del vestido era un arma sujeta al muslo.

Unos pasos más adelante veo a Elaine junto con Marcello. Usaba un vestido verde oscuro brillante que acentuaba sus curvas. El vestido tenía una abertura por ambos lados, lo que dejaba a la vista sus muslos, y en ellos llevaba dos pequeños cuchillos. No podía ver su maquillaje, ya que me daba la espalda, pero apostaba a que también eran colores oscuros.

Bajo las escaleras hasta la planta principal. Ya había una

gran multitud en la sala del «trono». Observo alrededor la decoración. Cuando llegué a casa, no tuve oportunidad de verla, mi familia y los cuadros habían acaparado toda mi atención.

Pero ahora que podía ver todo, me parecía hermoso. Había varias mesas que formaban una circunferencia, dejando la pista de baile libre, los centros de mesas eran rosas blancas. Nuestros cumpleaños eran como esos bailes que se ven en *Cenicienta* o *La bella durmiente*.

A mamá no le gustaba hacerlos para su cumpleaños, y como la reina, podía decidir, pero nosotras aún no teníamos ese privilegio. Éramos las siguientes en la línea al «trono» y todos tenían el ojo puesto sobre nosotras. Un movimiento en falso y encontrarían la manera de hacernos a un lado.

Y eso no lo podíamos permitir.

En lo que respecta a mi opinión personal, odiaba estos bailes. Los veía como un gasto innecesario, no disfrutaba de la atención que me daban todas estas personas. El único lugar donde sí lo hacía era mientras bailaba.

Todos venían aquí para obtener una rebanada de pastel, y no hablaba de mi pastel de cumpleaños. La mayoría buscaba inversores para sus negocios corruptos o legítimos, y otros buscaban acercarse a mis padres. Mientras más cerca de los reyes estuviesen, más poder tenían.

Sí, todo sonaba como la aristocracia.

Lo percibo antes de verlo, los vellos de mi cuello se erizan al sentir su mirada ardiente sobre mí.

¿Siempre sería así?

Mi cuerpo tenía una curiosa manera de reaccionar ante él, un hormigueo recorría cada centímetro, los latidos de mi corazón se aceleraban y las manos me sudaban.

Odiaba esa última parte.

No me gustaba que me sudaran las manos.

Sus fuertes manos rodean mi cintura, atrayéndome a la calidez de su cuerpo, sus labios serpentean por mi mejilla hasta llegar a los míos, donde deja un suave beso.

Sí, a esto sí podría acostumbrarme.

—Aquí estás. Fui a tu habitación, pero ya te habías ido —me susurra al oído.

Pone su mano en mi espalda baja y nos adentramos en la multitud, varios miraron más de dos veces en nuestra dirección.

—No sabía si esperarte —susurro de vuelta.

—Pues para próximas ocasiones, espérame. —Les sonrío a los señores Wang, los líderes de la mafia china—. Quiero que todo el mundo te vea entrar de mi brazo, así me ahorraré las molestias de asesinar a alguien.

Aprieto los muslos ante sus palabras, me gustaba cuando era posesivo. Antes de que pueda pensarlo, suelto:

—Supongo que todos entenderán que soy tuya cuando lleve un anillo en el dedo. —Tomo un aperitivo de una de las bandejas que tenía un camarero, después de tragar y estudiar mis palabras, me doy cuenta del mensaje que podría interpretar —. No quise decir que tenías que ponerme un anillo en el dedo —digo evitando su mirada, e intento escaparme cuando veo a mis padres a lo lejos, pero su agarre en mi cintura me detiene.

—Te sonrojaste —dice lo obvio.

Algo que me pasaba mucho con Camillo era que aparecía un lado de mí que no sabía que tenía. En muy pocas ocasiones mostraba mis sentimientos, pero a él quería ponérselos en una bandeja de plata, quería que me viera por completo.

—Es solo el calor, hay demasiadas personas aquí.

Ríe entre dientes.

—Preciosa, afuera está nevando.

—A veces hace calor cuando nieva.

Era una muy pobre mentira.

Pero él me hacía actuar así.

—Claro que sí. —Me lleva hacia mis padres, y cuando estamos llegando, susurra—: Y no te preocupes, en menos de lo que crees tendrás un precioso diamante en tu dedo, así todos tendrán en claro que eres jodidamente mía.

Asiente ante mis padres como reconocimiento y con una disculpa se va a buscar a su hermano, dejándome sola y un poco desorientada.

¿Dijo que me propondría matrimonio?

Maldición, ¿cómo podía decir esas cosas e irse así como así?

—Princesa, ¿estás bien?

La voz de papá me saca de mis pensamientos.

—Sí, sí, estoy bien. —Sonrío—. Mamá, estás preciosa.

—También estás hermosa, mi niña.

—¿Y yo qué? ¿No le dirás a tu padre que también está «precioso»? —bromeó con una sonrisa en el rostro.

—No necesitas que alimente tu ego, Alexei, ya llevo luchando contra él todo nuestro matrimonio.

—Amas mi ego, cariño.

Papá sube y baja las cejas y mamá se sonroja.

—De acuerdo, eso es asqueroso. Yo me voy.

Huyo de la escena y un escalofrío recorre mi cuerpo. A ningún hijo le gustaba ver cómo sus padres coqueteaban y cómo después estos parecían querer arrancarse la ropa.

Busco con la mirada a Elaine, esta se encontraba hablando con un hombre. Acelero disimuladamente el paso hasta llegar a donde están. No quería que Marcello convirtiera nuestro cumpleaños en un baño de sangre.

Plasmo una sonrisa en mi rostro.

—¿Interrumpo? —pregunto con falsa amabilidad.

—No, para nada.

Elaine toma mi brazo y lo engancha con el suyo.

Miro al hombre frente a nosotras con ojo crítico, tenía rasgos que se me hacían familiares.

—Disculpa, ¿podrías recordarme tu nombre? Ya sabes, con tantas personas aquí es fácil confundirse.

Sonrío y hace una pequeña reverencia.

—Soy Dominik Albrecht, «princesa».

Abro los ojos, reconociéndolo.

Solo un hombre me llamaba según mi posición.

—Eres el hijo de la Comadreja —susurro para mí misma.

Por eso se me hacía familiar, había visto a su padre en una de las reuniones de papá. Nada más lo había visto por unos segundos, los *hackers* nunca daban a conocer su rostro, yo misma sabía eso.

Era alto, quizás más alto que Camillo. Tenía anchos hombros y se veía que su cuerpo era musculoso. Tenía los ojos azules, casi como el hielo, y tenía la apariencia de ser igual de frío que ellos. Sus rasgos eran afilados y una cara de póker era lo primero que encontrabas al mirarlo. Su cabello era corto de los lados y abundante en el centro. Tenía cierta aura intimi-dante, debía estar acostumbrado a que todos bajaran la mirada ante él.

—Es un gusto verla en persona por fin, señorita Voronin.

Su expresión no encajaba con sus palabras, él había venido por negocios.

—¿Cuál es el favor? —pregunto yendo directo al grano.

Una sonrisa sádica estira la comisura de sus labios.

—Hanna Klein —dice y frunzo el ceño.

—¿La hija del presidente de Alemania? ¿Qué pasa con ella?

—La pregunta es qué no pasa en realidad. —Mete las manos en sus bolsillos con aparente serenidad, pero parecía un lobo a punto de saltar sobre su presa—. Necesito que me abra

una ventana en su sistema de seguridad, también en sus dispositivos electrónicos.

Comienzo a darle vueltas a sus palabras, eso era algo que él
podría hacer hasta con los ojos cerrados, no le veía cabeza ni
pies a su petición.

—¿Gastarás tu favor en algo que puedes hacer tú solo?

—Solo hágalo.

Me tenso.

Odiaba que me dijeran qué hacer, pero un trato era un
trato.

—Bien, considéralo hecho.

Vuelve a sonreír.

—Un placer hacer negocios con usted, princesa —se inclina
nuevamente—. Por cierto, felicidades por su cumpleaños —
dice y con eso se va.

Algo era seguro, Dominik Albrecht no era un hombre que
quisiera tener de enemigo.

Alejo la atención de su espalda y la pongo sobre mi
hermana.

—¿Por qué vino a ti?

Se encoge de hombros.

—Dijo, y cito: «Muy pronto estaremos en contacto, así
que ve preparando la lista de favores».

Nada bueno podría salir de eso.

—Hacer negocios con él es como venderle tu alma al
diablo. Más de una vez me acorraló, es un sociópata y adora los
juegos mentales.

—Eso pude ver...

Se interrumpe y dirige su atención a los hombres que cami-
naban hacia nosotras.

Camillo tenía una sonrisa en el rostro, pero sus hombros
estaban tensos. Marcello estaba igual, no tenía que ser adivina

para saber la razón del enojo de ambos.

Una suave melodía inunda el ambiente, al llegar a nosotras, Camillo me tiende su mano.

—¿Baila conmigo, señorita Voronin?

Sonrío y acepto su mano, tira de mí y me lleva al centro de la pista, donde ya varias parejas estaban bailando. Pone una de sus manos en mi cintura y con la otra toma mi mano derecha y la entrelaza con la suya, dejando ambas sobre su corazón. Mi mano izquierda se posa sobre su hombro.

Nos mecemos al ritmo de la canción y mi cabeza queda a la altura de su cuello, por lo que aspiro su aroma varonil. Colonia de hombre, champú y «él».

—¿Te dije lo hermosa que estás esta noche? —Niego, siguiéndole el juego—. Entonces ahora lo sabes, estás absolutamente preciosa, y si fuera por mí, ahora mismo estaría adorando tu cuerpo, pero no quiero ser malagradecido con el trabajo que hicieron tus padres.

Me río sin poder evitarlo.

—No lo sientes de verdad.

—Tienes razón, no lo hago. Pero sí quiero que estés feliz.

—Entonces, vámonos de aquí, solo quiero una cosa más esta noche.

Su mirada se oscurece y se lame los labios.

—¿Y qué es, preciosa?

Ladea la cabeza y devora mis labios con su mirada.

—A ti adorando mi cuerpo.

Un suave gruñido abandona sus labios.

—Maldita sea, no fui hecho para ser un buen hombre.

Tira de mi mano y me lleva a través de las mesas, así, disimuladamente, nos escabullimos por las escaleras.

Me quito los tacones para seguirle el ritmo. La situación me recordaba a la primera vez que estuvimos juntos: nos escabullimos para disfrutar del cuerpo del otro. Llegamos a mi habitación en cuestión de minutos y arrojo los tacones sin importar en dónde caigan.

Al voltearme, sus manos toman mi rostro y estrella nuestros labios en un beso feroz. No había nada de delicadeza o dulzura, solo queríamos saciar las ganas que teníamos desde hace semanas.

Muerde mi labio inferior, invitándome a abrir la boca. Su lengua toma la mía con posesividad, marcándome y recordándome una vez más que era suya.

Y qué gusto era serlo.

Me estampa contra la puerta y rodeo su cuello con mis brazos, sus manos aferran mi trasero, levantándome y obligándome a cerrar las piernas alrededor de su cintura para así no caerme. El vestido dificulta la tarea, pero lo sube por mis muslos, obteniendo vía libre a mi entrepierna.

—No seré delicado y no me tomaré mi tiempo, ¿entendido? —Asiento, queriendo que vuelva a besarme—. Usa tus palabras, Alicia.

—Sí.

—¿Sí qué? —Lleva su mano a mi sexo, encontrando mis pliegues empapados—. Eres una niña mala, fuiste a tu fiesta de cumpleaños con el coño al aire. Ahora responde.

Lleva dos dedos a mi interior, estirándome.

Lloro ante la intromisión.

—Sí, señor —gimo.

Balanceo mis caderas, queriendo tener más fricción, pero me la niega. Su mano libre se cierra alrededor de mi cuello, manteniéndome inmóvil contra la puerta mientras me jode el coño con los dedos.

—Quédate quieta o no habrá orgasmo para ti.

Jadeo con fuerza al sentir ese inconfundible nudo en mi

vientre. Estaba tan cerca del orgasmo que casi podía saborearlo, y como si escuchara mis pensamientos, se detiene.

No me da tiempo de extrañar la sensación porque me penetra con un solo golpe. Grito al sentir su polla estirándome y llenándome por completo. No se detiene a esperar a que mi cuerpo se adapte, solo continúa.

—Eso es, preciosa, apriétame hasta ordeñarme por completo —gruñe en mi oído, acelerando sus movimientos—. Había extrañado tenerte así, sudorosa y gimiendo mi nombre mientras te follo.

—Camillo... —Entierro las uñas en sus hombros—. ¡Oh, mi Dios!

Si alguien pasara por este pasillo, de seguro escucharían mis gemidos y el golpe contra la puerta, pero no me importaba, porque estaba en el jodido infierno, ardiendo de placer.

—Vamos, preciosa, córrete para mí. Quiero tus fluidos empapándome.

Sus palabras son un detonante para mi orgasmo, escondo el rostro en su cuello y muerdo su hombro, intentando que mi grito de placer no resuene hasta la planta principal. Mis paredes lo aprietan hasta ordeñarlo por completo, su semen corre por mis muslos y se pierde entre mis fluidos.

Camina conmigo en brazos y se deja caer en la cama.

—Hora de quitarte esta cosa.

Corre el cierre de mi vestido y me lo saca por la cabeza, hago lo mismo con su traje hasta que los dos estamos completamente desnudos. Admiro sus tatuajes y su pecho tonificado. Su cabello era un desastre, y estaba increíblemente sexi.

—Lo único importante que dije mientras estabas en coma es que eres lo más real que he tenido en mi vida. —Se pone sobre mí—. Y siempre será así.

Los recuerdos de sus palabras llegan a mi mente como un susurro, había dicho más, pero ahora solo lo quería a él.

Lo beso con calma, juego con su lengua y tiro de su cabello, pero ambos no tardamos en querer más. Con un movimiento rápido se pone de cuclillas y me toma de los tobillos, tira de ellos hasta que su pene queda dentro de mí.

Arqueo la espalda, disfrutando de tenerlo adentro de nuevo.

—Hora de cobrarme todas tus provocaciones.

Pierdo la cuenta de cuántas veces me hace venirme y de los azotes. Lo único que no olvidaría es de como al final, cuando ya mi cuerpo no podía más, me abrazó contra su pecho y me susurró que me amaba. Luego caí en un sueño profundo.

TREINTA Y NUEVE

Camillo Coppola

Estaciono frente a la academia, apago el motor y salgo del coche. Hoy tenía una sorpresa para Alicia, parte de ella era venir a buscarla, aunque tenía otro motivo oculto.

Ver quién es su instructor.

La escuela de *ballet* del Teatro Bolshói era la academia más prestigiosa de Moscú, si es que no de todo el mundo. La construcción debía tener años, estaba diseñada con un aire victoriano. Paso frente a un grupo de chicos que no dudan en echarme una mirada, quizás era porque hoy tenía mis tatuajes a la vista. Me quito los Ray-Ban Aviator cuando llego a la recepción, una mujer me devuelve la mirada para después sonrojarse.

—¿P... puedo ayudarlo, señor?

Ignoro su tartamudeo y la sensación de ser observado por todos aquí.

—¿Dónde se encuentra la señorita Voronin?

En cuanto digo su nombre, asiente de manera apresurada.

—La señorita Voronin está en el salón principal... —Comienzo a caminar directo al elevador—. ¡Señor! ¡No puede interrumpir, están en ensayo! —grita la mujer antes de que las puertas se cierren.

Sí, eso no me importaba.

Ya había investigado la academia, así como también ya tenía los planos del lugar. Nunca iba a un sitio sin saber qué esperar. El salón principal estaba en el último nivel, ese piso era un estudio completo. Por lo que leí, ahí solo practicaban los profesionales.

Alicia había retomado el *ballet* dos días después de su cumpleaños, apenas si nos habíamos visto, ya que también estaba moviendo mis negocios aquí. Ella practicaba hasta tarde y yo trabajaba con Marcello hasta la madrugada. Cuando llegaba al *penthouse* que había comprado después de que regresó definitivamente, ya estaba dormida, así que solo me daba una ducha y me acostaba a su lado. Mis problemas para dormir habían desaparecido por completo, lo que era curioso, ya que ella también había sido la razón de mi falta de sueño en el pasado.

Por las mañanas la despertaba con mi lengua en su sexo, o mis dedos, luego la follaba hasta que me obligaba a dejarla ir. Habíamos descubierto que mientras más sexo tenía por la mañana, menos dolor tenía en el cuerpo al final de la noche.

No habíamos hablado de mudarnos juntos como tal, pero desde que tengo el *penthouse*, pasábamos cada noche juntos. Secretamente, esperaba que en cualquier momento mandara todas sus cosas, después de todo, había escogido ese piso por el armario que había en la habitación principal. Era tan grande que entraba toda su ropa.

El sonido de las puertas al abrirse me saca de mis pensamientos. El elevador me dejaba en la entrada del estudio. Donde se suponía que debía haber una pared de fondo, solo había cristal, luz natural iluminaba el lugar.

No reconocía la canción que estaba sonando, ni veía a los que estaban bailando, solo podía verla a ella. Era como si mi cuerpo supiera de inmediato dónde me encontraba. Estaba usando mallas rosadas, la parte de arriba era un bodi negro y una pequeña falda rosada rodeaba su cintura. Su expresión era la viva imagen de la felicidad.

Tenía los ojos brillantes y un suave rubor cubría sus mejillas. La sigo con la mirada, movía los pies con delicadeza, estos no parecían tocar el suelo cuando saltaba. Un chico la levanta por la cintura, echa la cabeza hacia atrás junto con sus brazos y pone su pie derecho a la altura de su muslo izquierdo. Cuando toca el suelo, toma la mano del chico y baila con él.

Estaban perfectamente sincronizados, en ningún momento apartan la mirada del otro. La llamarada de los celos se enciende en mí. Él la miraba de una manera que no me gustaba, como si no pudiera dejar de observarla. Su mirada baja a sus labios cuando uno de los pasos requiere que se acerquen más de lo que me gustaría.

Si no dejaba de mirarla así, terminaría igual que su anterior compañero de danza, asesinado.

Doy un paso al frente cuando ella se aparta, al darse la vuelta, su mirada se encuentra con la mía. Una hermosa sonrisa recorre sus facciones, iluminando su rostro más de lo que ya lo estaba antes. Le sonrío de vuelta, estaba hermosa, siempre lo estaba, pero había una chispa cuando bailaba, y sabía la razón. Amaba lo que hacía, y por ese simple hecho reprimiría mis celos y mi instinto posesivo. Porque si mataba a su compañero, después tendría que encontrar a otro, y eso significaría más horas de trabajo para ella.

Ya tenía suficiente con todo lo que le estaban exigiendo para que recuperara el tiempo perdido, y yo no agregaría más trabajo a esa lista. Era su arte y debía respetarlo.

Me cruzo de brazos y la miro el resto del ensayo, podía sentir la mirada de las otras mujeres en mí, pero para desgracia de ellas, una ya era dueña de todo mi ser. La única que merecía toda mi atención era Alicia.

Tiran ligeramente de mi bíceps, obligándome a apartar la mirada del ángel que bailaba.

—¿Qué? —le digo a la mujer que me miraba con ojos soñadores. Tenía la estatura de Alicia, era pelirroja y tenía ojos marrones claros.

—¿Esperas a alguien?

Su voz era un tanto chillona y un acento francés teñía sus palabras.

—Sí, a mi esposa.

Aparto la mirada y la regreso a Alicia, quien ahora hablaba con una mujer algo mayor. Esa debía ser su instructora. Una sensación de alivio me recorre. Mira por unos segundos en mi dirección y frunce el ceño.

—¿Por qué sigues aquí?

Me estaba amargando la tarde esa mujer pelirroja, seguía mirándome como si fuera un animal exótico.

—No llevas anillo de casado —dice batiendo las pestañas.

—Que no lo lleve no significa que no esté casado. —Descruzo los brazos—. Ahora, si no te importa, voy por mi esposa.

Cruzo el estudio en largas zancadas, Alicia me mira antes de llegar a donde está. Le muestro una sonrisa coqueta, ella sabía bien lo que iba a hacer. La tomo de la cintura y la beso frente a todos, invado su boca con mi lengua sin su permiso, quería dejar el mensaje claro. Ella era mía y yo era suyo.

Muerdo su labio inferior, haciéndola gemir. Habiendo logrado mi objetivo, me alejo de sus labios. Miro a la mujer frente a nosotros, quien parecía descolocada por el espectáculo que habíamos dado.

—Soy Camillo Coppola, el esposo de Alicia.

Le tiendo la mano y la estrecha, titubeante.

—No sabía que te habías casado.

Mira a Alicia con una ceja alzada.

—E... Es reciente.

Muerdo el interior de mi mejilla para contener una risotada. Nunca la había escuchado tartamudear, iba a molestarla con eso más tarde.

—Ya veo. Mis felicitaciones, querida.

Sonríe y se da la vuelta.

—Voy a matarte —dice sin borrar la sonrisa de su rostro.

—Oh, seguro será divertido eso. —Dejo un casto beso en sus labios—. Hora de irnos, Sra. Coppola.

Tomo la mochila a sus pies y la pongo en mi hombro, entrelazo nuestros dedos y nos movemos. Al pasar al lado de su compañero de baile, lo acribillo con la mirada, diciéndole sin palabras lo que haría si intentaba algo con mi Alicia. No podía hacer una escena, pero sí podía dejar una clara amenaza.

Entramos al elevador junto con otros de sus compañeros, entre ellos, la pelirroja. La mano de Alicia recorre mi pecho y mi vientre se tensa al sentir el calor de su piel. Mi polla comienza a ponerse dura cuando continúan sus caricias de arriba abajo.

¿Así que quería jugar a ese juego?

Bien, porque dos podíamos jugarlo.

Aprovechando que estábamos en una esquina del elevador, bajo mi brazo hasta llegar a su falda. Me deslizo debajo de ella, tenía los muslos apretados, pero eso no me impide encontrar su sexo a través de las mallas y el bodi. Empujo mi dedo medio hasta sentir el ligero calor de sus paredes. Comienzo a hacer ligeros movimientos, miro su expresión por el rabillo del ojo, notando sus mejillas sonrojadas.

—Así que, Alicia, no sabía que te habías casado —pregunta la pelirroja, estaba cerca de las puertas, por lo que al voltearse no podía ver lo que estaba haciendo.

—Fue algo muy reciente, no tuve el tiempo para darle la noticia a todas.

Empujo con más fuerza, su humedad comenzaba a filtrarse por las mallas hasta mojarme el dedo.

Muerde su labio inferior y tira de mi camisa por detrás.

Quería que parara, pero no iba a hacerlo.

—¿Puedo ver tu anillo?

Dos chicas al lado de la pelirroja sueltan una risa por lo bajo.

Así que eran ese tipo de mujer, el que disfrutaba molestando a las de su género. Pues, para su mala suerte, se habían equivocado de chica.

—Lo siento, no lo cargo encima, es muy grande para poder bailar... con él.

Me entierra las uñas en la espalda y reprimo un gruñido, adoraba que hiciera eso.

—Oh, qué mal. En serio, tenía ganas de verlo.

Me repasa con la mirada y se relame los labios.

Estoy seguro de que no me miraría de esa forma si supiera que estaba masturbando a Alicia a pocos metros de ella.

—*Amore mio*, recuerda que tienes una cita en Chanel esta tarde, ya tienen toda la ropa que escogí para ti, y si te gusta algo más, tú solo dímelo —susurro más cerca de su oído, pero no bajo mi tono de voz, quería que todos me oyeran—. Y también está la lencería que puedes usar para mí esta noche.

Las puertas del elevador se abren y todos salen de él, la pelirroja nos mira una última vez claramente enojada. La cosa era así, te metías con mi mujer y también lo hacías conmigo.

Saco la mano de entre sus piernas y llevo el dedo con el que la había estado acariciando a mi boca. La saboreo bajo su atenta mirada.

—No tengo una cita en Chanel —dice con la respiración acelerada.

Salimos de la academia y caminamos a mi deportivo. Enviaría a alguien para que llevara el suyo al *penthouse*.

—No, pero ahora la tendrás. —Abro la puerta para ella—. Pero antes iremos a otro lugar.

La beso y cierro la puerta.

Necesitaba encontrar el diamante más grande que hubiera en Rusia, o en el mundo.

CUARENTA

Alicia Voronin Smirnova

Camillo apenas si me había dado tiempo de cambiarme en el coche, me había traído un cambio de ropa que consistía en unos vaqueros, una de sus sudaderas y unos zapatos deportivos. En casa, por lo general, usaba una de sus camisas, ya fuera para dormir o para pasar el rato. No le veía sentido a usar mucha ropa cuando él me la quitaba con tan solo verme.

Además, me encantaba tener su olor en mi piel. Sabía que a su lado posesivo le gustaba verme con su ropa.

Aún estaba un poco sudorosa, me hubiera gustado ir al piso y darme una ducha, pero si íbamos, no saldríamos del *penthouse* hasta el día siguiente; sus palabras, no las mías.

Así que aquí estaba, caminando de la mano de mi hombre por un centro comercial. Normalmente, no me acercaba a este tipo de lugares, venían muchas personas aquí, por lo que sería un blanco fácil para nuestros enemigos.

Aún no descifraba a dónde me llevaba Camillo y había estado extrañamente callado durante todo el trayecto. Lo repaso con la mirada por segunda vez en lo que llevamos caminando. Vestía una camiseta negra que dejaba los tatuajes de sus brazos a la vista, los que amaba tocar cuando se dormía sobre mi pecho, decía que así dormía mejor. Los vaqueros se ceñían a sus caderas, estos daban la ilusión de que sus piernas eran mucho más largas. De seguro, me veían como una niña a su lado.

Un Rolex adornaba la muñeca que se unía a la mano con la que mantenía nuestros dedos entrelazados, y sus gafas aviador cubrían sus ojos, pero podía sentir su mirada sobre mí cada tantos segundos.

—Si continúas mirándome así, te llevaré a uno de los baños de aquí y te follaré hasta que todo el centro comercial te escuche —susurra con voz ronca.

Una ola de excitación me recorre, mi sexo aún estaba sensible por sus caricias en el elevador y anhelaba su toque. No había sido suficiente que apretara mis muslos todo el camino, quería más.

—No te estoy mirando de ninguna manera.

Me da una sonrisa ladeada.

—Preciosa, te has relamido los labios tres veces, tus pupilas están dilatadas y... —se interrumpe y se inclina para terminar de susurrar—: estoy seguro de que si meto mis dedos en tu apretado, coño lo encontraré húmedo para mí.

Lo de tener sexo en un baño público cada vez resultaba más tentador.

—Hemos llegado.

Pone sus manos en mis hombros y me da la vuelta, dejándome frente a un cine.

«... te llevaré al cine si es necesario».

—Lo recuerdo. Cuando lo dijiste —afirmo.

Este hombre estaba cumpliendo sus palabras, me dio flores hasta dar con mi favorita, aún lo seguía haciendo. Cuando comenzaban a secarse los girasoles, llegaba con un ramo de flores frescas. Me había enseñado a patinar y ahora me había traído al cine.

Rodeo su cuello con mis brazos y planto un beso en sus labios. No duda en devolverme el beso, su lengua acaricia la mía juguetonamente.

—Te amo —digo contra sus labios.

Una pequeña sonrisa los recorre y ese simple gesto enloquece a mi corazón más de lo que ya estaba. Esta era la sonrisa que guardaba para mí, dulce y cariñosa.

—Y yo a ti, preciosa.

Lo libero de mis brazos, rodea mi cintura y nos dirigimos al interior. Era la primera vez que estaba en un cine, en casa teníamos uno, así que nunca había tenido la necesidad de venir. Había varias personas haciendo fila para comprar sus entradas, pero nosotros seguimos hasta llegar a la zona de comida.

Aquí había menos personas, pero las que estaban hacían fila mientras hablaban entre sí. Intento acercarme a una de las filas, pero la mano de Camillo en mi cintura me retiene.

—Solo dime lo que quieres y lo pediré.

Niego con la cabeza, tomo su mano que está en mi cintura y la entrelazo con la mía. Tiro de su metro ochenta hasta detenernos detrás de una pareja, ambos parecían a punto de arrancarle la ropa al otro. ¿Así nos veíamos Camillo y yo?

—¿Qué haces? —pregunta.

—¿No es obvio?

Tenía el ceño fruncido, como casi la mayor parte del tiempo.

—No, creo que no.

—Quiero que lo hagamos como una pareja normal. —Acaricio sus nudillos—. Dos personas que salen del trabajo y deciden pasar tiempo juntos.

Lo miro a los ojos, diciéndole el resto de las palabras que no podía pronunciar en voz alta o la pareja frente a nosotros saldría huyendo.

«Sin privilegios o personas queriendo asesinarnos. Por un momento solo seamos dos personas normales».

Muy dentro de mí siempre existiría esa pequeña parte que seguiría anhelando una vida normal. Y si solo tuviera momentos como estos, entonces los tomaría todos.

—Está bien. —Me atrae contra su pecho y besa mi coronilla—. Prometo darte más momentos como estos.

Sonrío contra su pecho.

Sí, en muy poco tiempo me había llegado a conocer tan bien que en ocasiones asustaba.

Esperamos a que la pareja que está frente a nosotros haga su pedido y después nosotros pasamos. El hombre que nos atiende me recibe con una sonrisa, Camillo aprieta con más fuerza mis caderas.

—Quiero dos bolsas de palomitas grandes, también una barra de chocolate. —Miro hacia arriba buscando la mirada de Camillo—. ¿Qué quieres tomar?

Me da una de esas sonrisas que usaba antes de decir algo pervertido.

—Estoy seguro de que el hombre aquí presente no quiere saber lo que quiero «beber».

—Dos sodas, por favor —agrego rápidamente.

Esa era su manera de marcar territorio, y debía decir que no me molestaba en absoluto, en realidad, me excitaba cuando lo hacía. Froto mis muslos con ligereza, intentando aliviar la presión que comenzaba a centrarse en mi clítoris. Como si lo hubiera notado, presiona su pelvis contra mi trasero: estaba duro.

Ahora que lo pensaba bien, creo que no veremos esa película.

Espera.

—¿Qué película vamos a ver?

—Están haciendo un especial de *Titanic*, por el aniversario del estreno.

Esa película era mi «kryptonita», siempre lloraba con el final. Seguía pensando que había suficiente espacio para Jack y Rose en esa puerta.

—Terminaré llorando —digo justo cuando nos traen nuestro pedido.

Camillo paga, ya que se niega a que yo lo haga, y comenzamos a caminar hacia la sala que él me indica. Iba a pasar por alto el hecho de que no teníamos entradas. Si él quisiera, podría comprar el cine.

La sala estaba siendo ocupada por varias personas. Con sus manos en mis hombros, me guía a la parte alta, era la única fila de asientos que no estaba siendo ocupada. Nos sentamos y unos minutos después apagan las luces. La sala de cine en casa de mis padres no era tan grande como esta, el sonido y la pantalla sí eran iguales. Pero había algo especial en esto, estar rodeado de un grupo de personas que venían a ver la misma película que tú, y que de alguna manera comparten la misma emoción cuando inicia esta, es lo mejor.

Destapo la barra de chocolate y comienzo a esparcirlo con las palomitas. Cuando está a punto de acabarse, me la arrebatan de la mano.

—¿Qué...?

Miro a Camillo, quien se estaba untando los dedos con chocolate.

—Abre —ordena poniendo dos dedos frente a mis labios.

Abro la boca y los mete, el sabor a chocolate inunda mi

paladar. Un suave gemido escapa de mis labios cuando chupo sus dedos, paso mi lengua por ellos hasta dejarlos limpios. El chocolate sabía mejor cuando estaba combinado con su sabor.

—Buena chica.

Saca los dedos, esta vez se mete la barra en los labios y succiona un poco.

Me toma de la nuca y, sin previo aviso, inunda mi boca con su lengua. El sabor a chocolate junto con el suyo creaba una explosión de sabores exótica. Ahora quería untar su cuerpo en chocolate y lamerlo hasta dejarlo limpio.

Con manos expertas desabrocha mis vaqueros, lleva su mano dentro de ellos sin dejar de besarme. Palpa sobre mi ropa interior, sintiendo mi humedad.

—Maldición —gruñe contra mis labios, intento regular mi respiración, ya que cualquiera podría escucharme a pesar de lo alto que sonaba la película—. Estás jodidamente lista.

Sus susurros eran bajos, miro por el rabillo del ojo a las personas que se sentaban frente a nosotros, ninguno miraba en nuestra dirección.

Bien.

—Ojos en mí, preciosa —ordena, haciendo mi ropa interior a un lado para así embestirme con dos de sus dedos.

Mi vientre se tensa, blanqueo los ojos cuando lleva otro dedo a mi interior. Entierro las uñas en el reposabrazos de la silla. No debíamos estar haciendo esto aquí, cualquiera podía atraparnos, pero eso hacía más excitante la situación.

Bendito sea Camillo y esos dedos.

—Quería hacer de este día memorable y qué mejor manera que follarte con los dedos en la sala de cine —susurra. No sabía que quería escuchar esas palabras hasta que las dijo.

Entierro la cara en su cuello a medida que acelera los movimientos. Estaba tocando un punto sensible en mí, por lo que me encontraba muy, pero muy cerca de llegar. Antes solía durar más, pero desde que estaba con Camillo me di cuenta de que solo duraba porque no presionaban los botones correctos.

Muerdo mi labio inferior cuando llego al clímax y reprimo con todas mis fuerzas el gemido que quiere escaparse de mis labios. Mis piernas tiemblan ligeramente cuando me vengo, una lágrima corre en mi mejilla debido al esfuerzo de contenerme.

Quería gemir su nombre hasta que mi cerebro solo pudiera pensar en lo bien que se sentía cuando me llevaba al infierno.

Saca sus dedos de mi interior y apenas soy consciente cuando vuelve a abrocharme el pantalón. Me toma por la parte trasera del cabello y tira para sacarme de mi escondite, y empuja sus dedos en mi boca. Mi sabor inunda mis papilas gustativas, me saboreo hasta que lo único que puedo sentir el de él. Los saca y une mis labios con los suyos, saboreándome en mi lengua.

—Cuando lleguemos a casa, te comeré el coño —dice y vuelve a besarme—. Pero ahora disfruta la película.

Lo hago, o al menos lo intento. Cada vez que comía una palomita con chocolate, el recuerdo de sus dedos en mi boca invadía mi mente. A mitad de la película dejo caer la cabeza sobre su hombro, sus labios besan mi cabello y después deja caer su cabeza sobre la mía. Entrelaza nuestros dedos y hace pequeños dibujos despreocupadamente en el dorso de la mía.

Y al terminar la película, besa mis lágrimas, ganándose otro pedazo de mi alma, si es que ya no era dueño de toda esta.

CUARENTA Y UNO

Alicia Voronin Smirnova

C amillo estaciona frente al club, no veníamos aquí desde nuestro segundo encuentro y ambos estuvimos de acuerdo en que no estaría nada mal hacer una escena.

Nos abren la puerta y entro colgada de su brazo, Asmodeus se encontraba tan lleno como siempre. Había varias parejas dando sus propios espectáculos, mientras otros estaban en la barra buscando quién sería su próxima pareja o acompañante. Algunas mujeres bailaban en el escenario, el mismo donde yo había bailado dos veces ya.

—Aún me debes un baile de esos —susurra siguiendo mi mirada.

—Si te portas bien, tal vez te haga uno.

Sonrío.

El antifaz negro que usaba cubría la mayor parte de su expresión y la falta de iluminación me hacía imposible ver el brillo de sus ojos, pero podía apostar a que estos habían adquirido uno peligroso, el que significaba que iba a ser castigada.

—Eso ya lo veremos, preciosa.

Nos guía hasta la barra y nos pide dos *whiskies*.

Estaba entre mis piernas, sus manos acariciaban la piel desnuda de mis muslos, era solo eso, una caricia, pero la sensación de su piel sobre la mía siempre me abrumaba. Tenía el poder de sacarme de mis pensamientos y aprisionarme únicamente en esas sensaciones.

Podría deslizarse hasta tocar mis bragas sin dificultad, pero se mantenía ahí, solo rozando el borde de mi vestido apenas. Me estaba torturando y excitando, y cuando él creyera el momento indicado, me llevaría a una de las salas para comenzar a jugar.

Aunque pareciera que su atención no estaba en mí, era consciente de que vigilaba cada una de las reacciones de mi cuerpo. Cómo mi respiración ligeramente se había acelerado y lo separados que estaban mis muslos, además de las pequeñas protuberancias en mi pecho.

Me tomo el *whisky* de un solo trago. El ardor pasa por mi garganta hasta asentarse en mi estómago. Pongo las manos sobre sus hombros, atrayendo su mirada. Había estado observando a todos en el club con la misma atención con la que un científico miraría a través de un microscopio.

Levanta una ceja de manera interrogativa.

—He estado pensando —digo, los nervios llegan a mí en oleadas, pero si pude enfrentarme a los hombres que habían querido asesinar a toda mi familia, podía hacer esto.

—¿En qué?

Sus manos suben apenas, rozando la cara interna de mis muslos.

—En que tal vez deberíamos hacerlo oficial.

Sonríe de medio lado.

—¿Qué deberíamos hacerlo oficial, Alicia? —dice.

Paso saliva y lo miro directo a los ojos, sintiendo que mi corazón en cualquier momento podría abandonar mi pecho.

—El mudarme contigo, paso más tiempo en tu casa que en la mía y duermo ahí todas las noches. Además, me queda más cerca de la academia.

—¿Entonces te mudarás conmigo solo porque te queda más cerca de la academia?

Tenía una sonrisa juguetona en los labios, por lo que sabía que bromeaba y que solo quería que dijera «por qué» me quería mudar con él.

—Idiota. —Mis labios se estiran en una sonrisa, su felicidad era contagiosa—. Respondiendo a tu pregunta, no, no me quiero mudar contigo solo por eso. Quiero hacerlo porque me gusta cerrar los ojos contigo a mi lado, y que al abrirlos sé que estarás ahí.

—¿Por qué más? —susurra, dejando caer su frente sobre la mía.

—Me gusta cuando me abrazas al dormir, o cómo te acuestas en mi pecho para que juegue con tu cabello. O cómo todas las mañanas te levantas antes que yo y me haces el desayuno. —Lo beso—. Adoro cuando me bañas y cómo te gusta peinar mi cabello. —Vuelvo a besarlo—. Y el *penthouse* tiene un clóset más grande que el de mi casa —agrego.

—Pude habértelo pedido yo, pero quería que dieras el paso tú, así sabrías que estabas lista.

Acaricia mi nariz con la suya.

—Gracias por dejarlo en mis manos.

—Mañana a primera hora mandaré a buscar todas tus cosas y no saldrás el resto del día, tenemos que celebrar. —Me besa ambas mejillas, toma mi mano y tira de ella hasta ponerme de pie—. Y comenzaremos la celebración ahora mismo.

Caminamos hacia una de las salas vacías, cada una tapizada

con cuero rojo. Había de todo aquí, látigos, fustas, arneses, cuerdas, correas, etc. Una cruz se encontraba en una esquina, nunca había sido esposada a una, normalmente yo era quien esposaba. Pero ahora era diferente, yo era la sumisa.

—Preciosa, de rodillas.

Sigo su orden, bajo la mirada y dejo mis manos sobre mis muslos. Pasa sus dedos por mi cabello, este iba suelto, roza mis hombros y un escalofrío me recorre. Me toma del mentón, obligándome a mirarlo.

—¿Tu palabra de seguridad?

—Negro, señor.

—Buena chica.

Se aleja y toma una de las fustas, estas eran de cuero, por lo que al azotarte con ellas el dolor y la excitación eran mayores. Coloca la punta bajo mi mentón y me pongo de pie sin alejarme ni un centímetro.

—Quítate el vestido.

Había dos tipos de hombres posesivos, estaba el que cuidaba que tu forma de vestir no enseñara demasiado y estaba el que te dejaba mostrar lo que quisieras, porque después de todo, ellos podían ver, mas no tocar. Camillo pertenecía al segundo grupo, le gustaba mostrarme a los demás porque disfrutaba demostrando que solo él me tenía.

Bajo los tirantes del vestido, bajo su atenta mirada, mis pechos quedan a la vista, luego la curva de mi trasero y al final lo único que queda sobre mi cuerpo son unas bragas de encaje negro. Saco los pies del vestido y lo hago a un lado, me recorre con la mirada, esta se detiene por unos segundos en el color de las uñas de mis pies.

Hoy eran amarillas y había un girasol en la uña del dedo gordo. Mis pies estaban magullados por las largas horas que he pasado bailando, así que cuando llegaba temprano de trabajar, él siempre les daba un masaje y besaba cada una de las magulladuras.

—Me gustan. —Da un paso al frente y pasa la punta de la fusta sobre mis pezones endurecidos—. Te vi mirando la cruz, así que iremos a ella, ¿estás de acuerdo?

—Sí, señor.

Toma mi mano y me pone frente a ella, levanto los brazos cuando regresa con unas esposas. Estas eran acolchadas, así no te lastimabas la piel si tirabas de ellas. Me las coloca, dejándome casi suspendida en el aire, tocaba el suelo solo con la punta de los dedos, no era cómodo, pero no estaba mal. Me quita las bragas, dejándome como había llegado a este mundo.

—Me detendré cuando te corras.

No proceso sus palabras a tiempo, un grito abandona mis labios cuando azota mi sexo desnudo, luego lo hace una y otra y otra vez. En pocos segundos, soy un desastre de gemidos y lágrimas de placer, mi clítoris enviaba una oleada de placer hasta mi vientre cada vez que era azotado.

Gimoteo cuando siento la inconfundible sensación del orgasmo recorriéndome. Me aferro a las esposas y tiro de ellas, mi cuerpo se retuerce mientras el orgasmo toma todo de mí, volviéndome nada más que un puñado de terminaciones nerviosas.

—Eso fue rápido —lo escucho decir.

Toma mis pezones entre sus dedos y los pellizca, gimo al sentir su rudo toque, tenía los senos muy sensibles, y eso revive la sensación del orgasmo que había arrasado conmigo hace solo unos segundos. Sigue jugando con ellos, tirando y pellizcando, sus labios besan mi cuello, lo muerde para después lamerlo. Juega conmigo hasta que un segundo orgasmo me encuentra, gimo su nombre como un mantra, no sabía si quería que se detuviera o siguiera.

Toca mi clítoris y dejo salir un gemido tembloroso, iba a sacarme en brazos de este lugar. Toma mis muslos y me hace rodearlo por la cintura, la punta de su miembro empuja contra mis pliegues, sin previo aviso entra por completo.

—¡Oh, mierda! —exclamo entre jadeos.

Nunca podría acostumbrarme a su tamaño.

—Necesito que te relajes.

—Ajá —digo sin prestar atención.

Balanceo mis caderas, buscando más fricción, pero me azota el culo, deteniéndome.

—Voy a poner esto atrás. —Levanta un dilatador anal—. Así que necesito que te relajes, no quiero lastimarte.

—Está bien.

Con su mano en mi cadera me incita a moverme, alcanzo mi propio ritmo y me dejo llevar, apenas soy consciente de cuando empuja el dilatador en mi otro orificio. Relajo los músculos de mi cuerpo, dejándolo entrar.

Aprieto los músculos de mi vientre al sentir una nueva sensación, era como ser llenada por ambas partes. Camillo me ciñe de la cintura y toma el mando, me folla con fuerza como sabía que me gustaba.

Lloro cuando un tercer orgasmo comienza a desarrollarse en mi interior. Me siento desfallecer cuando rozo el cielo con la punta de los dedos, para luego caer con fuerza en el infierno.

Me quita las esposas y nos lleva a la cama que se encuentra tras unas cortinas. Estaban ahí para aquellos que a veces necesitaban privacidad, normalmente eran usadas después de una escena.

Me deja sobre su pecho y cierra los brazos a mi alrededor, estaba agotada y sentía que me quedaría dormida en cualquier momento. Me dolía entre las piernas y los senos, pero al final valía la pena si la recompensa era esta.

De igual manera, como todo lo que había sucedido, fue una mierda, pero al final me recompensó con el hombre que creí que había muerto tras haberlo apuñalado.

Y ahora podía pasar toda una vida a su lado.

Epílogo

Alicia Voronin Smirnova
Cinco meses después

Siento como mi corazón se aprieta al saber que la presentación estaba acabando, era una historia que llegaba a su final. Creaba un lazo emocional con cada baile que interpretaba, y cuando terminaba, era como si una parte de mí se quedara con ellos.

Las últimas notas del *Vals de las flores* suenan, dando así término a la historia que contaba cada uno de los pasos. Cierro con un *fouetté* de tres giros, mis brazos quedan por encima de mi cabeza y mis pies en la posición básica de las bailarinas. Los aplausos resuenan por todo el teatro y las flores son lanzadas para mí y mis compañeros.

Mi pareja me hace una reverencia y después le hago una al público, miro a toda la multitud, sintiendo como los ojos se me llenan de lágrimas. Había extrañado esta sensación, la de expresar mis emociones y contar historias, que, aunque no eran mías, las sentía así.

Me acerco a mis compañeros y todos le hacemos una reverencia al público. La sonrisa en mi rostro se tambalea cuando lo veo, estaba usando un traje a la medida, su cabello estaba peinado perfectamente hacia atrás y una sonrisa iluminaba su rostro, caminaba hacia mí con una mirada llena de orgullo.

Miro sus manos, que cargan un gran ramo de girasoles, y mi corazón enloquece por completo. Siempre me daba flores después de mis presentaciones, pero esta vez se sentía diferente.

—Estuviste perfecta —dice al llegar a mí, me entrega el ramo y une sus labios con los míos, sus manos al tomar mi rostro se sienten algo temblorosas.

—¿Estás bien? —le pregunto al separarnos.

—No, estoy aterrado. —Me muestra una sonrisa tímida—. Así que espero que me digas que sí.

Entonces, hace algo que me deja sin aliento: mis piernas comienzan a temblar al verlo arrodillarse frente a mí y a la multitud. Saca una cajita de terciopelo negro y la abre, dejando a la vista un anillo de compromiso.

—¿Recuerdas cuando mencionaste lo de que tenía que ponerte un anillo en el dedo y así todos sabrían que eres mía y yo tuyo? —Asiento al borde de las lágrimas—. Bien, pues eso es lo que voy a hacer. Estos últimos cinco meses me bastaron para darme cuenta de que no veo una vida si no estás a mi lado. Desde la primera vez que te vi, supe que no había alguien más con la que quisiera pasar el resto de mi vida. —Traga saliva—. Sé que no soy perfecto y que cometo errores, pero juro siempre tratar de mejorar para llegar a merecerte. Busqué por meses el anillo que fuera perfecto para ti, pero tal cosa no existía, así que hice que diseñaran uno. —Se pone de pie, toma mi mano libre y pone la cajita sobre esta, pero sin soltarme—. Cada uno de los pétalos representa todos los obstáculos que tuvimos que superar para llegar a donde estamos, preciosa.

El anillo era un girasol de ocho pétalos, estos eran diamantes amarillos, y en el centro había uno negro.

Dios santo, cómo amaba a este hombre.

—¿Quieres casarte conmigo, Alicia Voronin?

Lo miro a los ojos y no dudo en responder.

—Sí, sí quiero.

Lo siguiente que sé es que me levanta por los aires y me besa. Lo beso entre lágrimas y todo a mi alrededor desaparece: los aplausos, las felicitaciones de mis compañeros, el mundo entero. Solo podía concentrarme en el hombre que ahora era mi prometido.

Me baja con delicadeza e introduce el anillo en mi dedo, me quedaba perfecto y era hermoso.

—Te amo, Camillo.

Parpadea varias veces y una lágrima resbala por su mejilla, no dudo en quitársela con una caricia en la mejilla.

—Y yo a ti, preciosa, eres mi vida entera.

Lo abrazo y entierro la cara en su pecho.

—Al final, no te sirvió huir de mí durante un año —susurra.

Río porque tenía razón, estuve «huyendo de un mafioso» para después terminar enamorada de él. De todas las vueltas que dio la vida, esta, sin duda, fue mi favorita.

FIN

¿Quieres saber qué sucedió luego?
Únete a mi lista de correo y recibe gratis una copia digital de
Secretos revelados: relatos exclusivos de Huyendo de un mafioso.
Suscríbete aquí: https://bit.ly/extrasHDUM

Alexei, Anastasia, Elaine y Alina regresan en la tercera novela de esta serie: *Me casé con un mafioso:* Un romance entre fuego y hielo.
Obtenla aquí: https://relinks.me/B0CKQ18YYP

Notas

2. ALICIA VORONIN SMIRNOVA

1. «Bienvenidos», en italiano.

Índice